www.tredition.de

AF214924

Hugin West

Bill Mohenny

Blutige Spur

www.tredition.de

Verlag und Druck: tredition GmbH, Hamburg

ISBN
Paperback: 978-3-7469-8138-3
Hardcover: 978-3-7469-8139-0
e-Book: 978-3-7469-8140-6

Ich denke, es kommt wohl für jeden einmal der Tag oder der Augenblick, an dem er sich plötzlich fragt, wie es jetzt eigentlich weitergehen soll – und dann fängt er vielleicht an, nachzudenken .... über sein Leben, also etwa wie eigentlich alles angefangen hat, oder wie es eigentlich gekommen ist, dass er jetzt genau da steht, wo er eben steht. Und irgendwann denkt man dann eben:

"Tja, und was machst Du jetzt?"

Ich meine, vielleicht kommt er nicht wirklich für jeden, aber ...

Nun egal, für mich jedenfalls war dieser Tag, dieser Moment gekommen, nachdem ich die vier Burschen umgelegt hatte, die meinen alten Freund Phil auf dem Gewissen hatten.

Viele Wochen war ich ihnen auf den Fersen gewesen, ich weiß nicht mehr wie viele, aber es hatte eben schon so seine Zeit gedauert.

Aber dann hatte ich sie!

Vor einem schäbigen Hotel in einem kleinen Nest in Montana hatte ich sie eines Morgens endlich gestellt – vier als Killer bekannte Typen aus Nebraska.

Ich erklärte ihnen, dass ich sie jetzt nach Nebraska schaffen würde, wo der Richter schon auf sie warten würde.

Schätze, dass ich ziemlich überzeugend war.

Die vier sahen sich an, ... dann sahen sie die Straße hinauf und hinunter. Es waren zwar kaum Leute auf der Straße, aber die drehten sich jetzt nach uns um, zumindest die, die in der Nähe waren und unser kleines Gespräch mitgekriegt hatten. Ein Stück weiter, vor dem Saloon, waren vier Gäule an der Haltestange fest gemacht – und warfen noch lange Schatten in der noch sehr tief stehenden, rötlichen Morgensonne, die ich, nicht ganz zufällig versteht sich, im Rücken hatte ...

Damit waren sie natürlich ganz eindeutig im Nachteil, wenn sie ziehen wollten.

Sie wollten aber trotzdem. Also zumindest einer von ihnen konnte der Versuchung nicht widerstehen. Das aber reichte durchaus für meine Zwecke, denn als er versuchte zu ziehen, pumpte ich die vier mit Blei voll, und nur grad einer kriegte doch wenigstens noch sein Schießeisen raus, bevor er hinfiel. Zum Schießen kam er nicht mehr.

Zugegeben, mit Blei vollpumpen ist vielleicht ein wenig übertrieben bei sechs Kugeln aus einem Colt für vier Mann, aber ... nun ja, so redet man eben.

Wie auch immer, jedenfalls lud ich dann augenblicklich meinen Colt nach, während ich sie im Auge behielt... aber die Sache war eindeutig erledigt.

Da holte ich einmal tief Luft, atmete kurz und heftig wieder aus und steckte schließlich mein Schießeisen wieder ein.

Dann ging ich zu ihnen hinüber und sah hinab auf die vier. Eine Situation wie diese war nicht ganz neu für mich und so sagte ich schließlich nach einem Augenblick, oder auch zwei, nur halblaut vor mich hin:

„Na schön, dann eben nicht nach Nebraska. Sehr zufriedenstellend. So long!"

Ich tippte kurz an die Krempe meines Hutes und stiefelte dann die Mainstreet hinauf, wo noch immer die vier Gäule vor dem Saloon festgemacht waren, wobei mir schon ein paar Leute entgegen kamen, die sich die ganze Bescherung ansehen wollten, denn die Schüsse waren natürlich nicht ungehört geblieben.

Die Unterarme auf einen Flügel der Schwingtür zum Saloon gelehnt, stand ein Typ da und reckte den Hals, um die Straße runter zu sehen. Als ich die Schwingtür aufdrückte, um in den Saloon zu gelangen, musste er notwendigerweise zurückweichen.

„Wissen Sie, was da unten los ist?", fragte er, als ich an ihm vorbeikam.

Ich zuckte mit den Schultern.

„Irgendwer hat da unten grad vier Typen umgelegt, das ist alles", klärte ich ihn auf und ging hinüber zur Theke.

Der Saloon, der ziemlich gewöhnlich eingerichtet war, war leer. Sicher waren morgens schon ein paar Gäste da gewesen, aber die waren durch meine Schüsse wohl hinaus gelockt worden auf die Straße -

unschwer zu erkennen, an der Handvoll halbleerer und leerer Gläser, die auf der Theke herumstanden.

Nun, ich ging hinüber zur Theke und der Typ von der Schwingtür folgte mir, schob sich hinter die Theke und stellte wenig später unaufgefordert ein volles Glas Whiskey vor mich hin.

„So war ´s doch wohl gemeint?", fragte er dabei.

„Unbedingt", sagte ich und nahm einen kräftigen Schluck.

Tja, ein Whiskey tut schon irgendwie gut nach so einer Sache.

Und außerdem wollte ich da auf den Sheriff warten, der sicher ein paar Fragen an mich haben würde.

Und tatsächlich, ich brauchte auch nicht lange auf ihn zu warten.

„Hi!", grüßte er, nachdem er sich neben mir aufgebaut hatte.

„Hi, Sheriff!", erwiderte ich und nickte, während er, ebenfalls unaufgefordert, ein Glas Whiskey hingestellt kriegte.

Aus den Augenwinkeln sah ich, dass er mich scharf und forschend musterte.

Er war einer von diesen großen, hageren Typen, die immer Hosenträger brauchen, dazu hatte er ein schmales, faltiges Gesicht mit schmalen Lippen.

„Sagen Sie, sind Sie der Typ, der grad die vier Bur-schen auf der Mainstreet da unten umgelegt hat?", fragte er endlich, als er mich hinlänglich beäugt hatte.

„Ich wandte den Kopf nach ihm und sagte: „Es war Notwehr."

„Ja, ja, ich weiß, die haben zuerst gezogen, das habe ich schon gehört, aber trotzdem ..."

„Die Cullen-Brüder„ , klärte ich ihn auf, „aus Nebraska. In Nebraska eine bekannte Killerbande ... bis heute."

„Soso, eine bekannte Killerbande aus Nebraska also ..."

„Und Sie?", fragte er dann.

„Mohenny! William Mohenny!", erwiderte ich, „Cowboy und ... und, nun ja, sonst noch so alles Mögliche eben."

„Cowboy und so.", wiederholte der Sheriff kopf-nickend und studierte mein Gesicht.

„Also, seh´n Sie, Sheriff", erklärte ich darauf, als er nicht weitersprach, „das war wirklich nicht meine Schuld. Ich hatte ihnen vorgeschlagen, dass ich sie nach Nebraska schaffen würde, wo der Richter schon auf sie warten würde, weil sie meinen alten Freund Phil umgelegt haben, aber ...na, Sie seh´n ja, was passiert ist."

Der Sheriff nickte erneut und meinte:

„Ja, ja, natürlich, ich kenne das. Manche kommen ja wirklich auf die unglaublichsten Ideen in so einem Fall."

Seine Musterung meiner Wenigkeit ging weiter und endlich aber erklärte er:

„Also schön, Mr. ... Mr. ..."

„Mohenny! William Mohenny!", nannte ich ihm noch einmal meinen Namen.

„Also schön, Mr. Mohenny, für mich sieht die Sache so aus: Ich kenne Sie nicht und ich kenne diese verdammten Cullen-Brüder nicht, aber so wie es aussieht, haben die tatsächlich zuerst gezogen. Ich habe also nichts in der Hand gegen Sie. Andrerseits: Ich mag´s nicht, wenn in meiner Stadt solche Sachen passieren, und...."

„Tja, welcher Sheriff mag das schon?", unterbrach ich ihn. („Dass Sheriffs immer von IHRER Stadt reden müssen!", ging es mir dabei für einen Augenblick durch den Kopf.

„Na, da sieh mal einer an, da denkt ja einer mit.", bequemte sich der Sheriff zu einem sarkastischen Lob, „Aber dann werden Sie ja auch versteh´n, dass ich Sie jetzt auffordern muss: Steigen Sie auf Ihr Pferd und verschwinden Sie! Und zwar gleich! Und wenn ich Sie nach vierundzwanzig Stunden noch irgendwo im Umkreis von zwanzig Meilen um diese Stadt antreffe, dann buchte ich Sie ein. Da lass ich mir dann schon was einfallen."

„Kein Mensch zweifelt an Ihrem Einfallsreichtum, Sheriff.", versicherte ich ihm, „aber ... ich würde noch ein paar Sachen aus dem Laden brauchen, ist 'n weiter Weg bis nach Nebraska."

„Eine Stunde!", knurrte der Sheriff darauf nur.

„Drei!", versuchte ich es mit einem Gegenvorschlag.

Nun, wir einigten uns daraufhin immerhin auf zwei.

„Und noch was, bevor Sie losreiten. Schau'n Sie rüber zum Sargmacher, den finden Sie hinter dem Mietstall. Der wird die vier unter die Erde bringen. Wenn die Burschen aber nicht genug Geld eingesteckt hatten, dann legen Sie den Rest d'rauf."

„Aber sicher doch.", versicherte ich dem Sheriff.

Damit war er dann endlich zufrieden, und so machte ich mich wunschgemäß aus dem Staub.

„Tja, dann: So long, Sheriff! So long, Gents.!", grüßte ich, tippte kurz an die Krempe meines Hutes und stiefelte dann Richtung Schwingtür.

„Ich schau auf die Uhr, Sohn.", ereilte mich die Stimme des Sheriffs noch, als ich hinaus trat.

„Na klar doch, Sheriff!", rief ich noch zurück – und hatte damit diesen Punkt immerhin auch erledigt.

Vor dem Saloon schaute ich mich kurz um. Da stachen mir unten auf der Straße zwei Typen ins Auge, die einen flachen Karren vor sich herschoben – und auf dem lagen die vier Toten. Ich schaute ihnen eine kleine Weile zu, bis sie herangekommen waren. Ob einer von ihnen wohl der Sargmacher war? Nun, das würde sich ja zeigen. Jedenfalls hinkte einer der beiden ein wenig, ein etwas älteres Semester, wie ich nun sah, als sie näher heran waren.

Als sie vorbei waren, holte ich aber endlich mein Pferd und ritt hinauf zum Laden, der war nicht weit.

Der Wagen stand noch immer da – wenn ´s nicht mittlerweile ein anderer war, aber das kümmerte mich natürlich nicht.

Der Laden war eigentlich ziemlich leer – bis auf einen etwas älteren Mann, der am Verkaufspult stand, und einen Mann hinter dem Verkaufspult, der mir auch der Besitzer des Ladens zu sein schien. Vor sich stapelte er ein paar Dosen mit Farbe auf, Pinseln und sonst noch irgendwelches Zeug.

Beide wandten ihre Köpfe nach mir, als ich, begleitet vom Klingeln der Türglocke, eintrat. Und als ich dann ans Verkaufspult trat, rief der Alte hinter dem Verkaufspult laut irgendwo nach hinten:

„Luise!"

Wenig später tauchte eine große, sehr schlanke, schon etwas grauhaarige Frau auf, nach meiner Einschätzung die werte Gattin des Ladenbesitzers, der nun wortlos auf mich deutete, worauf sie sich an mich wandte.

„Was wünschen Sie, junger Mann?"

„Tja, da wär´ einiges.", antwortete ich und begann aufzuzählen, hauptsächlich natürlich Munition und Proviant.

Während sie die Sachen zusammensuchte, musterte sie mich zwischendurch immer wieder prüfend, und als sie dann die letzten Sachen vor mir auf das Verkaufspult legte, meinte sie:

„Sie sehen mir irgendwie so aus, als ob sie ein Glas von meinem Seelentröster vertragen könnten."

„Seelentröster!", wiederholte ich überrascht, während ihr Gatte kopfschüttelnd und ein wenig vorwurfsvoll sagte.

„Luise!"

Doch Luise ließ sich nicht beirren, langte unter das Verkaufspult und holte da eine etwas mehr als halbvolle Flasche und ein eher etwas größeres Glas hervor und stellte beides vor mich hin. Die Flüssigkeit in der Flasche war blassgelb oder gelbgrün.

Luises Mann schüttelte den Kopf, Luise selbst aber entkorkte die Flasche und füllte mir das Glas ziemlich voll,

„Da!", sagte sie und schob mir das Glas hin, „Das wird Ihnen guttun."

Nun, man kann eine solche Einladung nicht gut ablehnen, schon gar nicht, wenn sie von einer netten Lady wie dieser da kommt, also griff ich nach dem Glas und roch kurz daran. Der Geruch war durchaus angenehm, offensichtlich war das ein angesetzter Schnaps mit irgendwelchen Kräutern und Früchten.

Und dann versuchte ich das Zeug eben – es war scharf, ein wenig süßlich und der Geschmack war durchaus angenehm.

„Nun?", forderte mich Luise fragend zu einem Urteil auf.

„Zufriedenstellend, sehr zufriedenstellend.", konstatierte ich mit einem anerkennenden Kopfnicken, „Wirklich sehr zufriedenstellend."

„Na dann.", sagte Luise zufrieden und sah nach ihrem Mann, der gerade begann, die Sachen für seinen Kunden in einen großen Pappkarton zu schlichten.

„Und was bin ich Ihnen dafür schuldig?", fragte ich.

„Nichts, geht auf´s Haus:"

„Danke, aber … wie komm ich zu der Ehre?"

„Ach Gott, nur so. Ich mag Typen wie Sie?"

„Tatsächlich? Und was bin ich für ein Typ?"

„Das müssen Sie schon selber ´rausfinden. Gehn sie in sich, und denken Sie nach über sich. Der Seelentröster könnte Ihnen dabei im Übrigen helfen."

„Wenn Sie es sagen."

In diesem Augenblick ging aber erneut die Türglocke und es erschien eine kleine, alte Frau mit fast weißem, dünnen Haar, die etwas gebückt und am Stock ging.

„Hallo, Luise!", grüßte sie, während sie nach vor ging zum Verkaufspult. Irgendwie sah sie ziemlich unternehmungslustig aus.

„Hallo, Bertha.", antwortete Luise, „Wie immer?"

„Natürlich wie immer.", sagte Bertha mit einem prüfenden Seitenblick auf mich.

Luises Mann schüttelte erneut den Kopf, Luise aber holte ein weiteres Glas unter dem Verkaufspult hervor, füllte es mindestens so voll wie das meine und schob es Bertha hin.

Die griff auch sogleich danach und schon war es auch fast leer.

Ich nickte anerkennend und es kann sein, dass ich sie dabei auch etwas überrascht oder verwundert ansah, jedenfalls fühlte sie sich bemüßigt, mir zu erklären:

„Das ist meine Medizin, junger Mann."

Woraufhin ich meinerseits mein Glas hob und sagte:

„Na dann! Auf Ihre Gesundheit, Ma´am."

Und dann leerte ich eben das Glas.

„Würden Sie mir die Sachen einpacken?", fragte ich dann Luise.

„Aber sicher.", erklärte Luise und holte einen großen Bogen braunes Papier hervor.

Da begann aber Bertha;

„Hast du ´s schon gehört Luise? Unten auf der Straße hat einer vier Männer erschossen."

„Ja, Tracy ist vorhin vorbeigekommen."

Luise stockte und sah mich plötzlich prüfend an und da ich so eine Ahnung hatte, was sie in diesem Augenblick dachte, stellte ich erklärend fest:

„Es war nicht meine Schuld, die haben zuerst gezogen."

Luise lächelte:

„Das glaub ich Ihnen schon, junger Mann,", sagte sie, „sonst hätte Niles sie längst eingelocht. Der ist da nicht zimperlich."

„Davon bin ich überzeugt.", stimmte ich ihr zu.

„Das können Sie auch."; sie hatte mittlerweile meine Sachen in den großen Bogen Papier eingeschlagen und fragte nun noch einmal:

„Und? Haben Sie nun alles?"

Da sagte ich, einer plötzlichen Eingebung folgen:

„Haben Sie noch eine Flasche von diesem ... diesem famosen Seelentröster für mich? Nachdem ich ja in mich gehen soll ...“

Nun, sie hatte, und danach machte ich mich endlich doch auf den Weg.

Und mein nächster Weg sollte mich ja bekanntlich zum Sargmacher führen.

Hinter dem Mietstall sollte er zu finden sein. Und richtig, da war eine große Wekstatt deren Tor weit offenstand, und drinnen sah ich dann auch den Karren mit den vier Toten stehen, die man aber jetzt mit Decken zugedeckt hatte, sehr zum Leidwesen der Fliegen vermutlich, die jetzt auf der Decke herumkrabbelten.

Nun, ich trat ein und sah mich um. Und schon auf den ersten Blick war zu erkennen, dass es sich um die Werkstatt eines Tischlers und Zimmermannes handeln musste, denn an den Seiten stapelten sich Bretter und Staffeln, an den Wänden hingen etliche Sägen und Hobel und auf zwei großen Arbeitstischen lag auch noch diverses Werkzeug. Und auch ein paar Töpfe standen da, wohl mit Leim oder Farbe.

Es war niemand zu sehen, allerdings hörte ich es irgendwo rumoren.

„Hi, Gents!“, rief ich daher laut.

Das Rumoren verstummte und von irgendwo links hinten kam es dumpf zurück:

„Wir sind da hinten. "Nun, ich folgte also dieser Stimme und kam zu einer breiten Tür, durch die man in einen weiteren großen Raum gelangte, der wohl das Lager war, denn hier gab es hohe Stapel von Brettern , Pfosten und Latten, sowie Furnierrollen, und ganz hinten lehnten wohl ein gutes Dutzend Särge an der Wand.

Da sah ich jetzt auch zwei Männer, die gerade an einem dieser Särge herum hantierten und sich jetzt zu mir umdrehten.

„Hi!", grüßte ich noch einmal, „Ich suche den Sargmacher."

Einer der beiden drehte sich ganz zu mir um. Ein großer, kräftiger Mann, bärtig, gut Vierzig, und sagte:

„Das bin ich. Sargmacher, Tischler, Zimmermann, Totengräber, … und sonst noch so einiges. Was wollen Sie? So tot sehen Sie gar nicht aus."

„Sargmacherscherz!", dachte ich, laut aber antwortete ich:

„Das täuscht, aber … Frage: Werden Sie die vier Toten da drüben unter die Erde bringen?"

„Werde ich … zusammen mit Jonathan."

Und bei diesen Worten deutete er mit dem Kopf nach dem zweiten Mann. Der war eher klein und drahtig, stoppelbärtig und wohl noch etwas älter als der Sargmacher, nach meiner Einschätzung einer dieser kleinen, zähen Burschen, die nicht unterzukriegen sind.

Der Sargmacher sah mich fragend an.

„Warum fragen Sie? Wollen Sie zu ihrer Beerdigung kommen? Kannten Sie die?"

„Weder das eine noch das andere. Ich hab`sie umgelegt, das ist alles. Hatten sie genug Geld eingesteckt? Ich meine, für Euch?"

„Hatteb sie. Hat der Sheriff Sie geschickt?"

„Hat er."

„Das sieht ihm ähnlich", knurrte Jonathan und dann schauten die zwei sich grinsend an.

Schließlich aber nickte der Sargmacher und forderte seinen Kumpel auf: „Bring doch mal die Kiste her, Jonathan!"

„Okay.", sagte der und marschierte hinüber zu dem Karren und dabei fiel mir auf, dass er hinkte, sein linkes Bein schien irgendwie ein wenig steif zu sein.

Nun, neben dem Karren stand jedenfalls eine größere Kiste, die er jetzt heranschleppte.

Als er wieder da war, wies ich auf sein linkes Bein und fragte:

"Krieg oder Pferd?"

„Das war so ein verdammter Bronco beim Zureiten. Hat mich doch tatsächlich aus dem Sattel gekriegt. Und dann ist dieses verdammte Biest noch ein
bisschen extra auf mir rumgetrampelt. Der Doc hat
dann gleich gesagt, dass das Bein wohl nicht mehr so
ganz werden würde.“

„Offensichtlich hat er recht behalten“, meinte ich.

„Hat er, verdammt noch mal. Tja und danach
taugte ich nicht mehr so viel, nicht für Lassoarbeit
zum Beispiel.“

„Oder Broncos zureiten.“, ergänzte ich. Und ein
wenig nachdenklich wiederholte er:

„Ja. Und Broncos zureiten. Tja, und so bin ich eben
hier bei Tom gelandet. Dafür reichts noch. Die Bezah-
lung ist zwar lausig, aber … dafür ist es bis zum Saloon nicht weit. Verdammte Sache.“

„Werfen Sie doch mal einen Blick in die Kiste, ob
da irgendwas dabei ist, das Sie was angeht. Das war
jedenfalls das Zeug, das die Brüder dabeihatten“, unterbrach uns da der Sargmacher und was er eben
sonst noch so alles war.

„Wohl kaum.“, meinte ich, warf aber doch einen
Blick in die Kiste, ob etwas dabei war, das Phil gehört
haben konnte.

Da waren ihre Gürtel, Messer und sonst eben noch
so Einiges, aber nichts, das mich interessiert hätte, so
wie ich es auch erwartet hatte.

„Nein, das geht mich alles nichts an." Ich richtete mich wieder auf und begegnete Jonathans Blick, der mich beobachtete. „Und? Würdest Du lieber wieder Broncos zureiten?", fragte ich ihn.

Er zuckte mit den Schultern,

„Nicht gerade das unbedingt, aber … ich meine, seit ich ein junger Bursche war, hab` ich immer irgendwo auf einer Ranch gearbeitet, bin viel im Sattel gesessen ...“

„Verstehe", sagte ich – obwohl ich der Meinung war, dass er sich selbst mehr leid tat, als gut für ihn war. Es gab auf einer Ranch genug Arbeit, für die er immer noch taugte, wenn auch vielleicht nicht gerade Broncos zureiten. Aber das war ja seine Sache. Also sagte ich nur: „Tja, Gents, dann wird` ich mich lieber auf den Weg machen, bevor mich Euer famoser Sheriff doch noch einbuchtet.“

„Hat er Sie aus der Stadt gejagt?", fragte der Sargmacher.

„Ja, ich glaube, so könnte man es nennen.“

„Sieht ihm ähnlich." Die Zwei grinsten sich wieder ein wenig an.“

„Nun, insofern als ich hier sowieso keine Wurzel schlagen wollte, ist es schon in Ordnung. So long.“

„So long", hörte ich sie hinter mir noch sagen, als ich hinausmarschierte.

Wenig später saß ich im Sattel und folgte einem kleinen Wasserlauf, der an dieser Stadt vorbeifloss, so ungefähr Richtung Südwesten.

Am späten Nachmittag, als ich der Meinung war, dass ich mich nun außerhalb des Bannkreises befand, den mir der Sheriff vorgegeben hatte, sah ich mich nach einem geeigneten Lagerplatz um.

Bald hatte ich einen gefunden und nicht lange, da hatte ich auch schon ein kleines Lagerfeuer im Gange. Und diesmal konnte ich mir zum Speck auch noch ein paar Eier in die Pfanne schlagen, die Luise für mich gehabt hatte.

Satt und zufrieden entkorkte ich danach die Flasche mit Luises Seelentröster und legte mich dann, nach einem langen Schluck, zurück ins weiche, grüne Gras und sah hinauf zum wolkenlosen, blauen Himmel, der allmählich dunkler zu werden begann. Man konnte jetzt auch schon die ersten zwei oder drei Sterne sehen. Und unweigerlich ging mir bald so dies und das durch den Kopf. Woran vielleicht auch Luises Seelentröster so seinen Anteil hatte.

Wie auch immer, jedenfalls sah ich dann wieder die Cullen-Brüder vor mir liegen, spürte noch einmal dieses Gefühl der Befriedigung und Erleichterung bis es allmählich dem Gefühl einer Art Leere wich.

Tja, und dann war ich eben auf einmal so weit, dass ich mich fragte: Und was jetzt?

Ich meine, ich hatte plötzlich das Gefühl, dass es an der Zeit war, irgendwie etwas Richtiges anzufangen, und nicht nur herumzuziehen von einem Job zum nächsten.

Ja, als Phil noch gelebt hatte, da war das irgendwie anders gewesen.

Phil und ich, wir waren schon als Jungs unzertrennliche Freunde gewesen, hatten eine Menge Unfug gemacht, hatten uns mit anderen Jungs herum geprügelt und so weiter eben.

Ich erinnerte mich noch sehr genau, wie wir uns unsere ersten Schießeisen gekauft hatten, und begonnen hatten, damit herum zu schießen. Natürlich hatten wir den Ehrgeiz gehabt, schnell zu sein, so wie viele andere Jungs auch. Oder ich erinnerte mich, wie wir das erste Mal auf einer Ranch zu arbeiten begonnen hatten.

Wir waren dann einige Jahre ziemlich unzertrennlich. Wir arbeiteten gemeinsam, kämpften gemeinsam und vor allem hatten wir auch eine Menge Spaß gemeinsam – bis wir Mary begegneten.

Damals waren wir ja noch ziemlich junge Burschen, und Mary sehen und sich in sie verlieben war das Werk eines Augenblicks. Mary war einfach so unglaublich schön.

Das war natürlich anderen auch aufgefallen. Mary hatte damals jede Menge Verehrer, aber ausgerechnet in Phil verliebte sie sich ihrerseits auch.

Und bald haben sie also geheiratet, und Phil hatte sich eine kleine Pferderanch aufgebaut. Ich meine, wir hatten damals jeder ein paar tausend Dollar in der Tasche, und die legte Phil nun eben in seiner Pferderanch an. Phil war schon immer ein Pferdenarr gewesen.

So war Phil jetzt also der glücklichste Mensch der Welt gewesen – er hatte Mary und er hatte seine Ranch.

Und ich schlug mich danach eben die nächsten Jahre allein durch die Welt.

Hin und wieder hatte ich Phil ein Telegramm geschickt, wo ich gerade war, und was ich eben so machte – bis mich eines Tages auch ein Telegramm von ihm erreichte:

BRAUCHE DICH – DRINGEND – PHIL

Circa zwei Wochen später war ich bei Phil ...genau einen Tag zu spät.

Phil hatte sich mit dem größten Grundbesitzer der Gegend angelegt, indem er eines Abends seine beiden Söhne im Saloon windelweich geprügelt hatte.

Oh ja, davon hatte Phil schon immer einiges verstanden. Also, wenn es um Schlägereien ging, war er immer die Nummer Eins von uns beiden gewesen.

Jedenfalls wollten sie daraufhin Phil ein wenig fertig machen – und als sie merkten, dass sie das nicht schaffen würden, hatte der Rancher die Cullen-Brüder angeheuert.

Jetzt waren die Cullen-Brüder eben tot ... Phil allerdings auch.

Verdammte Sache.

Irgendwann ging mir dann jedenfalls wieder die Frage durch den Kopf: Was nun?

Irgendwie wollte ich endlich was Richtiges anfangen.

Natürlich überlegte ich auch, ob ich zu Mary zurückkehren sollte. Vielleicht konnten wir jetzt ein Paar werden, Mary würde wen brauchen, sie hatte diese Pferderanch ..., und einen kleinen Sohn ...

Ich spürte aber, dass sie für mich irgendwie immer Phils Frau sein würde, und er war mein bester Freund gewesen. Sie hatte damals ihre Wahl getroffen und ich hatte das Gefühl, dass ich das nie würde ganz vergessen können.

Der Gedanke war verlockend – aber ich konnte es einfach nicht tun.

Mary war jung und schön, sie würde jemanden finden, aber ich ... nein, das konnte ich nicht.

Ich meine, wenn ich auch einmal ein Mädchen wie Mary kennen gelernt hätte, aber ... bis jetzt ...Ich nahm also noch einen Schluck von Luises Seelentröster und wälzte weiter große und kleine Pläne, was ich vielleicht tun konnte oder wollte.

Und da fiel mir dann irgendwann die Lovecroft-Ranch ein.

Ja doch – die Lovecroft-Ranch! Warum nicht?

Ich nahm einen weiteren Schluck von Luises Seelentröster.

Ja doch, natürlich! Ich würde zur Lovecroft-Ranch reiten. Es war wohl sowieso an der Zeit, meine Sachen dort abzuholen.

Und die Vorstellung, wieder einmal bei ihnen auf der Veranda zu sitzen, bei Kaffee und Mrs. Lovecrofts unvergleichlichem Apfelkuchen, gewann schnell an ungeheurer Anziehungskraft. Mich wieder einmal mit Mrs. Lovecroft unterhalten zu können …, und die beiden Gören würden da sein …waren gute Aussichten.

Ja doch, das war es! Das würde ich tun. Vielleicht konnte ich ihnen auch wieder eine Weile helfen.

Für die nächste Zeit wusste ich damit jedenfalls, was ich tun wollte, und so war ich für ´s erste sehr zufrieden mit mir und der Welt.

Ich griff nach Luises Flasche mit ihrem Seelentröster und siehe da, sie war mittlerweile halbleer. Was für ein Typ von Mann ich war, das wusste ich zwar noch immer nicht, aber … immerhin, ich hatte jetzt einen Plan für die nächste Zeit – und dieser Plan gefiel mir – sehr sogar. Und irgendwie hatte das auch etwas mit Mrs. Lovecroft zu tun.

Ich meine, ich weiß nicht, wie ich das erklären soll, aber es gibt da so gewisse ältere Ladies, die muss man einfach mögen – Luise war so eine Frau – und Mrs. Lovecroft noch viel mehr.

Luise hatte ihren Seelentröster …, und Mrs. Lovecroft hatte den besten Apfelkuchen von der Welt, aber …, es war nicht nur das – ich mochte sie eben.

Ich mochte es zum Beispiel, einfach mit ihr zu reden …, sie hörte einem zu…, und wusste fast immer irgendwas Gescheites zu sagen ….

Und die beiden Gören würden auch da sein. Die hatte ich auch ins Herz geschlossen. Natürlich würden sie jetzt keine kleinen Gören mehr sein, aber trotzdem …

Nun, wie auch immer, jedenfalls hatte ich jetzt einen Plan, was auch immer daraus werden würde.

 Sehr zufrieden mit mir und der Welt wickelte ich mich jetzt in meine Decken und war schnell eingeschlafen.

Was nun die Lovecroft-Ranch betrifft, auf die waren Phil und ich vor etlichen Jahren einmal gestoßen.

Zufällig.

Sie war damals auf unserem Weg gelegen und wir hatten einfach unsere Pferde dort tränken wollen.

Und da war eben eine nette, ältere Lady aufgetaucht und hatte uns gefragt, ob wir Kaffee und Apfelkuchen wollten. Nun, welcher Cowboy kann zu so einem Angebot nein sagen?

Und dann waren da diese zwei naseweisen Gören aufgetaucht, blauäugig mit langen blonden Zöpfen und neugierig bis dort hinaus.

Das also waren Mrs. Lovecroft und ihre Enkelinnen Sarah und Suzanne. Ihr Vater, der einzige Sohn von Mrs. Lovecroft, war mit seiner Frau vor vielen Jahren bei einem Überfall auf eine Stage Coach ums Leben gekommen.

Später war dann irgendwann auch noch Mr. Lovecroft aufgetaucht.

Jedenfalls mussten die beiden, die ja nicht mehr die Jüngsten waren, damals alleine die Ranch weiterführen – in der Hoffnung sozusagen, dass sich wenigstens für eins der Mädchen eines Tages ein geeigneter Mann finden würde.

Die Sache war dann jedenfalls darauf hinausgelaufen, dass Phil und ich eine gute Weile auf der Ranch geblieben waren. Es war gerade an der Zeit gewesen, Heu zu machen für den Winter, dafür hatten sie zwei Mann extra ganz gut gebrauchen können – und für uns waren es ein paar Dollar extra gewesen, die kann ein Cowboy auch immer brauchen.

Und es war außerdem nett und kurzweilig gewesen. Zum einen wegen Mrs. Lovecroft, zum anderen wegen der beiden Gören. Ich glaube, für die waren wir einfach eine willkommene Abwechslung. Phil und ich, wir hatten doch einiges zu erzählen, und irgendwie hatten es die beiden immer wieder verstanden, uns zum Reden zu bringen – wenn sie nicht gerade selber redeten wie die Wasserfälle.

Als wir uns dann eines Tages doch wieder auf den Weg machten, da hatten wir beschlossen, dass eines Tages wieder einmal vorbeizuschauen.

Dann aber hatte Phil Mary geheiratet.

Und auch damals hatte ich überlegt: Und was jetzt?

Und auch damals war mir dann die Lovecroft-Ranch eingefallen.

Die beiden Gören waren etwas erwachsener geworden und ich glaube, sie waren auch ein wenig enttäuscht, dass Phil nicht mit dabei war.

Aber Mrs. Lovecroft war noch immer dieselbe nette, alte Lady … und es hatte hin und wieder ihren unvergleichlichen Apfelkuchen gegeben ... und es hatte auch genug Arbeit gegeben.

Als ich mich dann eines Tages doch wieder auf den Weg machte, hatte ich Mrs. Lovecroft gefragt, ob ich bei ihnen nicht etwas Ballast abwerfen könne, sprich, ich wollte einfach ein paar Dinge zurück lassen, die ich eigentlich nicht ständig mit mir herum schleppen wollte. Ich hatte ja kein Zuhause, wo ich sonst irgendetwas hätte zurücklassen können.

Da hatte Mrs. Lovecroft auf eine Falltür in der Decke gewiesen,

„Da oben finden Sie sicher eine leere Kiste."

Und tatsächlich fand ich da oben am Dachboden eine leere Kiste für meine Siebensachen.

Was ich darin zurückließ, waren unter anderem eine 54er-Sharps plus Munition, einen zweiten Revolvergurt, diversen Kleinkram und eine Brieftasche mit ein paar tausend Dollar.

Die Sharps hatte ich mir irgendwann einmal eingebildet - ein feines Gewehr, keine Frage, aber schwer und unhandlich und in Wahrheit hatte ich sie nie wirklich gebraucht.

Den Colt hatte ich mir auch einmal eingebildet – ein extrafeines Stück mit schön gearbeiteten Perlmuttgriffschalen. Aber verwendet hatte ich dann doch immer mein altbewährtes Schießeisen.

Und was die Brieftasche betrifft – nun, wie gesagt, bei Phil und mir hatte sich damals eine hübsche Stange Geld angesammelt, und da hatte ich gedacht: Wenn du das mit dir herumschleppst, wird es über kurz oder lang weg sein. Und wenn du doch einmal ein nettes Mädchen triffst …

Ich meine, ich hätte das Geld natürlich auch auf einer Bank lassen können, aber da ich nun schon einmal dabei war, Ballast abzuwerfen …

Bevor ich dann losritt, hatte ich zu Mrs. Lovecroft gesagt:

Wenn ich das Zeug in den nächsten zehn Jahren nicht abhole, dann können Sie alles verscherbeln. Es ist auch eine Brieftasche mit hübsch ein paar Dollars drinnen. Wenn sie dringend einmal Geld brauchen sollten …"

„Sicher nicht.", hatte sie zwar gemeint, aber ich hatte darauf erwidert: „Sag niemals nie. Wer weiß schon, was kommt."

Nun, jedenfalls hatte ich mich dann endlich auf den Weg gemacht.

Und jetzt wollte ich also wieder einmal nach meinen Sachen sehen … und nach Mrs. Lovecroft … und nach ihrem Apfelkuchen … und nach den beiden Gören.

Die konnten mittlerweile verheiratet sein, wer weiß?

Die mussten doch wohl mittlerweile jedenfalls im heiratsfähigen Alter sein … vor allem Sarah, die ältere?

Ich überlegte kurz, wie lange es her war, dass ich das letzte Mal dort war.

Sechs Jahre, wenn ich mich nicht täuschte – und da waren die beiden etwa zehn, zwölf Jahre alt gewesen. Also zumindest Sarah konnte mittlerweile auch schon verheiratet sein.

Nun, ich würde es bald genau wissen.

Jedenfalls freute ich mich jetzt richtig auf die Lovecroft-Ranch …, und auf Mrs. Lovecroft …., und alles eben.

-*-

Und so ritt ich zehn Tage später, von Saxonville kommend, eine schmale, wenig befahrene Straße einen flachen Hügel hinauf, hinter dem dann, wenn meine Erinnerung mich nicht täuschte, jene flache, langgestreckte Senke lag, wo Mr. Lovecroft seinerzeit seine Ranch aufgebaut hatte. Tja, damals war hier noch Platz gewesen, heute war das Gebiet sicher schon ziemlich aufgeteilt, kein Platz für Neue, oder auch nur, um sich weiter auszubreiten, falls einer auf so eine Idee kommen sollte. Nun, das würde Mr. Lovecroft sowieso nicht wollen. Seine Ranch war zwar keine Riesenranch, wie ich ja auch einige kennen gelernt hatte, aber sie war groß genug. Damit konnte ein Mann schon zufrieden sein. Und Mr. Lovecroft war ja doch schon ein etwas älterer Herr.

Als ich dann die Hügelkuppe erreicht hatte, sah ich, dass mich meine Erinnerung nicht getäuscht hatte – es war jetzt später Vormittag und vor mir lag eben jene flache Senke, an deren Ende klein und fern aber deutlich die Lovecroft-Ranch lag, mit all ihren Gebäuden.

Durch die Senke wand sich ein kräftiger Bach, gesäumt von einem breiten Streifen von Buschwerk mit Erlen und Weiden dazwischen.

Ein kräftiger Wind trieb oben ein paar kleine Wolken über den Himmel, deren Schatten sich als dunkle Flecken über die Landschaft schoben.

Ich hielt kurz an, um das ganze kurz zu betrachten. Es war natürlich alles, wie ich es in Erinnerung hatte.

„Sehr zufriedenstellend.", sagte ich halblaut vor mich hin – und trieb dann mein Pferd wieder an.

Ich war allerbester Laune.

Die Lovecroft-Ranch war eine Ranch wie jede andere dieser Größe auch. Ein eingeschossiges Haupthaus mit einer breiten Veranda vorne, Schuppen, Ställe, Scheunen, an der Seite ein Corral mit einigen Pferden und das ganze umgeben von einem einfachen Stangenzaun.

Ich lenkte meinen Braunen durch das weite, offene Tor auf das weitläufige Ranchgelände und hielt auf den Ranchhof zu. Drei große Cottonwoods an der Seite, wo auch der Brunnen mit dem langen Wassertrog war, warfen ihre Schatten quer über den Ranchhof.

Es war eigentlich noch alles so, wie ich es in Erinnerung hatte, nur dass mir jetzt alles irgendwie kleiner erschien – aber ich glaube, so geht es einem mit Erinnerungen oft.

Ein Hahn krähte irgendwo, als ich auf das Haupthaus zu hielt.

Da ging dort aber auch schon die Tür auf und zwei junge Ladies traten heraus, von welchen eine ein Gewehr in der Hand hielt, das jetzt auf mich gerichtet war, ein Henry-Gewehr, wie ich im Näherkommen erkannte.

Es dauerte ein oder zwei Augenblicke, bis ich erkannte, dass das Sarah und Suzanne waren – das links musste Sarah sein, die ältere, und rechts eben Suzanne.

Sie hatten sich in den letzten sechs Jahren gewaltig verändert – und das durchaus zu ihrem Vorteil. Das waren jetzt keine naseweisen, kleinen Gören mehr, sondern zwei durchaus erfreuliche weibliche Wesen – in heiratsfähigem Alter eben.

Sie betrachteten mich höchst misstrauisch, doch als ich vor ihnen schließlich hielt, sagte Sarah plötzlich:

„Mr. Mohenny, sind Sie das?"

„Wie er leibt und lebt", antwortete ich und sprang aus dem Sattel.

„Hi, Miss Lovecroft", grüßte ich dann. „Hi, Miss Lovedroft", und deutet dabei jedes Mal eine kleine Verbeugung vor einer von den beiden an.

Da kamen sie aber auch schon heran … gestürmt, möchte ich fast sagen,

„Mr. Mohenny!", rief eine, „dass wir Sie wirklich noch einmal wiedersehen!" – und dann umarmten sie mich und …

Nun ja, sagen wir, es war eine echt herzliche Begrüßung und ich hatte jedenfalls das Gefühl, dass sie sich ehrlich freuten.

Natürlich aber blieb auch die Frage nach Phil nicht aus und da schlug ich vor:

„Wissen Sie was? Das erzähle ich Ihnen drinnen alles. Sind Ihre Großeltern da?"

„Großmutter ist da", antwortete Sarah – oder jedenfalls das Mädchen, das ich für Sarah hielt.

Und auf die deutete ich jetzt auch und fragte:

„Sie haben sich ziemlich verändert. Sind Sie Miss Sarah?"

„Richtig. Und das ist Miss Suzanne", antwortete sie, wobei sie ihrerseits auf ihre Schwester deutete. „Aber, Mr. Mohenny, früher nannten Sie uns einfach Sarah und Suzanne."

„Sie sind jetzt aber keine kleinen Mädchen mehr, Miss Sarah."

„Aber sonst sind wir ganz die Alten", entgegnete sie mit herausfordernder Miene. „Also soll auch alles beim Alten bleiben. Wir sind einfach Sarah und Suzanne für Sie."

„Also, wenn, dann bin ich ab jetzt Bill für Euch."

Sie sahen sich kurz an – und sagten dann fast unisono:

„Lässt sich machen … Bill!", wobei sie meinen Namen ein wenig extra betonten.

„Gut!", sagte ich darauf, „Dann würde ich vorschlagen, ihr geht jetzt rein, während ich zunächst einmal mein gutes, altes Streitross versorge. Ich komme dann nach."

Nun, sie waren einverstanden und wandten sich also ab, um dann aufgeregt schwatzend im Haus zu verschwinden.

Tja, jetzt waren sie wirklich keine naseweisen, kleinen Gören mehr, ging es mir durch den Kopf, während ich ihnen nachsah. Sie waren noch immer blond und blauäugig, nur dass sie jetzt keine Zöpfe mehr hatten. Sie waren verdammt hübsche Dinger geworden, dass musste der Teufel ihnen lassen.

Nachdem ich aber zu dieser Einsicht gekommen war und die Tür sich hinter ihnen wieder geschlossen hatte, führte ich mein Pferd zunächst einmal zum Wassertrog, nahm ihm darauf den Sattel ab und ließ es dann in den Korral zu den anderen Pferden dort.

Danach ging ich auch ins Haus.

Mrs. Lovecroft erwartete mich schon und begrüßte mich fast überschwänglich – ich war doch ein wenig überrascht.

Danach aber forderte sie mich auf: „Aber jetzt setzen Sie sich doch, Mr. Mohenny, die Mädchen haben inzwischen Kaffee gemacht."

Und so saß ich eben wenig später in der guten Stube bei einer großen Tasse, heißen, dampfenden Kaffees. Kaum aber hatte Sarah mir den Kaffee eingeschenkt, da fragte Mrs. Lovecroft: „Ich nehme an, sie sind gekommen, um Ihre Sachen zu holen, Mr. Mohenny? Ich meine, dazu muss ich Ihnen sowieso ...“

"Später!", unterbrach ich sie, „Später! Sicher werde ich Sie von dem Zeug erlösen, Mrs. Lovecroft, das hat ja sowieso lange genug gedauert, aber .. viel wichtiger ist die Frage ...“

Mrs. Lovecroft sah mich abwartend an, worauf ich mit meinem Anliegen herausrückte:

„Sagen Sie, sie haben nicht zufällig ein Stück von ihrem famosen Apfelkuchen für mich übrig?“

„Ach das! Nein, leider. Ja, wenn ich gewusst hätte, dass Sie kommen .... Aber ich werde dann welchen machen – bis zum Abend wird er dann fertig sein.“

„Sie machen mich glücklich, Mrs. Lovecroft“, erklärte ich darauf.

Aber jetzt wollten die Drei endlich wissen, was mit Phil los war.

Also erzählte ich eben, was geschehen war.

Danach herrschte betretenes Schweigen – bis Suzanne feststellte:

„Mr. Wilson ist also tot.“ Es klang vielleicht ein wenig traurig und ich sagte darauf:

„Nun, seine Mörder sind jedenfalls auch tot."

„Das macht ihn auch nicht wieder lebendig."

„Aber das war ich ihm schuldig. Er war mein bester Freund."

„Ja, ja, ich weiß, aber ..."; Suzanne verstummte.

Nun, dazu war auch nicht viel zu sagen – dafür wollte Mrs. Lovecroft jetzt wissen:

„Werden Sie sich jetzt um Mary kümmern, Mr. Mohenny, und seinen Sohn?"

„Nein, eigentlich nicht", antwortete ich – und dann erklärte ich ihnen auch warum.

Sie nickten, obwohl ich nicht ganz sicher war, ob sie es auch wirklich für ganz richtig fanden, aber keine sagte etwas.

Da fragte ich schließlich: „Und hier? Alles in Ordnung? Ich kann gerne auch wieder ein paar Tage mithelfen. Na ja, ich denke, ich werde am Abend mit Mr. Lovecroft darüber reden."

Da seufzte Mrs. Lovecroft und meinte:

„Ich hoffe, er kommt bis zum Abendessen."

Ich schaute Mrs. Lovecroft prüfend an – dieser Seufzer eben und auch ihre Stimme – das hatte mir irgendwie nach echter Sorge geklungen, daher forderte ich sie auf: „Mrs. Lovecroft, wenn Sie irgendein Problem haben, dann sagen Sie´s mir jetzt. Dann brauchen Sie mir kein Telegramm nachzuschicken, wenn ich erst einmal wieder weg bin."

„Ach, lassen Sie nur, Mr. Mohenny", erwiderte sie darauf mit einem erneuten Seufzer und irgendwie resignierend oder mutlos, „uns ist ja doch nicht zu helfen."

Das schien eine schwierige Geburt zu werden. Ich schaute zu den beiden Mädchen und fragte:

„Hat das Problem einen Namen?"

Die beiden sahen sich kurz an und dann sagte Sarah plötzlich ziemlich heftig:

„Und ob das Problem einen Namen hat, nämlich Dalton, Doug Dalton:"

Es ging also um einen Konflikt –das hatte ich doch gleich geahnt.

„Doug Dalton also", wiederholte ich jedenfalls überlegend, aber der Name sagte mir nichts.

„Ein Bandit? Ein böser Nachbar? Ein ..."

„Ein böser Nachbar!", unterbrach mich da Sarah erneut ziemlich heftig und Suzanne setzte hinzu:

„Ein sehr böser Nachbar sogar!"

„Oh!", sagte ich und nickte. "Aber wie wär´s, wenn Ihr mir die ganze Geschichte erzählt."

Und jetzt endlich bequemten sie sich doch, mir zu erzählen, was los war.

Es war im Grunde genommen eine sehr einfache Geschichte.

Doug Dalton hatte seine offensichtlich durchaus ganz ansehnliche Ranch nach dem Tod seines Vaters übernommen – aber ihm war sie zu klein. Und da hatte er eine ganze Reihe rauer Burschen engagiert und versuchte nun, seine Nachbarn zu vertreiben.

Und er war da offensichtlich nicht sehr zimperlich. Seine Männer terrorisierten die Leute, vor allem auch die Reiter und Cowboys der Ranches. Einige waren ziemlich schlimm verprügelt worden, zwei waren in Saxonville erschossen worden. Natürlich sollte es eine saubere Sache gewesen sein, die hatten sich eben provozieren lassen, aber … das war natürlich beunruhigend.

Zwei Männer waren auf der Weide erschossen worden. Natürlich gab es keine Zeugen und von den Mördern keine Spur.

Jedenfalls hatten etliche Männer aufgegeben und die Ranches hatten zu wenige Cowboys und Reiter. Auch Lovecroft hatte nur mehr zwei Männer – und das war eigentlich zu wenig.

Außerdem wurde immer wieder Vieh weggetrieben, und diese Verluste spürten eben auch alle.

Zwei kleinere Ranches hatten jedenfalls auch tatsächlich aufgegeben und jetzt hatte er schon die Lovecroft-Ranch im Visier.

„Der Schlimmste von allen ist aber eigentlich dieser Amos Harding, sein Vormann", stellte Sarah am Schluss bitter fest.

„Amos Harding! Hmm…, verstehe …"

„Eigentlich hättet Ihr heiraten können", wandte ich mich dann an die beiden Mädchen.

„Heiraten?", wiederholten sie fast gleichzeitig überrascht.

„Sicher! Wenigstens eine!", bekräftigte ich, „dann gäbe es hier jetzt einen Mann, der mit diesem Dalton und seiner Saubande ein wenig Schlitten fahren könnte."

„Der Mann, der mit Dalton und Harding und ihren Männern fertig werden kann, muss erst noch geboren werden, glaube ich", sagte Sarah ziemlich bitter.

„Tatsächlich? Nun, dann hat es natürlich keinen Sinn", gestand ich ihr zu und nickte. Ich meine, ich dachte mir da natürlich meinen Teil dazu, aber das behielt ich jetzt einmal für mich. Plötzlich aber hatte ich ein Bild vor Augen, auf dem Mrs. Lovecroft neben ihrem Mann und den Mädchen auf einem Wagen saß, auf den sie ein paar Habseligkeiten geladen hatte und der langsam von der Ranch rollte, und Mrs. Lovecroft noch einmal einen letzten sehnsüchtigen Blick zurück auf ihre Ranch warf …, Mrs. Lovecroft, die ich irgendwie so mochte und die den besten Apfelkuchen von der Welt machte. Nachdenklich rieb ich mir die Stirn, dann fragte ich:

„Habt Ihr mich eigentlich wegen diesem Dalton und seinen Männern mit einem Gewehr in der Hand empfangen?"

„Nun, so wie die Dinge zurzeit liegen ..."

„Verstehe. Nun, das ist ja sicher auch sehr vernünftig. Hmm... Aber ... andere Frage: Würden Sie die Ranch eigentlich verkaufen? Ich meine, wenn Dalton zum Beispiel einen anständigen Preis bieten würde?"

„Mr. Mohenny!", erwiderte darauf Mrs. Lovecroft sehr ernst, „Wir haben diese Ranch hier aufgebaut. Wir haben hier schöne Zeiten erlebt ... und auch schwere. Unser Sohn ist hier aufgewachsen, Suzanne und Sarah sind hier aufgewachsen ..."

„Ich nehme an, das soll heißen: Nein. Ich meine, um meine Frage zu beantworten?"

„Worauf Du Dich verlassen kannst!", stellte Suzanne sehr entschlossen fest, „außerdem würde er sowieso keinen anständigen Preis bieten."

„Hat er schon einen geboten?"

„Hat er. Und er war alles andere als anständig.", antwortete darauf Mrs. Lovecroft ruhig.

„Hmm. Schlimme Geschichte."

Ich rieb mir erneut nachdenklich die Stirn und ließ das eben Gehörte auf mich einwirken – und fragte dann aber schließlich: „Wo ist denn nun eigentlich ihr Mann?" „Großvater?", übernahm Suzanne die Beantwortung dieser Frage, „Tja, heute Morgen ist Mr. Winter gekommen, einer der beiden Männer, die uns noch geblieben sind. Er erzählte, dass wieder einmal Vieh weggetrieben worden wäre. Und da hat sich Großvater mit ihm auf die Verfolgung gemacht." „Tatsächlich?"

Ich lehnte mich zurück, schloss die Augen und verschränkte die Finger ineinander, das mache ich manchmal, wenn ich mir etwas durch den Kopf gehen lasse, so wie auch jetzt – was diesmal allerdings allerhöchstens zwei Sekunden dauerte, dann wusste ich, was zu tun war.

„Nun, dann werde ich ihnen eben nachreiten", erklärte ich.

„Das würden sie wirklich tun?", fragte Mrs. Lovecroft – wie ich glaube, ein wenig erleichtert.

„Ich würde nicht", antwortete ich, „ich werde. Wenn Sie mir einigermaßen sagen könnten, wo das ungefähr war?" „Tja,", begann Mrs. Lovecroft und blickte zu den beiden Mädchen, die sich ihrerseits gegenseitig ansehen – und dann wandte Sarah sich an mich: „Ich zeig´s Dir. Ich komme mit", erklärte sie.

„Negativ!", sagte ich – das hatte mir gerade noch gefehlt.

„Positiv!", beharrte sie allerdings, „Ich kenne mich hier aus, so werden wir schneller sein."

Man beachte: sie hatte wir gesagt. Sie schaute mich herausfordernd an. Ich aber schloss die Augen und rieb mir kurz die Nase – mache ich auch gelegentlich, wenn ich nachdenke – dann gab ich mich geschlagen, weil ich mit ihr vielleicht doch schneller auf die Spur stoßen würde. „Also gut", sagte ich also. „Aber wenn wir ihre Spur haben, reitest Du zurück."

„Ja, ja.", sagte Sarah. Vielleicht hätte ich auf dieses ´Ja, ja´ ein wenig achten sollen – ich meine weil so ein ´Ja, ja´ nicht unbedingt wirklich ´Ja, okay´ bedeuten muss, sondern es kann auch ein ´Vielleicht´ gemeint sein, oder ein ´Wir werden ja sehen´. Nun, wie auch immer, ich beachtete es jedenfalls nicht und sagte nur:

„Nun, dann nichts wie los. Sie müssen ja schon einen ganz schönen Vorsprung haben. Dann wollen wir eben ..."

Einer plötzlichen Eingebung folgend, unterbrach ich mich aber und schlug den Mädchen vor:

„Holt ihr mal die Pferde her? Ich hol noch was von meinen Sachen da oben", und bei diesen Worten wies ich auf die bewusste Falltür oben in der Decke.

Wenig später jagten wir dann auch schon in einem flotten Galopp dahin – es war natürlich tatsächlich von Vorteil, dass Sarah sich hier auskannte und genau wusste, wo wir hinmussten.

Was ich von meinen Sachen oben geholt hatte? Meine gute alte Sharps. Weil ich mir überlegt hatte, dass es in diesem Fall unter Umständen vielleicht doch von Vorteil sein konnte, ein Gewehr zu haben, dass ein wenig weiter schoss als andere. Nun, wir jagten dann eben eine ziemliche Weile dahin, langsam sank die Sonne ein wenig tiefer, bis Sarah endlich ihr Pferd zügelte, nachdem wir über einen kleinen Creek gekommen waren. „Tja, da irgendwo müsste es gewesen sein", stellte sie dann fest.

Ich sah mich kurz um, ohne dass mir irgendwas Besonderes aufgefallen wäre.

„Tja, dann werde ich einmal nach Spuren suchen", meinte ich, worauf Sarah vorschlug: „Wenn du links herum einen Bogen schlägst, könnte ich es rechts herum versuchen." Sie sah mich fragend an und nach einem Moment des Überlegens stimmte ich ihr zu: „Warum nicht."

„Na dann." Und schon trieb sie ihr Pferd an.

Wenn da ein paar Männer, also sagen wir, wenigstens zwei, einen Trupp Rinder getrieben hatten, dann mussten sie Spuren hinterlassen, die selbst einem Greenhorn nicht entgehen konnten, und Sarah war sicher kein Greenhorn. Wenn es Spuren gab, würden sie ihrem Augenmerk nicht entgehen. Es war dann aber doch ich, der auf die Spuren stieß. Ich feuerte einen Schuss ab und wenig später tauchte Sarah auf, „Hast Du sie?", fragte sie. „Ich hab` sie!" Ich sah sie an und meinte:

„Du kannst jetzt zurückreiten." Sarah erwiderte meinen Blick und sagte dann: „Das werde ich aber nicht tun." Ich holte tief Luft und erinnerte sie: „Du hast gesagt, dass Du zurückreiten würdest."

„Da musst Du was falsch verstanden haben."

Unsere Blicke kreuzten sich und ihr Blick war herausfordernd.

„Ich hätt´s wissen müssen", seufzte ich dann.

„Hättest Du." Und nach einem Augenblick setzte sie hinzu:

„Ich kann auch ganz gut schießen, wenn´s drauf ankommt."

„Du kannst auch ganz gut getroffen werden."

„Du musst eben aufpassen auf mich."

„Das ist genau das, was ich vermeiden wollte", knurrte ich.

„Zu spät."

Ich holte tief Luft und versuchte es noch einmal:

„Es hat wohl keinen Sinn, wenn ich ...", begann ich.

„Nein, hat es nicht", unterbrach sie mich.

So wie es aussah, hätte ich sie wohl fesseln müssen, wenn ich sie loswerden wollte, sodass ich schließlich seufzend feststellte: „Du warst schon früher ein Dickkopf."

„Und das hat sich nicht gebessert", versicherte sie mir.

„Das merk ich."

„Können wir jetzt endlich?", fragte sie darauf. Ich sah sie ein wenig schräg an und fragte sie:

„Und Du tust, was ich Dir sage, wenn ´s drauf ankommt?"

„Aber sicher. Du bist der Boss." Ich nickte und dachte mir dabei:

„Dein Wort in Gottes Ohr."

„Können wir jetzt endlich?", fragte sie da aber erneut. Und da ergab ich mich eben in mein Schicksal.

„Na schön, dann nichts wie los", stimmte ich ihr also zu.

Es war in dem Gras- und Buschland meist nicht schwer, der Spur zu folgen, und so ging es flott dahin, ungefähr nach Südwesten. Aber nach einer guten Stunde oder etwas mehr, nachdem wir über eine flache Kuppe gekommen waren, sahen wir weiter voraus, wo das Gelände wieder anstieg, ein Pferd liegen, das wohl tot war, und in der Nähe zwei Gestalten, die sich nicht zu rühren schienen.

Natürlich beschlich mich da eine böse Ahnung.

„Verdammt!", fluchte ich – und schon jagte ich dahin und hinter mir hörte ich die Hufe von Sarahs Pferd trommeln. Minuten später sprang ich neben dem Pferd aus dem Sattel und auf den ersten Blick sah ich, dass es tot war. Aber mein Interesse galt im

Augenblick sowieso dem Mann, der mir, einige Schritte entfernt am Boden sitzend, entgegensah – denn dieser Mann war Mr. Lovecroft. Der zweite Mann, ein Stück daneben, rührte sich nicht.

„Mr. Mohenny! Sind Sie das?", fragte Mr. Lovecroft erstaunt, als ich an ihn herantrat. „Wo kommen Sie denn auf einmal her?" „Lange Geschichte", antwortete ich, „Jetzt geht es aber um Sie, Mr. Lovecroft. Sie sehen nicht so besonders gut aus." Tatsächlich sah er gar nicht gut aus, das Gesicht schmerzverzerrt, grau und mit Schweißperlen auf der Stirn, ein paar Strähnen seines schütteren, grauen Haares hingen ihm ins Gesicht. „Kann ich mir gar nicht vorstellen", versuchte er mit der Andeutung eines gequälten Lächelns einen Scherz.

Ich aber wies auf den zweiten Mann, der etwas weiter auf dem Bauch lag und sich nicht rührte.

Doch noch bevor ich irgendetwas sagen konnte, war jetzt auch Sarah heran und kniete neben Mr. Lovecroft nieder. Sie strich ihm über die Haare und fragte besorgt:

„Großvater! Was ist los mit Dir? Was ist geschehen?"

„Viele Fragen auf einmal", sagte er stöhnend, „habt ihr etwas zu trinken für mich?"

Augenblicklich sprang Sarah auf und brachte ihre Wasserflasche. Und nachdem Mr. Lovecroft in langen Zügen getrunken hatte, begann er zu erzählen:

„Tja, was ist geschehen? Zwei von den Burschen haben uns da oben aufgelauert", er wies hinter sich den flachen Hang hinauf, „wir haben eben nicht genug aufgepasst. Sam hat ´s erwischt, er ist tot. Mein Pferd haben sie auch erwischt und ich kam nicht rechtzeitig aus dem Sattel, als es stürzte, und so fiel es auf mein Bein. Zum Glück kriegte ich das Bein noch heraus, als es sich noch herumwälzte. Aber das Bein ist gebrochen. Tut verdammt weh."

Nun, das glaubte ich ihm gerne, denn das Bein war irgendwie verdreht, es musste ziemlich schlimm gebrochen sein.

„Und die anderen?", fragte ich.

„Immerhin konnte ich ihr Feuer erwidern, nachdem ich gestürzt war und da zogen sie es vor, abzuhauen."

„Nun, sie waren ja doch erledigt, aber … ich meine …, die hätten sie ganz bequem auch umlegen können."

„Hätten sie."

Das Gespräch verstummten kurz.

„Das Pferd musste ich übrigens erschießen", setzte Mr. Lovecroft dann noch hinzu.

„Verstehe."

Aber diese Worte veranlassten mich, nach dem Pferd des Toten Ausschau zu halten, doch das war offensichtlich weitergelaufen. Wir hätten es aber brauchen können.

Nun, es musste etwas geschehen und daher sagte ich nach kurzem Überlegen:

„Sarah, könntest Du Dich nach dem entlaufenen Pferd umsehen. Ich werde mir einstweilen das Bein deines Großvaters ansehen."

„Soll ich Dir nicht lieber ...", versuchte sie einzuwenden.

„Nein, sollst Du nicht!", unterbrach ich sie aber, „Und ich bin der Boss."

Sie verzog kurz den Mund und bedachte mich mit einem merkwürdigen Blick, gab dann aber nach.

„Okay, Boss!", sagte sie nur, schwang sich dann, ohne ein weiteres Wort zu verlieren, in den Sattel und ritt davon. Ich aber machte mich an die Arbeit, ich zog Mr. Lovecroft zunächst einmal den Stiefel aus, was schwierig war, da es ihm höllische Schmerzen bereitete und das Bein jetzt schon ziemlich angeschwollen war. Es ging jedenfalls nicht ab, ohne dass er ächzte und stöhnte und mich vor allem mit heftigen Flüchen bedachte. Da schnitt ich noch das Hosenbein auf und besah mir den Schaden.

Es sah ziemlich schlimm aus, aber immerhin war es kein offener Bruch.

„Das muss ein Doc machen", erklärte ich ihm, „ich werde es vorläufig schienen, ich denke, da oben find ich schon ein paar kräftigere Äste, dann werden wir

Sie zur Ranch schaffen, und dann hol` ich den Doc. Die Frage ist nur: Wenn wir Sie irgendwie in den Sattel kriegen ...“

„Ich wird` nicht runterfallen“, versicherte mir Mr. Lovecroft.

„Sie könnten ohnmächtig werden.“

„Sie müssen mich eben festbinden.“

„Wird wohl besser sein.“

Nach einer Weile kam Sarah zurück: ohne Pferd. Nun das hatte ich ja fast befürchtet.

„Ich hab` zwar eine Weile seine Spur verfolgt, aber ...“

„... wer weiß, wie weit es noch gelaufen ist und wohin“, ergänzte ich, „wir haben jetzt keine Zeit, es zu suchen. Folgender Plan: Wir reiten zurück zur Ranch. Wir müssen ihn in den Sattel Deines Pferdes kriegen und wir beide reiten auf meinem, das ist kräftiger. Du sitzt im Sattel und ich hinter Dir.“

„Nein, umgekehrt“, verlangte Sarah.

„Na schön, meinetwegen.“

Ich meine, so war es natürlich bequemer für mich - und außerdem war es mir eigentlich sowieso irgendwie lieber, wenn Sarah sich bei mir festhielt, nicht umgekehrt.

Nun, wie auch immer, der Ritt wurde mühsam und die Dunkelheit brach dann auch schon herein, als wir endlich die Ranch erreichten. Nichtsdestotrotz sattelte ich mir ein frisches Pferd, um nach Saxonville zu reiten und dort den Doc zu überreden, zu so später Stunde noch den weiten Weg zur Lovecroft-Ranch auf sich zu nehmen, um dort nach dem alten Herrn zu sehen.

Ich will jetzt nicht von meinen Überredungskünsten reden, die dazu notwendig waren, aber ich schaffte es. Es war dann jedenfalls weit nach Mitternacht, als der Doc endlich aus dem Schlafzimmer kam. Ich saß mit Mrs. Lovecroft und ihren beiden Enkelinnen am Tisch und wir alle sahen ihm entgegen.

„Es war höchste Zeit", brummte er, als er sich setzte, „was aber nichts daran ändert, dass sie das nächste Mal in den Lauf einer Waffe blicken werden, Mr. ..."

„Mohenny, Bill Mohenny."

„Mohenny? Gut, dann also, Mr. Mohenny. Verdammt, den Namen merk ich mir. Aber ... wo war ich stehen geblieben?"

„Es ging darum, dass ich das nächste Mal in den Lauf einer Waffe ..."

„Ach ja, richtig.", unterbrach er mich grimmig, „Sie werden in den Lauf einer Waffe blicken, wenn sie noch einmal zu so später Stunde an meine Tür hämmern, um mich durch die Nacht zu jagen."

„Ist in Ordnung, Doc", sagte ich. „Aber jetzt nehmen Sie doch Kaffee und Apfelkuchen. Und glauben
Sie mir, das ist der beste Apfelkuchen, dann ich
kenne, und ich bin doch ein wenig herumgekom-
men."

Es war jetzt allerdings schon reichlich spät, soll
heißen, es war nicht mehr allzu weit bis zum Morgen,
und da gedachte ich, noch eine Mütze Schlaf zu nehmen, denn nun war ich doch verdammt müde. Also
erhob ich mich bald und sagte:

„Tja, dann wird´ ich mal rüber gehen ins Bunkhouse und mich für eine Weile auf ´s Ohr hauen."

„Mrs. Lovecroft meinte zwar:

„Mr. Mohenny, wir hätten da hinten aber zwei
kleine Zimmer ..."

„Danke, aber das Bunkhouse ist genau goldrichtig
für mich", wehrte ich ab.

„Und da hau ich mich jetzt auch aufs Ohr",
knurrte der Doc.

Drüben schnarchte ein Mann, wohl der letzte Reiter, der den Lovecrofts verblieben war. Nun, ich legte
Jacke und Gurt ab, zog mir die Stiefel und die Hose
aus und ließ mich auf ein freies Bett fallen, wenig später auch der Doc. Und obwohl ich ehrlich todmüde
war, wollte sich der Schlaf nicht gleich einstellen. Zuviel war geschehen heute und ging mir noch eine
Weile im Kopf herum.

Ich glaube, meine letzten Gedanken galten Suzanne und Sarah. Das waren ja wirklich zwei verdammt hübsche Dinger geworden und ich erinnerte mich an die zwei Gören, die sie früher gewesen waren, als Phil und ich das erste Mal hergekommen waren – aber ich glaube, da war ich dann plötzlich doch weg.

Normalerweise bin ich ja immer ziemlich früh auf, aber diesen Morgen dauerte es doch ein wenig länger, bis ich beim Wassertrog stand, um mich zu waschen, und die Morgensonne wärmte einen auch schon ein wenig.

Und als ich dann wenig später, frisch gewaschen und die Bartstoppeln aus dem Gesicht gekratzt, in die gute Stube kam, wo mir der Duft von frischem Kaffee in die Nase stieg, waren meine Lebensgeister endgültig wieder vollkommen geweckt.

Mrs. Lovecroft und die beiden Mädchen waren schon da und sehr zu meiner Überraschung saß auch Mr. Lovecroft am Tisch. Und dann war da auch noch Gus Gilmore, der Mann, der schon tief und fest geschlafen hatte, als der Doc und ich ins Bunkhouse gekommen waren. Wir musterten uns kurz.

Gilmore war ein vielleicht mittelgroßer, bulliger Typ, etwa vierzig mit kurz geschnittenen Haaren und dafür einem prächtigen Schnurrbart. Seine graubraunen Augen gefielen mir irgendwie, doch schon alleine die Tatsache, dass er, allen Widrigkeiten zum

Trotz, bis jetzt auf der Ranch geblieben war und nicht den Schwanz eingezogen hatte, sprach für ihn.

Mr. Lovecroft sah allerdings nicht besonders gut aus, vor allem irgendwie alt. Ich meine er war wohl sicher an die Sechzig, aber …nun ja, er sah viel älter aus.

„Guten Morgen, Mr. Lovecroft!", grüßte ich, als ich mich an den Tisch setzte, „es scheint Ihnen schon besser zu gehen." „Zum Glück", sagte er, „und das hab ich nicht zuletzt Ihnen zu verdanken, Mr. Mohenny. Danke jedenfalls."

„Keine Ursache. War doch selbstverständlich."

Er zuckte mit den Schultern. „Sicher nicht für jeden. Und nicht jeder …"

Aber da tauchte jetzt auch der Doc noch auf und unterbrach Mr. Lovecroft.

„Guten Morgen!", grüßte er und nahm gegenüber von mir Platz.

„Ach, sieh an, da ist ja auch dieser famose Mr. …", begann er, als ob er mich erst jetzt bemerkte.

„Mohenny, William Mohenny.", erinnerte ich ihn.

„Ach ja richtig, Mr. Mohenny. Nun, ich hoffe, Sie denken daran: Wenn Sie …"

„Ich weiß, ich weiß.", unterbrach ich ihn, „Ich werde in den Lauf einer Waffe blicken, wenn ich noch einmal um Mitternacht an Ihre Tür hämmere."

„Vergessen Sie ´s nur nicht."

„Worauf Sie sich verlassen können."

„Na dann."

Dann wandte er sich an Mr. Lovecroft:

„Wie geht ´s heute, Mr. Lovecroft? Schon besser?"

„Das sehen Sie doch."

„Ja, es schaut ganz gut aus. Und denken Sie immer daran: Wenn Ihr Bein wieder halbwegs wird, dann haben Sie das diesem Verbrecher da, zu verdanken."

„Ich weiß, ich weiß, aber jetzt essen Sie doch."

Nun, das ließen wir uns nicht zweimal sagen. Mrs. Lovecroft und die zwei Mädchen hatten reichlich Rühreier, Bratkartoffel und gebratenen Speck aufgetragen, oder es gab auch Marmeladen und selbstverständlich Kaffee. Vor allem aber war noch ein schönes Stück von Mrs. Lovecrofts famosem Apfelkuchen da.

Nach einer Weile machte sich der Doc dann aber auf den Weg und auch Gus erhob sich, der hatte natürlich zu tun.

„Nachdem sie weg waren, schenkte ich mir noch eine Tasse Kaffee ein und nahm mich auch um das letzte Stück Apfelkuchen an. Während ich noch kaute, sagte ich zu Mr. Lovecroft:

„Ich denke, ich werde noch ein paar Tage hierbleiben. Sie werden Hilfe brauchen können die nächste Zeit."

„Mr. Mohenny, so wie die Dinge liegen, kann ich das beim besten Willen nicht annehmen."

Ich war mir nicht ganz sicher, warum er das ablehnte, aber jedenfalls widersprach ich ihm:

„Natürlich können Sie das. Es ist meine Entscheidung."

Er versuchte trotzdem noch eine kleine Weile, mir das auszureden, warum auch immer, aber er gab sich doch bald geschlagen ....weil er nur zu gut wusste, dass er mich eigentlich dringend brauchte.

Und als wir endlich so weit waren, sagte ich:

„Und jetzt entschuldigen sie mich eine Weile."

Ich ging vor die Tür, setzte mich an den Tisch dort auf der Veranda und zündete mir einen Zigarillo an. Das brauchte ich einfach hin und wieder. Ich sah den Rauchkringeln nach und war ein wenig in Gedanken, als sich plötzlich Sarah zu mir an den Tisch setzte. Sie sagte nicht gleich etwas, aber schließlich fragte sie.

„Und? Was wirst Du heute machen?"

Statt einer Antwort fragte ich aber: „Sag, gibt es eigentlich noch diesen Tümpel hinter den Hügeln?"

„Du meinst da, wo Ihr uns seinerzeit das Schwimmen beigebracht habt, als wir noch klein waren, du und Phil?"

„Ja, genau den."

„Und wo wir hin und wieder Steine über das Wasser hüpfen ließen?"

„Ja, genau den."

„Ja, den gibt ´s noch. Warum fragst du?"

„Nur so. Ist mir grade so eingefallen."

Wir schwiegen kurz und dann erinnerte mich Sarah:

„Du hast meine Frage nicht beantwortet."

„Was ich heute machen werde?", ich zuckte mit den Schultern, „Tja, ich denke, ich werde mich einmal ein wenig in der Gegend umsehen."

„Ich könnte mitkommen", schlug Sarah vor."

„Lieber nicht", lehnte ich ab, „ich weiß, Du kennst Dich hier aus, aber trotzdem ..."

„Nun ja, wie du meinst. Noch kannst Du Dir ´s ja überlegen."

„Kann ich, aber ..."

„Nun, denk darüber nach", schlug Sarah vor und ging dann wieder ins Haus.

Sie war diesmal wenigstens nicht hartnäckig – und das war mir auch lieber so.

Es war sicher ganz nett, mit Sarah unterwegs zu sein, aber bei dem, was ich tatsächlich vorhatte, würde ich doch lieber alleine sein.

_*_

Eine halbe Stunde später saß ich dann also im Sattel und hielt mich Richtung Südwest – da wo irgendwo die Dalton-Ranch liegen musste. Der Mann, der mit Dalton fertig werden kann, muss erst geboren werden, hatte Sarah gesagt ... so ungefähr jedenfalls. Oder war es ihre Schwester gewesen?

Ich war mir da nicht mehr ganz sicher – und es spielte sowieso keine Rolle. Aber dieser Satz war mir seither bei Gelegenheit immer wieder einmal durch den Kopf gegangen – ich meine, er reizte natürlich irgendwie zum Widerspruch. Vielleicht war dieser Mann ja doch schon geboren – ich dachte dabei natürlich an mich. Das soll heißen: Die Sache juckte mich irgendwie ..., zumal ich den Lovecrofts auch gerne geholfen hätte.

Irgendwann nach Mittag lag die Ranch dann endlich vor mir. Ich zügelte meinen Braunen und sah mir die Sache einmal an. Die Dalton-Ranch war jedenfalls eine wirklich schöne, große Ranch, großzügig angelegt – und dieser Dalton war also der Meinung, dass er dazu noch mehr Weideflächen für sein Vieh brauchte ... und vielleicht auch Wasserstellen. Nun, so war das eben mit den Ranches, bei Konflikten ging es häufig um Land oder um Wasser. Wasser gab es hier genug, aber das Land war eben aufgeteilt.

Und dieser Dalton versuchte nun, mit einer rauen Mannschaft sein Ziel zu erreichen. Nun, mit einer rauen Mannschaft ließ sich so manches erreichen, und so gesehen, war diese Geschichte nichts Besonderes – aber für die Betroffenen natürlich schon.

Nun, man würde sehen.

Ich wurde bemerkt, als ich auf das Haupthaus zuhielt, sodass sich, als ich dort anhielt, vor der Tür auf der unvermeidlichen, breiten Veranda ein großer, etwas korpulenter Mann aufgebaut hatte, der seinen Hut weit in den Nacken schob. Neben ihm standen ein weiterer Mann und eine Frau, beide etwas älter und ich hielt sie für Ranchhelps.

„Hi!", grüßte ich, als ich vom Pferd stieg.

Und nachdem ich mein Pferd an dem Haltebalken vor dem Haus festgemacht hatte, wandte ich mich an die drei:

„Hi!", grüßte ich noch einmal und jetzt bequemte sich der Dicke immerhin zu einer Antwort:

„Hi!", grüßte er, „was wollen Sie hier?" Seine Stimme war irgendwie unfreundlich, der Blick seiner Augen misstrauisch.

„Ich hätte gerne Mr. Dalton gesprochen.", erklärte ich freundlich.

„Und? Wen darf ich melden?", fragte er weiter mit einem gewissen ironischen Unterton.

„Wenn ich mich vorstellen darf: Mohenny, William Mohenny."

Und da setzte ich, einer plötzlichen Eingebung folgend, noch hinzu:

„Ich bin der neue Vormann der Lovecroft-Ranch."

„Sie sind … was?", fragte er darauf ziemlich verblüfft.

„Ich bin der neue Vormann der Lovecroft-Ranch", versicherte ich ihm darauf noch einmal.

Er schüttelte den Kopf und verzog das Gesicht. Dann wandte er sich zu den beiden anderen um,

„Habt Ihr das gehört? Das ist der neue Vormann der Lovecroft-Ranch."

Die beiden nickten schulterzuckend.

„Na schön", fuhr er dann fort, „Ken, geh rein zum Boss und sag ihm, dass der neue Vormann der LC mit ihm reden will."

Das hatte offensichtlich dem Mann neben ihm gegolten, jedenfalls wandte sich der jetzt um und ging ins Haus, während der Dicke mich weiter neugierig aber wortlos musterte.

Nach ein paar Minuten tauchte Ken wieder auf: „Sie können rein kommen", sagte er.

Also folgte ich ihm ins Haus. Durch einen langen, breiten Vorraum, mit Kleiderhaken und Kleiderständern, an welchen auch alles mögliche Zeug hing, wie Jacken, Peitschen, Hüte und so weiter, ging es in die Wohnhalle, wo dieser Ken auf eine offenstehende Tür wies, dann verschwand er.

Ich ging also da hin und die Tür führte in einen großen, ungefähr quadratischen Raum mit zwei Fenstern und vor allem mit einem großen Schreibtisch – an dem Mr. Daltons saß und mir forschend entgegenblickte. Ich blieb in der Tür stehen und fragte:

„Mr. Dalton?"

„Kommen sie rein!", forderte er mich auf und während ich eintrat, wies er wortlos auf den leeren Stuhl, der ihm gegenüber am Tisch stand. Also ließ ich mich darauf nieder. Forschend betrachtete er mich – und ich ihn natürlich auch.

Er schien nicht sehr groß zu sein, jedenfalls war er schlank. Nach seinem glattrasierten Gesicht mit den graubraunen, kleinen Augen und dem schmalen Mund schätzte ich ihn auf etwa vierzig bis fünfundvierzig. Ein Eindruck zu dem auch das dunkle, fast schwarze Haar beitrug, das allerdings schon ein wenig mit weißen Haaren durchzogen war.

„Sie sind also der neue Vormann der LC?", fragte er, als er mit seiner Musterung fertig war.

„So ist es."

„Und Sie heißen?"

„Mohenny, William Mohenny."

„Und was führt Sie zu mir?"

„Nun, ich dachte, es könnte nicht schaden, die Nachbarn kennen zu lernen, insbesondere den größten."

„Verstehe", er nickte, „Sagen Sie, wie viele Männer haben sie denn derzeit, Mr. Mohenny?"

„Nun, da muss ich mir erst einen Überblick verschaffen. Schätze, ich werde noch zwei, drei Männer einstellen müssen."

„Na dann, viel Glück!" Natürlich verarschte er mich jetzt, aber ich ließ mir nichts anmerken.

„Danke, Mr. Dalton", sagte ich nur.

Wieder musterte er mich forschend und fuhr dann fort:

„Ich habe gehört, es gibt Probleme auf der LC?"

„Auf welcher Ranch gibt es die nicht?"

"Aber Sie schaffen das?"

„Wie mein Großvater schon zu sagen pflegte: Es gibt kein Problem, das ein echter Mohenny nicht lösen könnte, das ist nur eine Frage der richtigen Mittel."

Mr. Daltons Augen wurden ein wenig schmal.

„Scheint mir ein kluger Mann gewesen zu sein, Ihr Großvater."

„Unbedingt. Hab ´ne Menge gelernt von ihm."

„Und Sie werden also auch mit den Problemen der LC fertig? Sie haben die richtigen Mittel, sozusagen?"

„Hundertpro. Ich hab´ da immer so meine Mittel und Methoden."

„Verstehe.", er wog kurz den Kopf, und studierte dabei mein Gesicht.

„Also, ich will mit offenen Karten spielen, Mr. Mohenny", sagte er dann, "Ich würde meine Ranch gerne vergrößern und dazu würde ich das Land der LC brauchen. Ich habe mit Mr. Lovecroft schon darüber verhandelt."

„Ich hab ´s gehört. Aber sie sind sich über den Preis nicht einig geworden, oder?"

„Das wird schon noch, Mr. Mohenny, ich werde ihn schon noch überzeugen. Ich habe da auch so meine Mittel und Methoden. Aber was ich damit sagen will: Vielleicht sollten Sie es sich unter diesen Umständen noch überlegen, ob sie diesen Job wirklich machen wollen. Sie sollten sich rechtzeitig nach einem anderen Job umsehen. Außerdem: Es könnte Konflikte geben. Immerhin habe ich eine … eine ziemlich gute Mannschaft."

Er hatte mir damit natürlich durch die Blume sagen wollen, dass er eine raue Mannschaft hatte, die vor nichts zurückschrecken würde, wenn ´s drauf ankam.

Nun, ich ließ mich davon natürlich nicht beeindrucken.

„Ich glaube, meine ist besser ...", erwiderte ich schulterzuckend, „und was die Konflikte angeht – ich bin sehr gut im Bereinigen von Konflikten, da hab´ ich auch so meine Mittel und Methoden. Aber lassen wir das jetzt, ich wollte Sie kennen lernen und das wäre ja nun erledigt. Oder haben Sie noch irgendwas auf dem Herzen?"

„Nein, nein, aber … wie gesagt, denken Sie darüber nach, was Sie tun."

„Versprochen", versicherte ich ihm und erhob mich.

„So long, Mr. Dalton", verabschiedete ich mich, er allerdings hob nur grüßend die Hand, und dann ging ich eben.

Draußen vor dem Haus standen noch immer die drei herum, und so erwartungsvoll, wie sie mir entgegensahen, waren sie neugierig.

„Nun, wie war´s?", fragten sie.

"Vormann!", setzte dann einer sehr betont hinzu.

„Hätte nicht besser laufen können", versicherte ich ihnen, „So long Gents, so long Lady."

Und mit diesen Worten ging ich dann zu meinem Pferd, machte es los und schwang mich in den Sattel.

Es war dann schon relativ spät, als ich zurückkam. Drinnen saßen sie schon beim Abendessen."

„Oh, da sind sie ja, Mr. Mohenny", empfing mich Mrs. Lovecroft. „Und wir dachten schon, wir würden sie nicht mehr wiedersehen."

„Also, solange es hier so guten Apfelkuchen gibt ...", ich deutete eine kleine Verbeugung zu Mrs. Lovecroft an, „wo ist übrigens Mr. Lovecroft?"

Denn der saß nicht mit den anderen am Tisch.

„Er schläft", sagte Mrs. Lovecroft, Sarah aber fragte:

„Wo bist Du denn gewesen, Bill?"

„Ich war neugierig, ich habe Mr. Dalton einen kurzen Besuch abgestattet."

„Mr. Dalton!", wiederholte Mrs. Lovecroft überrascht, worauf Sarah aber weiter fragte:

„Und? Wie war´s?"

„Ach Gott,", ich zuckte mit den Schultern, „wie soll es schon gewesen sein? Ich wollte ihn eben kennen lernen. Ich bin nun einmal ein neugieriger Mensch, glaub ich. Sie haben übrigens einen neuen Vormann."

„Einen neuen Vormann?", wiederholte Mrs. Lovecroft überrascht, „wir haben eigentlich überhaupt keinen Vormann, … bei den beiden Männern, die uns noch geblieben sind." Ihre Stimme wurde wieder ein wenig bitter bei den letzten Worten.

„Einer!", korrigierte ich sie, „aber darum habe ich ja auch gesagt, sie haben einen neuen Vormann. Einen Neuen!"

„Und wer soll das sein?", fragte Suzanne.

„Doch nicht etwa Du?", schloss sich Sarah dieser Frage an.

„Wer sonst?", sagte ich.

„Großvater wird ein wenig überrascht sein", meinte Suzanne.

„Er wird froh sein, denn er fällt jedenfalls aus für die nächste Zeit", hielt ich dagegen.

Doch nun ergriff allerdings auch Mrs. Lovecroft das Wort:

„Mr. Mohenny, er wäre sicher froh, aber … wir haben kein Geld, um Sie zu bezahlen. Wir haben überhaupt kaum noch Geld", sie seufzte, „wir müssten wieder einmal ein paar Rinder verkaufen, aber wer soll das jetzt tun?"

„Mrs. Lovecroft, Sie haben Geld", korrigierte ich sie und wies hinauf auf die Falltür in der Decke, „und eins will ich gleich sagen: Ich bin teuer. Ich bin der beste Mann, den Sie hier kriegen können. Und wenn sie ein paar Rinder verkaufen wollen, dann lassen sie das nur die Sorge ihres neuen Vormanns und seiner Mannschaft sein. Mr. Lovecroft ist der Boss und gibt die Befehle. Und ich sorge dafür, dass auch alles geschieht, was er will und was notwendig ist."

„Seiner Mannschaft?", wiederholte Sarah fragend, noch bevor ihre Mutter etwas sagen konnte, die eben auch zu einer Erwiderung angesetzt hatte. Sarah spielte dabei wohl darauf an, dass diese Mannschaft, bis auf einen eben, ja kaum noch existierte.

„Zugegeben, wir werden noch zwei oder drei Männer einstellen müssen", gab ich zu, "aber zur Not wird es diesmal auch so gehen."

„Beim Rindertreiben könnten wir Dir natürlich helfen", schlug Suzanne vor. Dieser Vorschlag kam ein wenig überraschend, denn das war normalerweise Männerarbeit. Andererseits … wenn sie vielleicht auch einen richtigen Cowboy nicht wirklich ersetzen konnten, eine Hilfe konnten sie doch sein. Einen ganzen Tag im Sattel zu sitzen, das würden sie jedenfalls hinkriegen, und das war ja wohl schon einmal die Grundvoraussetzung.

„Wir werden sehen", sagte ich daher, vielleicht kriegen wir ja genug Männer zusammen."

„Hier bestimmt nicht …, nicht leicht jedenfalls.", unkte Sarah.

„Und wenn nicht ...", sagte ich überlegend und strich mir übers Kinn.

„Ich weiß nicht, ich meine …, ich hab´ da so eine Idee ...", fuhr ich dann fort.

Ich ließ mir meine Idee noch einmal durch den Kopf gehen und dann eröffnete ich ihnen:

„Wisst ihr was, ich werde morgen in die Stadt reiten."

„In die Stadt?", wiederholten Sarah und Suzanne fast gleichzeitig – dann sahen sie sich kurz an, worauf Sarah dann sagte:

"Wir kommen mit."

„Meinetwegen", stimmte ich zu und sah zu Mrs. Lovecroft.

Die zuckte nur mit den Schultern und meinte dabei:

Männer, die für uns arbeiten wollen, werden Sie dort auch nicht so leicht finden."

„Das war auch nicht meine Idee."

„Sondern?"

„Warten Sie 's ab. Mal sehen, ob es überhaupt funktioniert."

Eine gute Weile später ging ich vors Haus und lehnte mich an einen der Steher des Verandadaches.

Ich war einfach in Gedanken und wollte in Ruhe nachdenken und das war drinnen schwer möglich. Und es war mir einfach noch zu früh, um mich schon ins Bunkhouse zu legen.

Nicht lange, da kam mir aber eine Idee.

Also sattelte ich mein Pferd und ritt los.

Nach einer guten halben Stunde, hielt ich am Ufer des kleinen Teiches über den ich mit Sarah am Morgen geredet hatte.

"Sehr zufriedenstellend", sagte ich dann halblaut vor mich hin, als ich ihn tatsächlich erreicht hatte, obwohl ich den Weg nur mehr eher sehr ungefähr im Kopf hatte. Und die Dunkelheit war natürlich auch nicht gerade eine Hilfe.

Nun, wie auch immer, ich wand dann die Zügel meines Pferdes um ein paar kräftigere Äste eines Strauches und ging vor zum Wasser, das jetzt in der Nacht eine große, tiefschwarze, ungefähr ovale Fläche war, in der sich ein paar hellere Sterne spiegelten, kleine Lichtpunkte, hin und wieder zitternd, wenn der Wind die Wasserfläche kräuselte.

Ich ließ mich am Ufer nieder und betrachtete, wieder in Gedanken versinkend, diese schwarze Wasserfläche.

Ich meine, meine Gedanken beschäftigten sich hauptsächlich mit dem, was meiner Meinung nach in der nächsten Zeit geschehen sollte und musste. Und irgendwie gefiel es mir auch, dass ich jetzt ... nun ja, wieder so etwas wie ein Ziel hatte, eine Aufgabe, etwas, das ganz einfach zu tun war.

Wieder gingen mir die Worte durch den Sinn: Der Mann, der mit Dalton und seiner Bande fertig wird, muss erst geboren werden.

Diese Worte waren ... nun ja, wie soll ich sagen? Es juckte einen ganz einfach, es kribbelte mir in den Fingern ..., kurz: An dieser Sache musste ich mich ganz einfach versuchen.

Oder anders ausgedrückt: Ich war überzeugt: Der Mann, mit dem ich nicht fertig werden konnte, musste erst geboren werden.

Und das musste ich jetzt ganz einfach zeigen, das war ich mir irgendwie schuldig.

Als ich so weiter vor mich hin grübelte, hörte ich auf einmal Pferde irgendwo hinter mir - sie hielten und dann hörte ich auch leise Stimmen. Ich konnte zwar nicht verstehen, was geredet wurde, aber diese Stimmen glaubte ich, zu erkennen.

Ich wandte mich um – und richtig: Das waren Suzanne und Sarah, die da jetzt herankamen.

„Hallo, Bill!", grüßten sie und ich erwiderte eben ihren Gruß.

Sie sahen sich kurz an – und dann stiegen sie in stiller Übereinkunft von ihren Pferden und setzten sich neben mich ans Ufer.

Kurze Zeit herrschte Stille – bis ich fragte:

„Woher habt Ihr gewusst, wo ich bin?"

„Mein sechster Sinn", antwortete Sarah, „Suzanne sah dich wegreiten und da haben wir uns gefragt, wo Du so spät noch hinwillst. Aber dann hab´ ich mich erinnert, dass Du heute Morgen nach diesem kleinen Teich da gefragt hast. Tja, und jetzt sind wir eben da."

„Verstehe."

Kurz war wieder Stille – bis Suzanne fragte:

„Kannst Du Dich noch erinnern, Will, wie Ihr uns hier das Schwimmen beigebracht habt, Du und Phil?"

„Ja doch, als wir das erste Mal hier waren. Tja, da wart Ihr noch zwei kleine, naseweise Gören."

„Ihr habt uns einfach ins Wasser geworfen! Splitterfasernackt! Da waren wir alle hier am Teich … und es war so heiß."

„Ich erinnere mich. Eure Großeltern wollten, dass Ihr es lernt, vor allem Euer Großvater."

„Er selber kann ja nicht schwimmen", sagte Sarah, worauf Suzanne hinzufügte:

„Aber er war der Meinung, dass man das können sollte. Man weiß ja nie, hat er gesagt."

Dann schwiegen wir wieder, wohl alle drei in Erinnerungen an damals versunken– und vielleicht weil auch das Wort splitterfasernackt noch irgendwie in der Luft lag – ich meine, weil die zwei ja jetzt absolut keine kleinen Gören mehr waren.

Nun, wie auch immer, nach einer Weile fragte ich jedenfalls:

„Und? Könnt Ihr noch schwimmen?"

„Können wir", sagten sie fast gleichzeitig.

„Wenn es sehr heiß ist, kommen wir manchmal her zum Schwimmen", fuhr Sarah fort, „Eine muss dann eben immer aufpassen."

„Ich kann auch einmal aufpassen", schlug ich vor.

„Das könnte Dir so passen", sagte Suzanne und dann lachten sie beide.

„Ich schau schon nicht", versicherte ich ihnen.

„Das sollen wir Dir glauben?"

Ich zuckte mit den Schultern.

„Schwer zu sagen", meinte ich, „aber das Angebot steht."

„Es wäre aber vielleicht doch besser, wenn Großvater aufpasst."

„Tja, vielleicht."

„Kannst Du Dich eigentlich noch an diese Badegewänder erinnern, die Liza uns in dieser Zeitung gezeigt hat," fragte da plötzlich Sarah.

Liza war eine der drei oder vier Töchter von Mr. Und Mrs. Trent, ihres Zeichens stolze Besitzer eines Ladens für Damenkleider in Saxonville.

„Ja, richtig." Suzanne verstummte kurz und schlug dann vor:

„Vielleicht könnten wir ja morgen ...?"

„Ja, genau, das werden wir."

Es war mir nicht ganz klar, um was es da eben gegangen war, aber wir brachen dann sowieso bald auf.

_*_

Es war dann später Vormittag, als wir vor dem Generalstore von Saxonville unsere Pferde zügelten.

Die Mädchen machten die Zügel ihrer Pferde am Haltebalken fest und auch die Leine des Packpferdes. Sie sollten die Gelegenheit nützen und gleich einiges einkaufen, und daher hatten wir auch ein Packpferd mitgenommen.

„Und was machst Du?", fragten sie mich dann.

„Ich hab´ noch was zu tun. Soll ich Euch hier abholen? In einer halben Stunde werdet Ihr hier ja wohl fertig sein?"

„Hier schon", antwortete Suzanne mit einer gewissen Betonung.

Mit dem Einkauf hier im Laden würde es also nicht getan sein. Nun, sie wollten die Gelegenheit eben nützen, hatte ich das Gefühl, für was auch immer. Daher schlug ich ihnen nach kurzem Überlegen vor:

„Wir könnten uns gegen Zwölf in dem Restaurant neben dem Hotel treffen. Schafft Ihr das? Wir könnten dann dort essen."

„Gut.", sagte Sarah, „Das schaffen wir. Bis später."

Und schon verschwanden sie im Laden.

Mein Ziel aber war dir Telegraphenstation.

Mein nächstes Ziel, nachdem ich dort ein etwas längeres Telegramm aufgegeben hatte, war dann der Saloon. Dabei ging es mir nicht nur um den Whiskey, den ich mir dort genehmigen würde. So ein Saloon ist unter anderem auch ein Ort, wo man Neuigkeiten erfahren kann, oder wo man vielleicht auch jemanden trifft, der gerade einen Job sucht. Und wenn sich doch noch jemand fand, der, Dalton hin, Dalton her, für die Lovecroft-Ranch arbeiten wollte, dann würde mir sehr geholfen sein.

Vor dem Saloon waren vier Pferde festgemacht, zumindest ihre Reiter also würden wohl drinnen sein. Aber natürlich waren es mehr, wie ich sofort sah, nachdem ich eingetreten war und mit einem raschen Blick die ganze Runde überflogen hatte.

Am ersten Tisch rechts war eine Pokerrunden mit drei, vier oder fünf Männern im Gange, an dem Tisch dahinter waren zwei in ein Dame-Spiel vertieft, wenn ich recht sah.

Vor der Theke an einem Tisch saßen zwei ziemlich junge Burschen bei einem Bier und dann standen da noch vier oder fünf Mann an der Theke. Ich schob mich da irgendwo dazwischen, wo am meisten Platz war.

Während ich dann darauf wartete, dass mir der Bursche hinter der Theke ein Glas Whiskey voll-schenkte, sah ich aus den Augenwinkeln, dass sich der Mann rechts von mir ein wenig zu mir gedreht hatte und mich musterte.

Unwillkürlich wandte ich den Kopf nach links – und siehe da, mit sicherem Instinkt hatte ich mich ne-ben den Sheriff gestellt.

„Hi Sheriff", grüßte ich und hob mein Glas.

„Hi!", sagte der Sheriff, an dem vor allem seine buschigen Augenbrauen und sein lang ausgezogener Schnurrbart auffällig waren. Er hatte ein großes Glas Bier vor sich, von dem er jetzt ebenfalls einen kräftigen Zug machte.

„Neu hier?", fragte er, als er das Glas niederstellte, oder eigentlich war es mehr eine Feststellung.

„So ist es."

Er musterte mich forschend und setzte dann seine Befragung fort:

„Und? Auf der Durchreise?"

Ich entschloss mich, das weitere Verhör ein wenig abzukürzen, indem ich ihm jetzt gleich erklärte:

„Nein, denn ich bin der neue Vormann der Lovecroft-Ranch."

Der Sheriff zog die Augenbrauen hoch.

„Sie sind was?"

„Ich bin der neue Vormann der Lovecroft-Ranch …, wie ich schon sagte."

Der Sheriff stützte den Ellbogen seiner Rechten auf die Theke und zwirbelte seine rechte Schnurr-bartspitze, um dann nach kurzem Überlegen festzu-stellten:

„Die LC hat also einen Neuen Vormann!"

"So ist es."

„Und dieser Vormann sind also Sie?"

„Höchstpersönlich.   Mohenny,   William Mohenny", stellte ich mich vor.

Er nickte irgendwie anerkennend, sagte aber da-rauf nicht gleich etwas – vielleicht sann er über mei-nen Namen nach, jedenfalls meinte er dann endlich:

„Mohenny! Nie gehört."

„Ist wohl auch besser so", erwiderte ich.

„Nun, kommt drauf an, aber … egal. Aber … sagen Sie, wie viele Männer haben Sie denn eigentlich? Ich meine …"

„Einige", antwortete ich. „Aber … ich könnte schon noch zwei oder drei gebrauchen. Wissen Sie jemanden, der vielleicht für mich arbeiten würde?"

„Für die LC?" Der Sheriff wog zweifelnd den Kopf. „Also, ich weiß nicht … Ich meine, Sie wissen schon, dass es da gewisse Probleme gibt, oder?"

„Sollten nicht Sie sich um solche Probleme kümmern?"

„Sie können mit Ihren Problemen jederzeit zu mir kommen. Haben Sie ein konkretes Problem?"

„Wie man 's nimmt."

Und dann erzählte ich ihm eben, was gestern geschehen war."

„Verdammt!", brummte der Sheriff. „Sie tauchen hier auf, und schon gibt 's Ärger."

Was angesichts der Tatsachen, eigentlich ein etwas merkwürdiger Standpunkt war, aber eben seine Sicht der Dinge.

„Ich wasche meine Hände in Unschuld", versicherte ich ihm jedenfalls. „Aber ... wissen Sie vielleicht jemanden, der ...?"

"Er könnte den alten Mingus fragen", mischte sich da der Keeper ins Gespräch. Er war in unserer Nähe gestanden und hatte offensichtlich mitgekriegt, um was es ging.

„Das ist eine Idee!", stimmte ihm da der Sheriff zu und sein Gesicht erhellte sich dabei. „Schnappen Sie sich den alten Mingus."

Das hörte sich nun zwar nicht so besonders gut an, aber da das Angebot sonst nicht besonders groß zu sein schien, fragte ich:

„Und? Wo? Wo finde ich diesen ...?"

„Mingus, Charly, Charly Mingus", sagte der Keeper und grinste jetzt ein wenig, „Tja ..., um diese Zeit

… Versuchen Sie´s doch im Mietstall, da ist hinten wo ein kleiner Verschlag."

„Er hilft dort manchmal aus.", setzte er dann noch erklärend hinzu.

Nun, dieser Verschlag war bald gefunden, und richtig lag dort ein Mann auf ein paar Säcken, die wohl Stroh enthielten und über die eine Decke gebreitet worden war. Ein gewisser Alkoholdunst lag in der Luft, zweifellos schlief der Mann hier einen veritablen Rausch aus.

Ich hatte die schäbige, alte Petroleumlampe mit dem angeschlagenen Glas entzündet, die von der Decke hing, und betrachtete mit wenig Begeisterung, was ich da vor mir sah.

Aber ich hatte keine Wahl und einen Versuch war es mir daher wert.

Ich sah mich um, und richtig entdeckte ich in der Ecke hinter ihm auf einer Art niederem Tisch, bestehend aus zwei kurzen Balken, über die man ein etwas breiteres, kurzes Brett gelegt hatte, eine Wasserkanne. Sie war vielleicht halbvoll, und jedenfalls schüttete ich ihm den Inhalt jetzt ins Gesicht.

„He! Was ...", er richtete sich ein wenig auf und schüttelte den Kopf, sodass die Tropfen spritzen, wie ich trotz des reichlich trüben Lichtes sah.

Als er dann endlich die Augen ganz offen hatte, und mich erblickte, richtete er sich auf.

„Verdammt!", fluchte er, „waren Sie das?"

„Wenn Sie das Wasser meinen, das war ich. Setzen Sie sich auf, Mann!"

„Ja! Ich mach ja schon", brummte er unwillig.

Immerhin setzte er sich jetzt tatsächlich auf.

Und was ich da jetzt sah, sah ich mit eher wenig Begeisterung, Sicher, das trübe Licht ließ alles noch schlimmer erscheinen, als es war, aber trotzdem.

Der Mann erschien mir groß und hager zu sein, mit schütterem, schon etwas grauem Haar und blutunterlaufenen Augen in seinem stoppelbärtigen Gesicht, dem anzusehen war, dass der Mann tags zuvor zweifellos zu viel getrunken hatte.

Im Augenblick sah er alt aus, wahrscheinlich älter als er war, aber ich schätzte ihn doch auf wenigstens vierzig.

Normalerweise würde ihn kein Rancher, wenn er ihn jetzt sah, in seine Mannschaft aufnehmen. Aber falls ich tatsächlich sonst niemanden finden würde, war er besser als keiner. Man musste ihn nur hart genug drannehmen.

Also fragte ich, nachdem ich mit meiner Musterung fertig war:

„Bist Du Charly Mingus."

Er schaute mich an und es dauerte ein wenig ehe er antwortete:

„Bin ich."

„Dann hör zu, Charly. Ich bin William Mohenny, der neue Vormann der Lovecroft-Ranch. Kannst Du reiten?"

Wieder dauerte es ein wenig, bis er antwortete:

„Natürlich kann ich das."

„Kannst Du mit einem Lasso umgehen?"

„Mit einem Lasso?", wiederholte er fragend und jetzt kam seine Antwort immerhin schon ein wenig schneller, „Es geht. Früher war ich ganz gut."

„Schön! Folgendes: Ich brauche noch ein oder zwei Männer. Also, wenn Du glaubst, Du hast es noch drauf, und wenn Du Lust hast ..."

Charly richtete sich auf.

„Und Sie glauben wirklich ...?", begann er dann.

„Hör mal, Charly", unterbrach ich ihn, „das Angebot steht. Es liegt jetzt an Dir, aber ... es gibt da zwei eiserne Regeln: Erstens, der Boss bin ich. Und Zweitens, Du kannst Dich meinetwegen besaufen so viel Du willst, ist Deine Sache, nur nicht, wenn Du Deine

Arbeit machst. Wenn Du am Morgen in den Sattel steigst, bist Du nüchtern und das bleibt auch so bis zum Abend. Wenn Du einmal besoffen bist, fliegst Du, ohne jedes Wenn und Aber. Aber wenn Du glaubst, dass Du das schaffst, bist Du dabei."

Er holte tief Luft und sagte dann:

„Also jedenfalls werde ich es versuchen. Es ist nur ..."

„Es ist nur was?"

Er druckste ein wenig herum und sagte dann:

„Tja, die Sache ist die: Sie müssten meinen Gaul und meine Waffen auslösen. Ich meine ..."

„Wo?", unterbrach ich ihn.

"Vorne beim Eingang ist ein kleines Büro ..."

Na schön, mach ich, aber … eines muss Dir klar sein: Wenn Du dann nicht auf der LC auftauchst, bist Du ein toter Mann."

„Ist klar, ist klar!", sagte er und hob dabei die Hände.

„Dann sind wir also im Geschäft?"

„Also, ich bin dabei", versicherte er, jetzt schon ein wenig kräftiger – die Aussicht auf einen Job schien zu seiner Ernüchterung irgendwie beizutragen.

„Schön, Charly. Dann löse ich jetzt Deine Sachen aus. Ich meine, das werde ich Dir dann natürlich vom Lohn abziehen."

„Klar."

„Gut. pass auf, ich habe noch zu tun. Du kannst einstweilen zur LC hinausreiten. Du kennst doch den Weg?"

„Klaro."

„Dort sagst Du Mr. Lovecroft, dass ich Dich eingestellt habe."

„Und wenn er ... wenn er das nicht will?"

„Weil er dich kennt? Nun, das lass nur meine Sache sein."

Er nickte.

Ich musterte ihn noch einmal kurz – er sah noch immer ziemlich erledigt aus. Aber ich hatte das Gefühl, dass in ihm ein ganz brauchbarer Mann steckte, wenn er nicht besoffen war.

Und so sagte ich dann:

„Schön. Ich gehe jetzt. Du holst Deine Sachen und reitest hinaus zur Ranch. Wir sehen uns dann spätestens am Abend."

Alles klar!", versicherte er mir.

„Na dann. So long."

Und mit diesen Worten ging ich eben.

„Draußen auf der Straße, auf dem Weg zum Restaurant, ließ ich mir die Sache noch einmal durch den Kopf gehen. Einen Mann wie Charly einzustellen, war sicher ein gewagtes Experiment, aber ich vertraute auf meine Erfahrung mit Burschen wie diesem.

Charly Mingus brauchte nur jemanden, der in hin und wieder ordentlich in den Hintern trat – und das würde ich schon besorgen.

Die Mädchen waren schon da, als ich ins Restaurant kam. Und sie waren merklich gut aufgelegt – dieser kleine Ausflug in die Stadt hatte ihnen sichtlich gut getan.

„Hallo, Bill!", begrüßten sie mich.

„Alles erledigt?", fragte Suzanne dann.

„Alles erledigt", bestätigte ich ihr, „und selbst?"

„Auch alles erledigt", antwortete Sarah, "und noch ein bisschen was extra."

„Darf man fragen, was?"

„Keine Antwort", lehnte Suzanne ab, allerdings meinte Sarah dazu:

„vielleicht wirst Du es ja noch sehen." Und dann sahen sie sich an und lachten, eigentlich müsste ich sagen, sie kicherten wie kleine Mädchen … fast wie damals, als Phil und ich das erste Mal hier gewesen waren und sie eben noch kleine Kinder gewesen waren.

Nun, sie hatten eben ihren Spaß und früher oder später sollte ich ja offensichtlich sehen, was sie jetzt so erheiterte.

Dafür wollte Sarah nun wissen:

„Was hattest Du denn so Wichtiges zu erledigen?"

„Ich …? Nun, sagen wir, ich wollte auch für eine Überraschung sorgen."

„Und hast Du?"

„Ich hoffe."

Wir genossen das Essen im Restaurant und machten uns dann auf den Heimweg. Sarah und Suzanne waren bester Laune und schwatzten fast die ganze Zeit. Sie waren offensichtlich im Laden der Familie

Trent gewesen und hatten sich dort mit deren Töchtern unterhalten. Jedenfalls hatten sie offensichtlich jede Menge Neuigkeiten ausgetauscht und ordentlich die Leute ausgerichtet – und das musste auch jetzt am Heimweg noch alles ausführlich besprochen werden.

Zurück auf der Ranch war Mingus wirklich schon da. Er schien es immerhin wenigstens ernst zu meinen.

Wir gingen hinein, wo Mr. Lovecroft mir schon entgegensah. Es ging ihm mittlerweile schon besser, und es war zu erwarten gewesen, dass er wegen Mingus mit mir reden würde wollen.

Und richtig:

„Sie haben dieses versoffene Individuum eingestellt, Mr. Mohenny!", begann er, kaum dass ich mich gesetzt hatte.

„So ist es. Ich glaube, dass er ein ganz brauchbarer Mann ist, wenn er nüchtern ist. Und dafür werde ich schon sorgen."

„Wer ´s glaubt", brummte Mr. Lovecroft, aber seine Frau stellte sich auf meine Seite.

„Also, ich glaube, Mr. Mohenny weiß, was er tut!", erklärte sie fest.

„Hoffentlich!", brummte Mr. Lovecroft, sichtlich immer noch ein wenig skeptisch.

Fürs erste aber war die Sache zunächst einmal abgetan.

Nun, in der Folge zeigte sich, dass Mingus ziemlich zittrig war, wenn er nüchtern war. Aber da musste er durch, das würde sich geben, wenn er lange genug durchhielt – und dafür gedachte ich, zu sorgen. Natürlich hatten sie hier Whiskey im Haus und drüben im Bunkhouse musste auch von meinem

Seelentröster noch etwas da sein. Ich musste Mrs. Lovecroft fragen, ob sie einen Schrank hatte, wo man das Zeug einschließen konnte. Männer wie Mingus hatten erfahrungsgemäß eine ziemliche Nase für Alkohol, insbesondere für Hochprozentiges.

-*-

Die nächsten drei Tage war ich die meiste Zeit im Sattel, um mich umzusehen – wie weit das Land der Ranch reichte, wo die Wasserstellen waren, wie viele Rinder mit dem LC-Brandzeichen ich entdecken konnte und wo, und so weiter eben - alles eben, was vielleicht einmal von Bedeutung sein konnte.

Und ich war nicht der einzige, der dauernd im Sattel war - zum einen hatte ich Mingus und Gilmore den Auftrag gegeben, sie sollten sich umsehen, wie viele Rinder man vielleicht zusammentreiben konnte, um sie zu verkaufen.

Zum anderen aber ließen es sich Sarah und Suzanne nicht nehmen, mir alles zu zeigen, zumindest eine von ihnen war fast immer mit dabei.

Das war natürlich ganz nett, allerdings manchmal auch ein wenig anstrengend. Aber sie kannten sich wirklich aus, was selbstredend sehr hilfreich war. Und es war immerhin gut zu wissen, dass es ihnen nichts ausmachte, den ganzen Tag im Sattel zu sitzen.

Ein glücklicher Zufall wollte es aber, dass ich am vierten Tag auf der Ranch blieb – ein glücklicher Zufall insofern, als am späteren Vormittag ein Trupp von fünf Reitern auf dem Ranchhof auftauchte.

Ich weiß nicht mehr, wer sie zuerst sah, und ich weiß auch nicht mehr, wer dann nach einem kurzen Blick durch das Fenster, sagte:

„Aber das ist doch Harding!"

Es dauerte einen Augenblick oder zwei, bis es bei mir klingelte: Harding....das war doch der Vormann der Dalton-Ranch. Den hatte ich ja bei meinem kurzen Besuch auf der Dalton-Ranch nicht zu Gesicht bekommen.

Augenblicklich jedenfalls sprangen die beiden Mädchen auf, und ich glaube Suzanne war es, die sich dabei das Henry-Gewehr schnappte. Und schon waren sie bei der Tür hinaus. Auch Mr. Lovecroft griff nach seinen Krücken, die er zurzeit verwendete, doch ich sagte:

„Lassen sie, Mr. Lovecroft. Ich bin ja da..."

„Das würde Euch so passen!", brummte er und humpelte bei der Tür hinaus – da entschloss ich mich, hier drinnen auf den besten Augenblick für meinen Auftritt zu warten. Durch die Scheiben sah ich für´s erste genug.

Ich hörte, wie Sarah draußen die Männer anredete:

„Halt! Bis hierher und keinen Schritt weiter!", sagte sie ziemlich scharf.

Da zügelten die Männer tatsächlich ihre Pferde, und Harding, oder jedenfalls der Mann, den ich für Harding hielt, weil er der Anführer zu sein schien, sagte ein wenig spöttisch:

„Aber Sarah, so empfängt man doch keine Freunde:"

Sarah aber würdigte ihn keiner Antwort, sondern fragte:

„Was wollt Ihr?"

Harding antwortete nicht gleich. Er überlegte wohl, ob er schon zur Sache kommen sollte oder nicht. Er entschied sich dann doch für ersteres, indem er erzählte;

„Vor ein paar Tagen ist ein Bursche bei uns aufgetaucht, der behauptet hat, dass er der neue Vormann hier ist und dass er die Nachbarn kennenlernen will. Ich war leider nicht da."

„Ich weiß, er hat davon erzählt", sagte Sarah ruhig.

„Es ist also wahr?"

„Ist es. Sonst noch was?"

„Nein, nein, ich dachte nur, ich sollte einen Gegenbesuch machen bei unseren Nachbarn." Er betonte das Wort Nachbarn ein bisschen extra.

„Mr. Mohenny war alleine bei Euch, aber Sie scheinen sich alleine zu fürchten, Mr. Harding."

„Der Schein trügt. Wo ist er denn überhaupt?"

„Mr. Mohenny ist ..."

Auf so etwas in der Art hatte ich aber gewartet – es war Zeit für meinen Auftritt.

Also trat ich hinaus und sagte einfach:

„Da!"

Augenblicklich richteten sich fünf Augenpaare auf mich und musterten mich verblüfft, während ich meinerseits vor allem diesen Harding rasch näher in Augenschein nahm.

Die Größe eines Reiters ist schwerer zu schätzen, aber er war zweifellos nicht übermäßig groß, gut dreißig oder etwas mehr, also etwa in meinem Alter, mit einem etwas kantigen Gesicht mit längeren Bartkoteletten und Schnurrbart. Irgendwie machte er den Eindruck eines sehr entschlossenen Mannes, der wusste, was er wollte. Ich meine, sein Blick, seine Augen, seine … nun, und so weiter eben.

„Sie sind also hier der neue Vormann?", stellte Harding endlich ein wenig fragend fest.

„So ist es."

„Interessant!", er strich sich kurz über das Kinn.

„Ich hoffe, Sie haben Ihre Mannschaft im Griff, Mr. …"

„Mohenny. William Mohenny. Und was meine Mannschaft betrifft …, nun, ein paar wilde Teufel sind schon dabei. Aber Sie wissen ja wahrscheinlich, wie es ist, ein paar raue Burschen sind immer dabei."

„Wem sagen Sie das."

„Wollen Sie mit Mr. Lovecroft reden?", fragte ich.

„Nein, nein, lassen Sie nur. Er hat Vorurteile gegen mich."

„Nun, dann eben nicht. Kann ich sonst was für Sie tun, Mr. Harding?"

„Nein, nein, ich wollte Sie nur einmal gesehen haben, und … dann wollte ich auch wissen, was ich von Ihnen halten soll."

„Und jetzt wissen Sie ´s?"

„Es reicht."

„Na dann. Das ging aber schnell. Sie sind wohl ein Menschenkenner?"

„Für Typen wie Sie allemal. Aber eins noch: Lassen Sie die Finger von den Mädchen, vor allem von Sarah!"

Augenblicklich wurde mir klar, dass er irgendwie Anspruch erhob auf die beiden, vor allem eben auf Sarah, die im Augenblick links von mir stand, und da konnte ich, einer spontanen Eingebung folgend, der

Versuchung nicht widerstehen, mich über sie zu beugen und ihr meine Lippen auf den hübschen Mund zu drücken.

Ich meine, das wurde jetzt kein richtiger Kuss, und so war es auch nicht gedacht, aber Sarah kapierte schnell und spielte immerhin so weit mit, dass sie mir dabei den Arm um die Schulter legte, sodass es echter aussah. Nach ein paar Augenblicken hob ich wieder den Kopf, legte ihr aber den Arm um die Hüften und zog sie ein wenig an mich.

„Meinten Sie diese?", fragte ich dann.

Es machte richtig Spaß, zu sehen, dass seine Augen, wohl vor innerer Wut, schmal geworden waren.

„Mach das nie wieder!", verlangte er dann mit drohender Stimme, „denn das ist meine Braut."

„Entschuldigen Sie! Wenn ich das gewusst hätte … sie hat gar nichts davon gesagt."

„Sie sträubt sich noch ein wenig, aber ..."

„Also ich weiß nicht, könnte ich nicht sagen", unterbrach ich ihn, "ich denke, sie ist doch eher meine Braut.".

„Ich habe Sie gewarnt", drohte Harding darauf finster – und befahl dann plötzlich:

„Los! Kommt!"

Grußlos wendete er darauf sein Pferd – und Augenblicke später galoppierten sie auch schon vom Hof.

„Sehr zufriedenstellend!", sagte ich.

Wir sahen ihnen nach – bis Sarah sagte:

„Sie sind weg, Du kannst mich jetzt loslassen."

Tatsächlich hatte ich immer noch meine Hand um ihre Hüften gelegt, ließ sie aber jetzt natürlich los.

„Entschuldige!", sagte ich dabei, „aber ich konnte vorhin der Versuchung nicht widerstehen."

„Welcher Mann kann das schon?", bemerkter Suzanne darauf sarkastisch. Sarah aber meinte:

„Es ist schon in Ordnung. Ich hab´ ja auch mitgespielt ..., ein wenig jedenfalls, oder?"

„Ja, ja, Du warst großartig. Ihr habt übrigens gar nichts davon gesagt, dass Sarah seine Braut ist."

„Bill!", sagte Sarah darauf ein wenig scharf, „du weißt genau, dass das Unsinn ist, sag das nie wieder! Und noch etwas."

"Ich bin ganz Ohr."

"Ich bin in Wahrheit auch nicht Deine Braut. Ich meine, nur dass du das nicht vergisst!"

„Okay, okay.", besänftigte ich sie, „ist er anstrengend?"

„Anstrengend?", seufzte Sarah. „Eines Tages werde ich ihn erschießen."

„Oh! Auch eine Antwort."

Suzanne aber erklärte dazu:

„Bei jeder nur sich bietenden Gelegenheit macht er sich an sie heran, zum Beispiel bei den Tanzabenden. Das kann einem so einen Abend ganz schön verderben."

„Tanzabende?", wiederholte ich überrascht."

„Tanzabende, genau. Jeden ersten Samstag im Monat gibt es in Saxonville in der großen Scheune hinter dem Hotel Musik und man kann eben Tanzen. Und natürlich gibt es auch zu essen und zu trinken."

„Das kommt sicher gut an."

„Worauf Du Dich verlassen kannst. Es ist immer ziemlich voll."

„Und Ihr seid immer dabei?"

„Wenn es geht."

Ich überlegte kurz und meinte:

„Also, dann wäre eigentlich … demnächst wieder so ein Tanzabend, oder?"

„Genau! So ist es."

„Und Ihr geht hin?"

„Bestimmt. Wenn es geht natürlich."

„Und Harding wird auch da sein?"

„Bestimmt. Und wir müssen ihm nicht wieder etwas vorspielen", fügte Sarah hinzu.

„Wie Du meinst, aber … ich denke, wir werden jetzt einmal Euren Großeltern erzählen, dass Mr. Harding uns besucht hat."

„Gut, wie Du meinst. Aber das mit dem Küssen lassen wir weg, auch wenn es nicht wirklich ein Kuss war." Also haben wir es nicht erzählt.

Aber eines muss man dazu vielleicht doch sagen: Ich sah danach Sarah und Suzanne irgendwie mit anderen Augen.

Nicht, dass ich nicht gleich gesehen hätte, dass aus ihnen zwei verdammt hübsche Mädchen geworden waren, als ich auf die Ranch gekommen war, aber irgendwie hatte ich in ihnen bis dahin trotzdem auch noch die zwei naseweisen Gören gesehen, als die Phil und ich sie kennen gelernt hatten. Aber seitdem ich Sarahs Lippen gespürt hatte, auch wenn das eben nicht wirklich ein Kuss gewesen war, und ihren Körper, als ich sie an mich gezogen hatte, war das anders.

Also sagen wir, ich betrachtete sie danach, wie ein Mann eben ein erfreuliches weibliches Wesen betrachtet … und dann beginnt man vielleicht, so über dieses und jenes nachzudenken.

Aber gleichviel, die Arbeit ging weiter und bald hatte ich mir ein Bild davon gemacht, was es an LC-Rindern gab und wie viele man davon zusammentreiben und verkaufen konnte, und ich besprach mich dann immer wieder auch mit Mr. Lovecroft. Und ich glaube, er war ganz froh, dass da jetzt jemand war, mit dem er über solche Dinge reden konnte.

Als ich aber einmal spätnachmittags zur Ranch zurück kam, saßen die beiden Mädchen auf der Veranda und sahen mir mit einem eigenartigen Lächeln entgegen – und ich wusste gleich: Da war irgendwas. Und richtig,

„Bill, Du hast Besuch bekommen", eröffnete mir eine von ihnen.

„Besuch?", einen Augenblick lang war ich überrascht, doch dann dämmerte mir, wer das eigentlich nur sein konnte.

Drinnen bestätigte sich dann richtig auch meine Ahnung – denn da saß neben Mr. und Mrs. Lovecroft Jonathan am Tisch und außerdem noch ein junger Bursche von vielleicht fünfzehn Jahren, höchstens sechzehn, den ich noch nie gesehen hatte.

„Jonathan! Du bist tatsächlich gekommen. Hi! Das ist super."

„Nun, Sie haben mir ein langes Telegramm geschickt, dass ich hier herkommen soll, wenn meine alten Knochen noch zum Heumachen taugen. Und da bin ich eben."

Doch noch bevor ich darauf etwas sagen konnte, ergriff Mr. Lovecroft das Wort:

„Mr. Mohenny, kann ich einmal unter vier Augen mit Ihnen reden?"

„Aber klar doch", sagte ich – und das bedeutete, dass wir in sein kleines Büro hinten gingen, ein kleiner Raum mit einem kleinen Schreibtisch und drei oder vier Stühlen. Hier führte er seine Bücher und hier hatten wir gelegentlich auch schon das eine oder andere besprochen. Und so eine kleine Unterredung stand jetzt natürlich auch an.

Er setzte sich an den Schreibtisch und deutete für mich auf einen der Stühle.

„Mr. Mohenny, Sie haben einen gewissen Hang zu Eigenmächtigkeiten. Sie haben sich hier zum Beispiel, eigentlich ohne mich zu fragen, zum Vormann gemacht. Ich meine, ..."

„Entschuldigen Sie, Mr. Lovecroft, Sie haben natürlich vollkommen recht", unterbrach ich ihn, „und wenn Sie wollen ...“

„Nein, nein, Mr. Mohenny", stoppte er mich, „ich will nicht. Sie haben sich die Sache angefangen, also bringen Sie sie auch zu Ende ..., wenn das überhaupt noch möglich ist.“

„Das wird nicht das Problem sein. Wenn ich eine Sache anfange, dann pflege ich sie auch zu Ende zu bringen.“

„Ihr Wort in Gottes Ohr, Mr. Mohenny, auch Sie haben Grenzen, wenn ich ihnen auch einiges zutraue. Und, um ganz ehrlich zu sein, ich war ja nicht in der besten Verfassung, als Sie hier aufgetaucht sind, und ich war sehr froh darüber, dass Sie sich der Sache annehmen wollten, und das bin ich noch immer. Ich werde alt und ich muss auch an die beiden Mädchen denken. Und dabei habe ich keine Ahnung, wann ich wieder einigermaßen auf dem Damm bin. Mit den alten Knochen ist das so eine Sache, aber ... Sie sollten bei alledem nicht vergessen, dass das noch immer meine Ranch ist und ...“

„Sie haben ja vollkommen recht, Mr. Lovecroft“, unterbrach ich ihn, „Sie sind der Boss und ich werde in Zukunft versuchen, das nicht zu vergessen.“

„Na schön. Verstehen Sie mich nicht falsch, Mr. Mohenny, ich bin sehr froh, dass Sie hier sind und dass Sie hier das Heft ein wenig in die Hand genommen haben, weil ich im Augenblick nicht in der besten Verfassung bin. Aber trotzdem, das musste einmal besprochen werden.“

„Ich glaube, ich bin auch froh, dass es jetzt geschehen ist. Ich meine, ich habe mich durchaus gelegentlich gefragt, ob ich Sie nicht zu sehr ..., nun ja, ich weiß nicht.“

„Nun, jetzt haben wir die Sache ja endlich besprochen. Wollte ich ja eigentlich schon früher tun, aber ... ich hab ´s immer wieder hinausgeschoben. Ich weiß nicht, vielleicht hatte ich ja Angst, dass Sie dann das Handtuch hinwerfen würden.“

„Das Handtuch hinwerfen? Nicht leicht, dafür habe ich kein Talent. Aber … also, was Jonathan betrifft …"

„Mr. Mohenny,", unterbrach er mich, „ich habe akzeptiert, dass Sie hier jetzt der Vormann sind, auch wenn das ein wenig lächerlich ist bei so einer kleinen Mannschaft, aber ich glaube, einen besseren könnte ich sowieso nicht so leicht finden, wenn überhaupt. Und das bedeutet: Wenn Sie Leute einstellen oder auch hinauswerfen, so ist das durchaus okay, das tut ein Vormann eben unter Umständen. Ich erwarte aber, von solchen Dingen informiert zu werden."

„Natürlich, Mr. Lovecrof, so sollte es ja auch sein und ich werde mich bessern. Und was eben Jonathan betrifft – nun, ich war ja nicht sicher, ob er überhaupt anbeißen würde, das war nur so eine Idee. Ich habe ja damals in Montana vielleicht gerade einmal eine halbe Stunde mit ihm geredet."

„Offensichtlich reicht das bei Ihnen." Mr. Lovecroft nickte anerkennend - und dann lächelte er ein
wenig.

„Eine tolle Mannschaft haben Sie ja jetzt schon,
Mr. Mohenny, jetzt haben sie schon vier Mann, da-
runter zwei Oldtimer, von denen einer ein versoffe-
nes Individuum ist, oder zumindest war, und diesen
Jungen, der eigentlich noch ganz grün ist hinter den
Ohren."

„Es ist auch Ihre Mannschaft, Mr. Lovecroft", erwiderte ich, „und was den Jungen betrifft, den kenne
ich selber nicht."

„Nun, dann sollten wir ihn vielleicht einmal kennen lernen. Wie sind Sie denn überhaupt an die beiden geraten." Und da erzählte ich ihm eben kurz, wie
das mit Jonathan und dem Sargmacher gewesen war.

„Er schüttelte den Kopf, als ich zu Ende war, und
meinte:

„Mir scheint, Sie haben ein gewisses Talent, mit …
nun ja, mit so gewissen Leuten eben bekannt zu werden, Mr. Mohenny, erst Mr. Mingus, und jetzt eben
diesen Mr. Slater."

Und in diesem Augenblick fiel mir auf, dass ich bis
zu diesem Augenblick gar nicht gewusst hatte, wie
Jonathan mit Nachnamen hieß - aber offensichtlich
eben Slater.

Ich zuckte auf seine Worte jedenfalls mit den
Schultern und erwiderte:

„Kann sein, ich weiß nicht … vielleicht …."

„Doch, ganz bestimmt. Und jetzt holen Sie doch
einmal Mr. Slater und den Jungen."

„Das ist Tom, Tom Slater", antwortete Jonathan,
als wir ihn dann eben fragten, wer der Junge wäre.
„Er ist der Sohn meiner Nichte; sie ist bei seiner Geburt gestorben und sein Vater hat sich vertschüsst. Er
hat eigentlich niemanden und da hab´ ich ihn ein wenig unter meine Fittiche genommen …, so gut ich das

kann. Und als Ihr Telegramm kam, dachte ich, wenn Sie glauben, dass Sie einen halben Krüppel wie mich brauchen können, dann können Sie vielleicht auch ihn brauchen. Ich meine, es wird Zeit, dass er irgendetwas arbeitet."

„Jonathan, ich heiße Bill", sagte ich darauf zunächst einmal, „Aber … was Tom betrifft …, wäre es nicht besser, wenn er auch die Sargmacherei zum Beispiel lernen würde? Dieses Geschäft geht immer, oder die Zimmerei?"

„Kann er ja noch immer, aber als er hörte, wo ich hinwill, wollte er mitkommen. Und ich dachte, warum nicht? Kann nicht schaden, wenn er die Arbeit auf einer Ranch kennen lernt. Und zum Heumachen taugt er mindestens ebenso gut wie ich."

„Wie alt ist er denn eigentlich?", fragte da aber Mr. Lovecroft.

„Vierzehn."

„Vierzehn! Das ist ziemlich jung."

„Ich war auch nicht viel älter, bei meinem ersten Job auf einer Ranch. Und Du, Bill?"

„Nun ja, Phil und ich waren auch nicht viel älter. Tja, … also, wenn er einen ganzen Tag im Sattel sitzen kann …, ich meine, wir werden wahrscheinlich auch Rinder treiben müssen zum Beispiel."
„Das kann ich. Ganz bestimmt", meldete sich da aber Tom selbst zu Wort.

„Okay", ich nickte, „wie sieht es denn eigentlich mit Dir aus, Jonathan?"

„Hör mal, Bill!", sagte der aber fast beleidigt.

"Gut. Das zweite ist: Es kann auch verdammt haarig werden."

Und dann erzählte ich ihnen eben kurz, worum es ging.

„Also, wenn es wirklich einmal heiß hergeht, hältst Du Dich auf jeden Fall raus, Tom."

„Wenn Sie es sagen. Sie sind der Boss."

„In erster Linie ist Mr. Lovecroft der Boss, aber …
wenn er nicht dabei ist …"

Tom nickte.

„Kannst Du mit einem Gewehr umgehen?", fragte
ich dann.

„Klar kann ich das."

„Aber Du hast wohl keines?"

„Wir haben noch zwei Henry-Gewehre", sagte da
Mr. Lovecroft.

„Und ich habe noch einen Gurt mit einem Colt",
sagte ich darauf überlegend vor mich hin. Und ich
glaube, bei diesen Worten leuchteten Toms Augen
richtig auf. Die Aussicht, Waffen in die Hände zu bekommen, gefiel ihm natürlich und er stellte sich die
ganze Sache offensichtlich in erster Linie als großes
Abenteuer vor.

„Was sagen Sie, Mr. Lovecroft?", fragte ich
schließlich.

„Also, ich denke, es ist Mr. Slaters Entscheidung. Er weiß jetzt, was auf ihn und den Jungen vielleicht zukommt."

„Aber wir sind doch dabei, Onkel?", verlangte da Tom.

Jonathan holte tief Luft, um dann doch eben zuzustimmen:

„Ja, ich denke, wir sind dabei …, trotz alledem", stimmte er dann seufzend zu, „ich werd´ schon aufpassen auf Tom."

„Also dann ...", Mr. Lovecroft schaute fragend zu mir, und plötzlich schauten überhaupt alle drei fragend zu mir. Da erhob ich mit einer ergebenen Geste die Hände und entschied:

„Na schön, dann soll es eben sein. Meine Begeisterung hält sich zwar in Grenzen, aber : Gut, machen wir´s so."

Und so kam es, dass das Bunkhouse diese Nacht wieder eine richtige kleine Mannschaft beherbergte, denn ich war ja jetzt eben der großartige Vormann einer Mannschaft von zwei Oldtimern, von denen einer ein steifes Bein hatte, und der andere ein Säufer war, zumindest war er es gewesen, und einem halbwüchsigen Burschen, der von der Arbeit, die auf ihn zukam nur sehr wenig Ahnung hatte. Ach ja, und dann war da natürlich auch noch Gilmore. Wenigstens der war ein richtiger Cowboy, der von seiner Arbeit etwas verstand.

Was Tom betraf, hielt sich meine Begeisterung eben sehr in Grenzen, Toms Begeisterung kannte dagegen keine Grenzen, der witterte das große Abenteuer. Nun, er würde die Wirklichkeit kennen lernen – aber das müssen wir schließlich und endlich fast alle einmal irgendwann und irgendwo.

Aber immerhin würde er dafür gelegentlich in den Genuss von Mrs. Lovecrofts famosem Apfelkuchen kommen – und er fand, wie ich, bald großen Gefallen daran.

Es ging mir diesen Abend noch so einiges durch den Kopf, bevor ich einschlief. Zunächst einmal war ich sehr froh über meine Unterredung mit Mr. Lovecroft, denn ich hatte schon immer in den letzten Tagen das Gefühl gehabt, dass unser Verhältnis einmal besprochen werden musste. Er war nicht in der besten Verfassung gewesen und ich hatte die Sache hier ein wenig in die Hand genommen – ohne viel zu fragen, zugegeben. Aber jetzt war er wieder einigermaßen der Alte. Und er war der Boss. Aber das war ja nun geklärt.

Und man muss dazu vielleicht sagen; Mr. Lovecroft war an und für sich ein außerordentlich Achtung gebietender Mann, ein Mann, den man einfach respektierte. Ich weiß nicht, woran das genau liegt, aber manche Männer haben das einfach an sich …. ich meine, ohne dass sie ständig herumbrüllen, oder wen halb totschlagen, oder sich sonst irgendwie auf-spielen, sondern einfach weil sie so sind, wie sie sind – und Mr. Lovecroft war einer von diesen Männern.

Als ich hierher gekommen war, war er eben wirk-lich nicht in der besten Verfassung gewesen, aber mittlerweile war er schön langsam wieder der Alte. Und das war gut so.

Er würde mir viel Freiheit lassen – vorausgesetzt, dass ich nicht vergaß, wer hier der Boss war.

Und das hatte ich nicht vor – weil ich ihn mochte … und vor allem Mrs. Lovecroft natürlich und ihren Apfelkuchen.

Nachdem ich eine Weile über all das nachgedacht hatte, begann ich zu überlegen, was in der nächsten Zeit getan werden musste – und vor allem: Wie? Was vorrangig getan werden musste und sollte, war aber eigentlich klar. Es galt eine kleine Rinderherde zu-sammenzutreiben und dann eben irgendwo hin zu treiben, wo man sie verkaufen konnte, zu einem Schlachthof, zur Bahn, oder vielleicht kaufte die

Army welche. Das musste ich mit Mr. Lovecroft besprechen.

Die zweite Frage war, wer mit dabei sein sollte?

Die Mädchen hatten sich angeboten. Sie trauten sich das zu und ihr Großvater auch. Und eigentlich traute ich ihnen das auch zu – solange alles glatt ging. In Hauptsache ging es ja zunächst einmal darum, vielleicht einige Tage lang den ganzen Tag im Sattel zu sitzen. Das konnte man ihnen schon zutrauen, wenn sie vielleicht auch überrascht sein würden wie anstrengend das eigentlich war.

Aber es konnte auch Probleme geben. Und da will ich gar nicht davon reden, dass in einer größeren Herde immer ein paar störrische Biester dabei sind, die einem das Leben schwer machen können. Aber es gibt viel ernstere Probleme, die einen treffen können – ein Unwetter, eine Stampede, auch wenn unsere Herde eher klein sein würde, ein Überfall – und ich dachte dabei eigentlich hauptsächlich an Dalton. Wenn er von der Sache Wind bekam, konnte er auf dumme Ideen kommen. Und wenn wir die Herde verloren, oder auch nur einen Teil, dann wäre das schon ein ziemlicher Schlag für die Lovecrofts.

Alles in allem: Meine Vorstellung war, dass Gilmore mitkommen sollte, der kannte sich aus und wusste, was im Falle eines Falles zu tun war. Und dann eben die Mädchen, wenn sie das wirklich wollten – was mir zwar auch nicht gefallen wollte, aber nur Gilmore und ich …?

Die zwei Alten sollten hierbleiben, zumindest einer, wohl am besten Mingus. Und Tom …? Das sollte Jonathan entscheiden.

Von Dalton führte mich aber mein nächster Gedankensprung zu Amos Harding, seinem Vormann. Weil sich nämlich in meinem Kopf irgendwann die fixe Idee festgesetzt hatte, dass ich den Burschen einfach einmal verprügeln sollte. Und zwar nicht nur, weil ich, warum auch immer, große Lust dazu verspürte, sondern vor allem, weil es die Sache irgendwie verändern würde.

Ich meine, wenn die Leute, oder seine Männer sahen, dass er nicht unschlagbar war .... Oh ja, doch, das würde die Sache irgendwie verändern.

Auch wenn er deswegen natürlich nicht aufgeben würde, aber trotzdem …

Natürlich konnte so etwas auch ins Auge gehen. Ich hatte ihn zwar mittlerweile kurz kennen gelernt und war überzeugt, dass ich ihn schlagen konnte, aber … das konnte sich auch als ein Irrtum erweisen. Er war immerhin etwas größer und schwerer als ich, aber ich war eigentlich überzeugt, das durch Schnelligkeit und Kampferfahrung ausgleichen zu können.

Wie heißt es doch so schön? No risc – no fun.

Genauer war meine Idee ja eigentlich die, dass das am nächsten Tanzabend geschehen konnte, sodass viele es sehen konnten und es sich schnell herumsprach.

Auf die Idee war ich eigentlich noch am Abend nach Hardings Besuch auf der Ranch gekommen, weil die Mädchen eben diese Tanzabende erwähnt hatten und dass Harding da für gewöhnlich auch dabei war. Und es war zu erwarten, dass er ...

Nun ja, sagen wir, er würde sich voraussichtlich schlecht benehmen – und wenn nicht, dann konnte man ihn ja vielleicht noch einmal provozieren. Sarah hatte zwar gesagt, dass wir ihm nicht noch einmal etwas vorspielen würden, aber für eine gute Sache ließ sie sich vielleicht doch überreden. Also irgendwie würde sich ein Grund finden, um ihm eins auf die Nase zu geben. Und dann würde sich ja zeigen, ob ich für Harding wirklich genug draufhatte – oder er für mich.

Das also waren so ungefähr meine Gedankengänge an jenem Abend, die dann aber zunehmend irgendwie wirrer wurden, bis ich endlich doch einschlief.

-*-

Nachdem ich mich mit Mr. Lovecroft besprochen hatte, entschied er, dass Mingus zurückbleiben sollte.

Und nachdem Gilmore, Jonathan und ich genügend Rinder beisammen hatten konnte es dann eben losgehen.

Unser Ziel war eine kleine Stadt, wo es eine Bahnstation gab, und wo Rinder eben auch aufgekauft wurden. Gilmore kannte den Weg und Mr. Lovecroft hatte gemeint, dass wir etwa vier bis fünf Tage brauchen würden.

In Hinblick auf meine Mannschaft entschied ich mich für die eher langsamere Variante, und so sagte ich es auch Gilmore.

Da wir keine so große Mannschaft waren und wir auch nicht so lange unterwegs sein würden, hatten wir uns entschieden, dass wir alles, was wir brauchten, mit Packpferden mitführen würden.

Und dann war es eben eines Tages so weit, dass wir im Morgengrauen die eher kleine Herde mit Geschrei und Rufen zum Laufen brachten.

Und ich war neugierig, wie es am Abend allen gehen würde.

Der Sonnenuntergang war nicht mehr weit, als Gilmore endlich einen Lagerplatz vorschlug, der mir auch gefiel, denn jedenfalls gab es Wasser.

Und bald gab es auch ein kleines Lagerfeuer.

„Und? Wie sieht´s aus?", fragte Sarah, als sie sich mit Suzanne daneben niederließ.

„Zufriedenstellend", sagte ich, „sehr zufriedenstellend."

„Und? Ist der große Boss zufrieden mit uns?", fragte sie weiter.

„Mit Euch? Nun ja, es geht. Aber ihr seht jetzt verdammt müde aus."

„Sind wir auch, aber …. ich meine, sollen wir das Abendessen machen?"

„Nein, das werden Gil und ich machen. Wir haben da sowieso mehr Übung."

„Wie sollen wir mehr Übung kriegen, wenn Du uns nichts machen lässt?"

"Auch wieder wahr. Na schön, morgen vielleicht."

„Bestimmt?"

„Wenn ´s geht."

Da hatte Suzanne aber plötzlich eine andere Idee.

„Aber dann könnten wir uns ja vielleicht einstweilen da drüben noch ein wenig frisch machen", schlug sie vor und wies dabei nach rechts, wo sich unter anderem der kleine Creek dahinzog.

„Genau! Das machen wir!"

Und mit `da drüben` war wohl auch der Creek gemeint gewesen.

Nun, wie auch immer, jedenfalls erhoben sie sich und schwebten davon, nicht einmal irgendwie merklich steif von dem langen Ritt! Ich sah ihnen nach, und ich war irgendwie beeindruckt. Ich meine, weil sie sich doch unbedingt noch nützlich machen wollten, obwohl sie zweifellos wirklich müde waren.

Gus und ich aber platzierten mit Hilfe von ein paar Steinen die Pfanne über dem Feuer. Ich wandte mich dabei an Tom, der in der Nähe saß, auch er war natürlich müde, das war auch ihm anzusehen.

„Und, Tom, wie steht´s mit dir?", fragte ich ihn.

Das? … das war super heute!", antwortete er.

„Du bist doch halb tot, wenn ich dich so ansehe."
„Und wenn! Es hat trotzdem Spaß gemacht."

„Na dann." Irgendwie musste ich dabei wieder einmal daran denken, wie es bei mir gewesen war. Ich war nicht viel älter gewesen, als Phil und ich begonnen hatten, auf einer Ranch zu arbeiten. Da muss man einfach von Anfang an voll zupacken. Und das kann für einen halbwüchsigen Burschen, wie Tom jetzt eben einer war, verdammt hart sein. Und doch …, da beißt du lieber die Zähne zusammen, bevor du zugibst, dass es dir eigentlich zu viel ist. Vielleicht nicht jeder, aber … Tom jedenfalls war einer von denen. Tom war in Ordnung.

Ich sah zu Jonathan und deutete ihm mit einer anerkennenden Geste an, dass ich eben genau das dachte – er grinste.

„Was ein bisschen Wasser nicht ausmachen kann", dachte ich dann, als Suzanne und Sarah wieder auftauchten, denn jetzt sahen sie wieder überraschend erfrischt und adrett aus.

„Fast wie neu", stellte ich daher anerkennend fest, als sie sich setzten.

„Zufrieden, Boss?", fragte Sahra ein wenig sarkastisch und herausfordernd.

„Doch, durchaus. Also das könnt ihr jedenfalls."

„Na wenigstens etwas. Gut genug, dass du uns nächste mal wieder mitnimmst?"

„Noch ist nicht aller Tage Abend."

„Auch wieder wahr. Nun, dann müssen wir uns eben noch anstrengen."

„Solltet ihr."

Nun, dieser kleine Disput hätte wohl noch eine kleine Weile weiter gehen können, wenn sich jetzt nicht Gus zu Wort gemeldet hätte,

„He! Kommt her! Es ist so weit", rief er uns zu. Und wenig später weckte dann tatsächlich eine große Pfanne Bohnen mit Speck unsere Lebensgeister. Jedenfalls langten alle tüchtig zu.

„Und? Wie geht ´s wirklich?", wandte ich mich während des Essens an Sarah und Suzanne."

„Na ja, anstrengend ist es schon", antwortete Suzanne und Sarah fügte hinzu:

„Ein paar von den Biestern sind aber ganz schön widerspenstig."

„Tja, so ist es immer", sagte Gilmore dazu und lachte kurz, „ein paar verrückte Kühe sind immer dabei."

Als die Pfanne dann leer war, wickelten sich alle sehr bald in ihre Decken.

Jonathan, Gilmor und ich, wir wollten uns die Wache teilen. Jonathan war der erst, Gilmore übernahm die undankbare mittlere Wache und so blieb mir eben die Morgenwache. Die ist mir aber eigentlich sowieso am liebsten – auch wenn es immer ein wenig Überwindung kostet, sich noch so weit vor dem Morgengrauen ein wenig fröstelnd aus den Decken zu schälen.

Ich setzte mich ans Feuer, also das was davon noch übrig war, ein paar Glutreste, in die ich ein paar trockene Zweige warf, an welchen bald wieder ein paar kleine Flammen hoch züngelten.

Dann sah ich mich um und lauschte in die Nacht. Doch es war nichts zu sehen, obwohl es eine sternenklare Nacht war. Doch der Mond war wohl im ersten Viertel so ungefähr und spendete kaum Licht, das die dunklen Schatten und Konturen ringsum ein wenig erhellen hätte können.

Ich lauschte aufmerksam, doch auch kein verdächtiges Geräusch erreichte meine Ohren, noch nicht einmal die ersten Vögel meldeten sich schon zu Wort.Ein wenig in Gedanken musterte ich den Sternenhimmel und unwillkürlich suchte ich nach dem Großen Wagen und dem Polarstern, aber auch da oben war alles beim Alten und meine Gedanken begannen wieder um den gestrigen Tag zu kreisen.

Es war ja schon ein merkwürdiger Haufen, mit dem ich diese kleine Herde zur Bahnstation treiben sollte. Aber ich konnte mich nicht beklagen, keiner hatte gejammert – und zum Glück war es ja eben eine kleine Herde und es war auch nicht so weit. Ein richtig großer Viehtrieb, das war schon eine andere Sache.

Als am ‚im Osten allmählich heller werdenden, Himmel die ersten Sterne zu verblassen begannen, setzte sich plötzlich Tom neben mich.

„He! Was ist los mit Dir?", fragte ich verwundert. „Du könntest noch gut eine Stunde schlafen und der heutige Tag wird sicher nicht leichter als der gestrige."

„Kann ich Dich was fragen?", begann darauf aber Tom nach ein paar Augenblicken.

„Aber sicher."

Es dauerte dann aber doch eine kleine Weile, bis er sich endlich aufraffte, mit seinem Anliegen heraus zu rücken.

„Es geht um Suzanne", begann er.

„Wird das jetzt ein Männergespräch?", fragte ich.

„Ein Männergespräch?"

„Nun ja, wenn Männer über Frauen reden, ist das ein Männergespräch."

„Verstehe."

Wieder Schweigen und so erinnerte ich ihn:

„Hör mal. Tom, wir haben jetzt zwar geklärt, um was es geht, aber … was da nun deine Frage ist …"

„Nun ja, es … es geht darum: Bin ich zu jung für sie?", rückte er nun endlich mit seinem Anliegen heraus.

„Oho! Daher weht der Wind!", ich war ein wenig überrascht – und dann auch wieder nicht, denn ich hatte so etwas schon auch irgendwie geahnt. Ich meine, er war eben in dem Alter, wo ein Junge, sich für Frauen und Mädchen zu interessieren beginnt, und da es hier keinen zweiten gab, der halbwegs in seinem Alter gewesen wäre, hatte er also mich auserkoren, um darüber zu reden. Irgendwie war das ja fast schmeichelhaft für mich und jedenfalls war ich ein wenig amüsiert.

„Zu jung? Tja, was soll ich Dir darauf sagen?", begann ich also. „Also, so wie ich das sehe, bist du jedenfalls noch zu jung, um zu heiraten, und sie nicht. Also, wenn Du sie heiraten willst, ist meine Antwort: Du bist zu jung."

„Hmm..."; kurzes Schweigen.

„Glaubst Du, dass sie sich in mich verlieben könnte?", fragte er dann weiter. „Also, ich bin kein Frauenkenner", erwiderte ich. „Aber ... erfahrungsgemäß verlieben sich Frauen und Mädchen sehr selten in Männer, die jünger sind als sie selbst es sind ....,es sei denn, es ist genug Geld im Spiel natürlich."

„Aber es sind doch nur drei Jahre?"

„Es sind immerhin drei Jahre."

„Hmm..."; das klang jetzt ein wenig enttäuscht und so sagte ich:

„Ich meine, mit dem Verlieben ist das so eine Sache, da gibt es die unglaublichsten Fälle, manchmal wundert man sich, aber … also, viel drauf setzen würd ich nicht, dass sie sich in Dich verliebt."

„Wahrscheinlich gar nichts, oder?"

„Du könntest recht haben."

Als er darauf wieder nicht antwortete, stellte ich fest.

„Also, so wie ich das sehe, bist jedenfalls Du verliebt in Suzanne, oder?"

„Na ja, ich weiß nicht …ich meine, ich denke die ganze Zeit an sie und stelle mir alle möglichen Dinge vor …"

„Siehst Du. Genauso ist es, wenn man verliebt ist."

„Nun ja, wahrscheinlich hast Du ja recht."

„Ganz sicher sogar."

Wieder Schweigen. Und so fragte ich:

„War´s das jetzt mit dem Männergespräch?"

„Ich glaube, ja."

„Na dann. Aber … ich meine … du kannst jederzeit wieder zu mir kommen, wenn Dir wieder einmal
nach einem Männergespräch ist."

„Okay." Tom hob den Kopf und sah irgendwo
nach oben ins Leere.

„Denkst Du eigentlich oft an Sarah?", fragte er
dann plötzlich.

„Wie kommst Du denn darauf?"

„Nun ja, Jonathan meinte, er glaubt, du wärst verliebt in sie. Ich meine, er sagte nazürlich: verknallt."

„Der hat ja keine Ahnung."

„Nun ja, das ist mir nur gerade so eingefallen, aber
… also… du kannst auch jederzeit zu mir kommen,
wenn du ein Männergespräch brauchst."

„Danke", sagte ich und lachte kurz, „im Falle des
Falles werde ich darauf zurück kommen."

Ich war amüsiert irgendwie. Tom aber stand jetzt
auf und ging – und er ließ mich ein wenig verwun-

dert zurück. Wie war Jonathan auf die Idee gekommen, dass ich in Sarah verliebt wäre? Vielleicht hatte ich sie bei Gelegenheit das eine oder andre Mal ein paar Sekunden länger betrachtet als üblich, aber … mehr konnte es doch wohl kaum gewesen sein? Doch was es auch gewesen war, an dieses denkwürdige Gespräch dachte ich jedenfalls in der Folge gelegentlich immer wieder, nicht zuletzt, weil ich daraufhin in der nächsten Zeit tatsächlich vermehrt über Sarah nachzudenken begann. Suzanne und Sarah waren zwei verdammt hübsche Mädchen geworden, über die ein Mann schon einmal ins Nachdenken kommen konnte.Und jetzt, nachdem Tom mich gewissermaßen mit der Nase darauf gestoßen hatte und wenn man erst einmal angefangen hat, über eine Sache nachzudenken, dann tut man es immer wieder – bis sich die Sache erledigt hat, oder vielleicht irgendwann doch in Vergessenheit gerät.

–*–

Mr. und Mrs. Lovecroft waren merklich erleichtert, als wir zurückkamen und alles glatt gegangen war. Tatsächlich hatte es auch weiter noch keine besonderen Schwierigkeiten gegeben, und wir hatten die Rinder auch zu einem ganz passablen Preis an den Mann bringen können, sodass sie wieder etwas Geld hatten.

Sarah und Suzanne waren an diesem Abend ziemlich aufgekratzt und hatten eine Menge zu erzählen und Tom nicht minder.

Später ging ich dann einmal hinaus, um in Ruhe eine von meinen Zigarillos zu rauchen, da tauchte bald auch Jonathan auf.

„Willst Du auch eine?", fragte ich, „hast Du dir verdient."

Und er wollte.

„Und wie war es, wieder einmal Rinder zu treiben?", fragte ich ihn dann.

„Wie soll es schon gewesen sein? Es ist doch eigentlich ein verdammt lausiger Job. Und trotzdem: Ich danke Dir."

Ich verstand durchaus, was er meinte.

„Na ja, ich hoffe, Du sagst das auch noch, wenn´s ans Heumachen geht."

„Ich freu mich schon darauf – auch wenn das erst recht ein lausiger Job ist."

„Na dann."

„Und wie geht es jetzt weiter?", fragte er, nachdem er wieder ein paar Züge genommen hatte.

„Wie schon?", antwortete ich, „vor allem heißt es, die Augen offen halten."

„Damit keine Rinder mehr verschwinden?"

„Auch, aber … überhaupt."

„Du vergisst aber nicht, dass die ziemlich in der Überzahl sind? Und dass die meisten ziemlich raue

Burschen sind .... ich meine, nach dem, was ich so gehört habe ..."

„Tja, da müssen wir uns wohl was einfallen lassen."

„Du musst Dir was einfallen lassen ... in erster Linie."

„Muss ich wohl. Zum Glück haben wir unterwegs
keinen Ärger mit Daltons Männern gehabt. Hätte ja
sein können."

„Vielleicht hat er ja nichts mitgekriegt."

„Vielleicht."

Ob er das hatte oder nicht, war schwer zu sagen,
aber er war jedenfalls nicht untätig geblieben.

Denn während wir unterwegs gewesen waren,
war er auf die Ranch gekommen – ob er da die Gelegenheit genutzt hatte, dass kaum wer da war? Tatsache ist, dass Mr. Lovecroft dann später erzählte, dass

Dalton da gewesen war und ihm ein Kaufangebot gemacht hatte – ein unannehmbares, wie Mr. Lovecroft betonte. Darauf hatte Dalton allerdings gemeint, dass Mr. Lovecroft es noch billiger geben würde. Nun, das war zweifellos als Drohung zu verstehen.

Es war an der Zeit, dass wir Dalton zeigten, dass wir zurückschlagen konnten.

Und da kam es mir sehr gelegen, dass mittlerweile der bewusste Samstag herangerückt war, an dem es in Saxonville in der großen Scheune hinter dem Hotel einen Tanzabend geben würde.

Als ich daher Suzanne und Sarah bei guter Gelegenheit einmal alleine erwischte, fragte ich sie:

„Ich nehme an, Ihr wollt Samstagabend nach Saxonville, zu dieser ..., zu dieser Tanzveranstaltung?"

„Natürlich wollen wir das", antworteten sie, wie des öfteren, fast einstimmig.

„Fahren Eure Großeltern mit Euch?"

„Sicher! Großvater sagt zwar jedes Mal, dass sei das letzte Mal gewesen, aber bis jetzt hat er es trotzdem immer gemacht, …. unseretwegen natürlich."

„Natürlich, aber … also, wenn wir auch mitkommen, dann könnte ich zum Beispiel fahren."

„Wer ist wir?", fragte Suzanne.

„Wer wir ist? Nun, ganz einfach unsere Mannschaft, würde ich sagen. Dann könnte ich fahren."

„Du meinst … alle? Jonathan und Mingus und Gus?"

"Und Tom und ich.", ergänzte ich.

„Und die wollen das?"

„Aber sicher! Die wollen auch einmal ihren Spaß haben."

„Dafür werde ich sorgen", dachte ich dabei.

„Na, wenn Du es sagst.", das klang zwar ein wenig skeptisch, aber Sarah fügte dafür hinzu:

„Großvater wird es sicher ganz recht sein, wenn er zuhause bleiben kann."

„Das wird er ganz bestimmt", bestätigte Suzanne.

„Na dann. Dann ist die Sache eben abgemacht. Bringt Ihr das Euren Großeltern bei, oder soll ich …?"

„Nein, nein, wir machen das schon."

„Gut …", sagte ich ein wenig gedehnt, denn jetzt kam ja der springende Punkt,

„Ahhh… andere Frage …"

„Nämlich?"

„Sag, Sarah, könnten wir …, ich meine, wenn es sich ergibt … könnten wir dann Harding noch einmal etwas vorspielen?"

„Einen Kuss?", fragte Suzanne, noch bevor Sarah etwas sagen konnte.

„Nun ja …"

Sarah sah mich an und sagte dann etwas betont:

„Vorspielen!"

„Von nichts anderem war die Rede."

„Na schön", Sarah nickte, „meinetwegen …, wenn es sich ergibt, aber …Dir ist doch wohl klar, dass Du dann mit mir auch tanzen musst. Ich meine, wenn das Spiel echt aussehen soll …"

"Hmmm, da hast Du natürlich recht. Aber warum sagst Du mir das eigentlich so … so extra?"

„Vielleicht weil es Männer gibt, die ziemlich tanzfaul sind. Wie steht es denn da mit Dir?"

„Ach Gott, es geht, glaube ich."

„Es geht?", wiederholte sie ein wenig skeptisch, „Nun wir werden ja sehen."

Nach einem Augenblick des Schweigens fragte sie dann aber:

„Wozu eigentlich das Ganze? Du willst Harding provozieren. Aber wozu? Du weißt doch, was dann passieren kann?"

„So viel kann wohl nicht passieren. Soviel ich weiß, muss man die Waffen abgeben."

„Genau, so ist es. Und es gibt auch keinen Whiskey nur Bier und Limonade und belegte Brote. Und darum wird er versuchen, dich mit seinen Männern halb tot zu prügeln, wenn es keine Colts gibt."

„Du hast gerade das Wort ´versuchen´ verwendet."

„Bill! Es wird ein ganzer Haufen von seinen Männern da sein. Und wen hast Du? Bestenfalls Gus, Jonathan und Mingus zählen doch wohl nicht und Tom auch nicht."

„Wie man ´s nimmt. Und damit kommen wir zur zweiten Frage."

„Nämlich."

„Vorschlag: Ihr könntet beide eine Tasche mitnehmen und da jede einen Colt einstecken. Würde das funktionieren?"

„Wahrscheinlich", meinte Suzanne, „willst Du Harding erschießen?"

„Unsinn! Aber Jonathan und Mingus könnten damit Hardings Meute in Schach halten."

„Damit Du Dich mit Harding alleine herumprügeln kannst?"

„Damit Harding einmal zeigen muss, was er wirklich drauf hat."

„Das ist dein genialer Plan?"

„Ich habe nicht gesagt, dass er genial ist."

„Na dann."

„Also, wie ist es nun?"

Suzanne zuckte mit den Schultern und meinte:

„Wenn Dir nichts besseres einfällt, ..."

„Vorläufig nicht."

Kurz schwiegen wir alle drei – da sagte Suzanne plötzlich:

„Letztens hab ich Sarah übrigens gefragt, wie es ist, von Dir geküsst zu werden."

Ich verzog das Gesicht,

„Mädchen!", sagte ich darauf nur.

"Mädchen! Genau. Aber … willst Du gar nicht wissen, was sie gesagt hat?"

„Du hättest nicht davon angefangen, wenn Du ´s nicht unbedingt los werden wolltest.", erwiderte ich seufzend, „Also tu es."

„Ich habe schon lange auf eine passende Gelegenheit gewartet, um davon anzufangen."

„Na schön, und jetzt hast Du endlich davon angefangen, und jetzt rück halt endlich heraus damit, bevor Du platzt."

Sarah und Suzanne sahen sich kurz an und lächelten – und dann sagte Suzanne endlich:

„Sie hat gesagt, dass Du das noch üben musst."

„Tatsächlich? Nun, ich werde daran arbeiten."

„Tu das!"

Ich dachte einen Moment über die Sache nach und sagte dann:

"Es gibt da übrigens etwas, dass ich Euch eigentlich auch schon lange sagen wollte."

„Bei passender Gelegenheit?"

„Bei passender Gelegenheit."

„Und so wie es aussieht, bist Du der Meinung, das wäre jetzt so eine passende Gelegenheit?"

„Passend genug jedenfalls."

„Na dann. Dann schieß los!"

„Was ich Euch eben einmal sagen wollte ist, dass Ihr mich manchmal doch noch an die naseweisen, kleinen Gören erinnert, die Ihr gewesen seid, als Phil und ich damals zum erstenmal hierher gekommen sind."

„Und das ist Dir jetzt wieder eingefallen?"

„So ist es."

„Es gibt aber einige Leute, denen schon aufgefallen ist, dass wir das nicht mehr sind."

„Diesem verdammten Harding zum Beispiel", fügte Sarah gereizt hinzu.

„Tja, und Tom auch", meinte Suzanne und schüttelte den Kopf.

„Warum? Hat er was gesagt?", fragte ich.

„Nein, aber …, na egal. Vergiss es!"

Irgendwie hatte sie wohl doch gemerkt, dass … nun ja, dass Tom sich zumindest irgendwie in sie verschaut hatte und sicher hatte sie mit Sarah darüber auch gesrochen.

Natürlich musste ich unwillkürlich an mein ´Männergespräch´ mit Tom denken.

Vielleicht lächelte ich darüber ein wenig, denn Suzanne sagte plötzlich:

„Du glaubst es nicht, oder?"

„Doch", sagte ich, „Warum nicht? Immerhin ist er jetzt so in diesem Alter."

„Eben."

_*_

Vor dem Laden von Mr. Und Mrs. Trent, wo Damen sich mit schönen Kleidern und anderem eindecken konnten, hielt ich an. Der große Abend war gekommen, und wir waren da, um ihre drei Töchter abzuholen. Die beiden älteren, Liza und Betty waren die besten Freundinnen von Sarah und Suzanne und sollten mit uns mitkommen, und mit ihnen sogar noch ihre jüngere Schwester Mary-Ann, die war etwa zwölf.

Es dauerte ein wenig, aber dann tauchten sie endlich auf, fein herausgeputzt, wie es sich wohl gehörte, wenn ihren Eltern schon dieser Laden gehörte. Kaum saßen sie im Wagen, ging das Geschwätz auch schon los, besonders Mary-Ann, die im übrigen irgendwie älter aussah, als sie war, erschien mir recht aufgekratzt. Aber meines Wissens nach war das auch das erste Mal, dass sie da dabei sein durfte.

Nun, wie auch immer, ich lenkte den Wagen jedenfalls dann bis zu jener Scheune hinter dem Hotel, wo eben getanzt werden sollte.

Es waren hier schon einige Wagen abgestellt, Ich fand aber dann doch einen Platz für den unseren.

Wenig später standen wir dann vor der Scheune, deren Tore weit geöffnet waren. Sie war noch größer, als ich eigentlich gedacht hatte, und vielleicht war das Ding ja auch nie als Scheune gedacht gewesen. Immerhin gehörte der große Holzbau zum Hotel.

Wie auch immer, das Innere war jetzt hell erleuchtet und schon aus einiger Entfernung vernahm man Stimmengewirr und natürlich die Musik. Tabakqualm schlug uns entgegen, als wir durch das große Tor traten, nachdem wir davor an einem großen Tisch unsere Gurte abgegeben hatten. Dann blieb ich zunächst einmal kurz stehen, um mir einen Überblick zu verschaffen.

Im vorderen Bereich waren lange, schmale Tische aufgestellt, sowie passende Bänke ohne Lehnen.

Im hinteren Bereich wurde getanzt und rechterhand war eine Art Buffet, wo man die Getränke kriegte, eben Bier oder Limonade, sowie belegte Brote und irgendwelche kleine Kuchen. Und daneben spielte die kleine Musikkapelle auf.

Obwohl es noch nicht spät war, waren die Tische schon ziemlich besetzt und auch auf der Tanzfläche hinten war schon einiges los.

Ich hielt aber auch Ausschau nach Gus, Mingus, Jonathan und Tom, die voraus geritten waren. Und richtig, entdeckte ich sie bald an einem der Tische, wo sie sich ordentlich breit gemacht hatten. Und wenig später saßen wir alle, ein wenig gedrängt, an diesem Tisch, ich am Ende der einen Bank, damit ich, im Hinblick darauf, was ich vielleicht vor hatte, gegebenenfalls schnell aufspringen konnte, und neben mir saß

Sarah. Tom entdeckte ich, sehr zu meiner Überraschung, nicht neben Suzanne, sondern neben Mary-Ann. Sollte sich so schnell ein neues Objekt seiner Liebe gefunden haben?

Ich hatte aber im Augenblick nicht die Muße, mir darüber den Kopf zu zerbrechen, denn ich hielt nach Harding und der Dalton-Mannschaft Ausschau – vorläufig vergebens.

„Von Harding keine Spur", sagte ich zu Sarah.

„Der kommt schon noch", versicherte sie mir.

„Haben Gus und Mingus die Kanonen?"

„Alles erledigt."

„Na schön, dann kann der Spaß ja losgehen."

Aber zunächst einmal ging ich mit Gus los, um Getränke und Brote zu holen, und auch ein paar von diesen kleinen Kuchen.

Als wir zurückkamen, saß von den Mädchen nur noch Mary-Ann am Tisch. Kaum aber, dass wir uns wieder gesetzt hatten, wurde sie auch zum Tanzen geholt. Nun insgesamt waren hier die potentiellen Tänzerinnen eher in der Minderzahl und dementsprechend groß war eben die Nachfrage – und natürlich auch das Gedränge auf dem Tanzboden.

Tom jedenfalls schaute jetzt Mary-Ann und dem Burschen, der sie geholt hatte, mit einem sehr merkwürdigen Gesichtsausdruck nach. Nun, es wäre ja wohl an ihm gewesen, ihm zuvor zu kommen.

Ich nahm einen Schluck Bier und beobachtete eine Weile die Tanzenden. Hin und wieder entdeckte ich unter ihnen auch Sarah und Suzanne und auch die Trent-Mädchen.

Nach zwei oder drei Tänzen brachte der Bursche, der mit Sarah getanzt hatte, sie zu unserem Tisch zurück.

„Später vielleicht, Alex", hörte ich sie sagen.

Dann stand sie auch schon neben mir und verlangte:

„Bill, lass mich bitte auf meinen Platz!"

Also stand ich auf und sie schob sich an mir vorbei.

Lächelnd sah sie mich an, ihr Gesicht war, wohl von dem lebhaften Tanz, ein wenig gerötet und irgendwie sah sie in diesem Augenblick noch hübscher aus als sonst.

„Kann ich einen Schluck von Deinem Bier trinken?", fragte sie. Ich zuckte mit den Schultern und deutete wortlos auf mein Glas.

„Es schmeckt zwar bitter", sagte sie, als sie das Glas wieder abstellte, „aber es löscht besser den Durst als Limonade."

„Verstehe." Ich weiß natürlich nicht, was für ein Gesicht ich dabei machte, aber jedenfalls setzte sie, nachdem sie kurz meine Miene studiert hatte, lächelnd hinzu:

"Keine Angst, bevor Du mich küsst, werde ich Limonade trinken, auch wenn es nur gespielt ist."

„Na dann. Und Du bist sicher, dass Harding noch kommt?"

„Bin ich." Sie dachte kurz nach und fuhr dann fort:

„Er wird mich zum Tanzen holen. Ich erwarte, dass Du mich spätestens nach dem zweiten Tanz erlöst."

„Du könntest ablehnen", schlug ich vor.

„Werde ich aber nicht, also tu, was ich Dir sage."

„Na schön, wenn Du es so willst."

„Ich will es so."

„Na dann."

In diesem Augenblick tauchte aber hinter uns jemand auf, der Sarah kurz auf den Oberarm tippte, weil er offensichtlich mit ihr tanzen wollte.

„Tut mir leid, aber wir wollten gerade tanzen", sagte ich geistesgegenwärtig, weil mir das im Augenblick nicht so recht in den Kram passte.

Das Gesicht des Mannes wurde lang, und Sarah sagte:

„Vielleicht später, Alex."

Denn genau um diesen Alex, mit dem sie vorhin schon getanzt hatte, handelte es sich bei dem Mann.

Nun, wie auch immer, aber natürlich mussten wir uns jetzt erheben, um auf den Tanzboden zu streben. Nicht dass ich ein großer Tänzer gewesen wäre vor dem Herrn, aber hin und wieder war mir doch danach. Und Sarah sah heute wirklich besonders hübsch aus mit ihren langen, blonden Haaren, die sie zu einem Knoten aufgesteckt hatte, von dem herab aber noch kürzere Haarsträhnen ihr Gesicht umrahmten, und in dem langen, zart gemusterten Kleid, dass ihre gertenschlanke Figur so gut zur Geltung brachte.

Kurz, sie war heute eine besondere Augenweide und ich führte sie, eben deswegen natürlich, gerne zum Tanz.

Wir begannen also, uns im Rhythmus der Musik zu bewegen.

„Sag, dieser Alex ...", begann ich dann.

„Auch einer meiner Verehrer", klärte mich Sarah auf, „Harding ist nicht der einzige. Und Alex wäre eine gute Partie, seinem Vater gehört das Hotel."

„Oh!"

„Du musst aber nicht eifersüchtig sein, er ist nicht mein Typ."

Und mit einem schelmischen Lächeln fügte sie hinzu:

„Und für mich kommt natürlich nur eine Liebesheirat in Frage."

„Na, dann bin ich ja beruhigt. Und er hat keine Angst vor Harding?"

„Doch! Darum muss er es ja ausnützen, dass Harding noch nicht da ist."

„Verstehe."

Nun, wir tanzten weiter und quatschten ein wenig über die Leute. Zum Beispiel über den einen Burschen, mit dem Suzanne getanzt hatte. Und nach drei oder vier Tänzen, brachte ich Sarah zurück zum Tisch – und grade da tauchte endlich Harding auf.

Sechs Mann hoch kamen sie herein und für einen Augenblick sank der Lärmpegel ein wenig, weil fast alle den Kopf nach diesen Burschen wandten.

Sie machten sich, gar nicht weit entfernt, an einem der Tische breit, wobei ich allerdings nicht ganz mitkriegte, ob sie dort schon erwartet wurden, oder ob sie dort irgendwen verdrängten.

Natürlich behielt ich sie im Auge. Selbstredend holten sie sich einmal Bier.

Aber dann wurde Harding sehr bald aktiv, soll heißen, er erhob sich und strebte zwischen den Tischen und Bänken her zu uns. Zwei von seinen Männern erhoben sich ebenfalls und folgten ihm.

„He! Sarah!", fing er ziemlich herrisch an, als er heran war, „Komm, wir tanzen!"

Wohl sah er dabei auch zu mir, doch sonst ignorierte er mich.

Sarah sah kurz zu mir.

„Vergiss ihn!", knurrte Harding.

Da zuckte Sarah mit den Schultern und forderte mich auf:

„Lass mich raus, Bill!"

Wortlos erhob ich mich und ließ sie also raus.

„Na also. Geht doch", knurrte Harding zufrieden – und ich frage mich bis heute, ob er sich nicht wunderte, dass das so einfach ging. Nun, das wird aber für immer ein Geheimnis bleiben.

Tatsache ist, dass er sich jetzt rücksichtslos durch die Menge schob und Sarah folgte ihm.

Und dann tanzten sie eben.

Sarah hatte gesagt, dass er unangenehm werden würde. Nun jedenfalls hatte er meist seine Hände auf ihren Hüften oder sonst wo und suchte auch sonst sehr ihre Nähe. Außerdem redete er ständig auf sie ein.

Es störte mich mehr, als ich gedacht hätte, und ich konnte es eigentlich fast nicht erwarten, in Aktion treten zu können - ich wollte mich aber an das halten, was wir verabredet hatten.

Als also die Tanzkapelle eine neue Nummer anfing, schob im mich langsam Richtung Tanzboden.

Und kaum war der letzte Ton verklungen, war ich dann auch schon zur Stelle.Ich trat von der Seite an sie heran, nahm Sarah am Oberarm und zog sie weg,

„Sarah komm! Jetzt tanzen wir wieder!", sagte ich dabei sehr entschieden.

Und das kam so überraschend für Harding, dass er erst reagierte, als ich sie schon an meine Seite gezogen hatte, und zwar so, dass ich jetzt zwischen den beiden stand.

„Verdammt!", entfuhr es ihm dabei mit grollender, wilder Stimme und tückisch blickenden Augen, wobei er den Kopf einzog und die Schultern vorschob, „Ich tanze grad mit ihr!"

„Jetzt nicht mehr, sagte ich betont ruhig und freundlich. „Versteh mich nicht falsch, aber sie ist meine Braut, wie Du weißt. Und jetzt tanze eben ich wieder mit ihr."

„Einen Scheiß ist sie!", entfuhr es Harding darauf heftig, "Ich hab´s Dir schon einmal gesagt: Sie gehört zu mir."

„Also, Sarah!", sagte ich, „Was sagst Du dazu?"

Und bei diesen Worten zog ich sie noch enger an mich und küsste sie.

Also, es war natürlich wieder nur so ein gespielter Kuss wie beim letzten Mal. Aber für Harding sah es echt genug aus.

Jedenfalls fühlte ich mich im nächsten Augenblick hinten an der Jacke gepackt und zurück gerissen. Augenblicklich ließ ich Sarah los und gab Harding nach. Als er losließ, duckte ich mich instinktiv und drehte mich dabei nach links. Und richtig spürte ich in diesem Augenblick eine Faust hinten über meinen Nacken radieren. Dafür warf ich mich nach links und versetzte Harding einen heftigen Rammstoß, der ihn ins Taumeln brachte, sodass ich mich aufrichten konnte.

Mit geballten Fäusten stand Harding da,

„Mohenny, Du verdammte Ratte!", knurrte er voller Ingrimm und mit einem tückischen Funkeln in den Augen, „Ich hab´ Dich gewarnt, dass Du die Finger von ihr lassen sollst. Jetzt mach ich Dich fertig."

„Sicher machst Du das", stimmte ich ihm betont ruhig und freundlich zu – ich wollte ihn noch mehr reizen.

Mit einem raschen Blick hielt ich nach seinen Männern Ausschau. Und richtig, die waren nicht weit – was leicht zu sehen war, weil die Umstehenden mittlerweile zurückgewichen waren. Ich sah aber auch Gus und Mingus, was sehr beruhigend war.

„Du kommst Dir wohl mächtig gut vor, aber Du wirst bald anders reden, Mohenny." Seine Stimme war fast noch drohender geworden, soweit das eben noch möglich war.

„Du redest überhaupt zuviel, Großmaul.", sagte ich darauf.

Und das endlich zündete.

„Ach ja?", erwiderte er, wobei sein Körper sich noch mehr zusammenzog. Seine Augen wurden schmal - und einen Augenblick später stürmte er los. Ich hatte die Zeichen erkannt und wich zur Seite, er war aber erfahren genug, sich nicht von seinem eigenen Schwung mit fortreißen zu lassen. Er stoppte schnell und versuchte, mich aus einer Linksdrehung mit einem Rückhandschlag zu treffen, den ich aber abducken konnte und dafür traf ihn jetzt links ein Nierenhaken, der ihn aufstöhnen ließ.

Nach dieser ersten Runde wichen wir heftig atmend zurück und taxierten jeder unseren Gegner.

Mit einem schnellen Blick hielt ich nach Hardings Männern Ausschau. Natürlich waren sie da – aber

Gus und Mingus waren auch da. Die würden schon wissen, was zu tun war, wenn es nötig war. Ich konzentrierte mich auf Harding.

„Du bist eine Nummer besser, als ich dachte", sagte er jetzt, „aber ich mach ich Dich trotzdem fertig", und fuhr sich bei diesen Worten mit der Zunge über die Lippen.

„Und Du bist eine Nummer schlechter, als ich dachte. Also, so wird das nie etwas."

„Ach. Ist das ..."

Aber ich schnitt ihm das Wort ab, indem ich jetzt meinerseits vorstürmte. Instinktiv nahm er zur Deckung seine Arme hoch, doch ich trommelte ihm darunter eine Serie von Schlägen, in die ich alle Kraft legte, in die Rippen.

Harding war einen Augenblick überrascht, dann verzerrte sich sein Gesicht zu einer bösen Grimasse und er holte weit zu einem wilden Schwinger aus. Der war nicht von schlechten Eltern und fast nicht zu parieren. Ich versuchte, ihn mit dem Unterarm abzublocken, doch er schrammte trotzdem noch verdammt hart an meinem Kopf vorbei, den ich doch außerdem ein wenig zur Seite genommen hatte.

Doch das war auszuhalten, Harding dagegen hatte diesmal in seiner mörderischen Wut nicht daran gedacht, den Schwung dieses Schlages richtig zu kontrollieren, und ließ sich von ihm vor reißen. Geistesgegenwärtig packte ich ihn irgendwo an einer Schulter und riss ihn noch weiter nach vorne. Nicht ohne ihm dabei ein Bein in den Weg zu stellen, sodass er unweigerlich auf allen Vieren landete.

Er schüttelte den Kopf und wollte sich aufrichten, aber da verpasste ich ihm einen wilden Tritt in die Rippen und gleich noch einen zweiten. Er stöhnte.

Das war, zugegeben, nicht ganz die feine Art gewesen, aber er hätte es auch nicht anders gemacht.

„Du verdammte Ratte!" fauchte er wild und setzte an, wieder auf die Beine zu kommen. Er war dann auch schnell wieder auf den Beinen, aber beim folgenden Schlagabtausch hatte ich den Eindruck, dass er etwas angeschlagen war, irgendwie etwas langsamer vielleicht ....

Aber noch war er nicht geschlagen – und ich schon gar nicht.

Nach ein paar Minuten hielten wir, fast wie auf Kommando, beide wieder einmal kurz inne, schwer atmend und plötzlich wurde mir bewusst, dass ich ein paar ganz ordentliche Treffer abgekriegt hatte.

Ich spürte sie, vor allem hatte der verdammte Harding es geschafft, mir einen ganz verdammten Tritt gegen das Schienbein zu verpassen, als wir einmal ein paar Tische abgeräumt hatten.

Aber Harding zeigte schön langsam Schwäche – und da sah er sich nach seinen Männern um und musste feststellen, dass Mingus und Gus sie mit ihren Kanonen in Schach hielten.

„Verdammt! Die haben Kanonen", fluchte er."

„Harding, das ist eine Sache, die wir unter uns austragen", erwiderte ich, „oder?"

„Das wird Dir auch nichts nützen, Mohenny!", fauchte er gehässig, „denn jetzt bringen wir es zu Ende."

Im nächsten Augenblick nahm er auch tatsächlich erneut einen Anlauf. Die Hände gehoben in kampfbereiter Haltung kam er in langen, schnellen Schritten heran. Diese Rammbocktaktik schien er zu lieben. Aber diesmal war er schon vorsichtiger und es gelang mir nicht, ihn wieder so elegant zu Fall zu bringen, vielmehr landeten wir alle beide zwischen den Tischen, denn er riss mich mit sich mit.

Und da war ich dann doch deutlich schneller wieder auf den Beinen als er, er war einen Augenblick schlecht gedeckt, und da verpasste ich ihm einen heftigen Aufwärtshaken gegen die Kinnspitze, der seinen Kopf hoch riss, während ich das Aufeinanderschlagen seiner Zähne hörte, und fast augenblicklich auch ein schmerzerfülltes „Aahh", gefolgt von einem wutentbrannten

„Verdammt!"

Dann spuckte er blutigen Speichel aus – er hatte sich wohl auf die Zunge gebissen. Fast verwundert schaute er sich die Bescherung an. Und da knallte ich ihm zwei heftige Gerade unters Brustbein, die ihn einige Augenblicke lang lähmten – lange genug dass ich nun einen wohlgezielten Haken gegen sein Kinn folgen lassen konnte. Er erstarrte förmlich und verdrehte die Augen – und dann fiel er um wie ein gefällter Baum. Und dann: Sille – bis irgendwer, fast erstaunt, sagte:

„Er hat Harding niedergeschlagen."

Und fast augenblicklich setzte darauf das Stimmengewirr wieder ein, vielleicht sogar noch ein wenig mehr als zuvor.

„Steckt Eure Kanonen weg!", forderte ich Gus und Mingus auf – was die augenblicklich auch taten.

Immerhin erwartete ich, dass jederzeit der Marshal auftauchen konnte.

„Da sagte aber einer von Hardings Männern:

„He, Mohenny! Das merken wir uns aber. Du hast uns reingelegt."

"Merkt Euch vor allem eines: Ihr sollt Euch nicht mit mir anlegen. Da werdet Ihr immer auf die Nase fallen."

„Mohenny, wir kriegen Dich schon noch."

„Aber heute nicht mehr. Und jetzt schafft den Burschen da endlich raus."

„Wir werden ..."

Da war aber plötzlich die Stimme des Marshals zu vernehmen:

„Verdammt! Was ist hier los?"

Und Augenblicke später schob er sich auch schon zwischen den Umstehenden hindurch und blickte zunächst hinunter auf Harding und dann zu mir – er ahnte wohl die Zusammenhänge.

„Er hat sich schlecht benommen.", erklärte ich ihm.

„Er hat was?", fragte der Marshal verblüfft.

„Er hat sich schlecht benommen ..., bei Miss Lovecroft."

Der Marshal holte tief Luft und musterte mich dann kurz mit schmalen Augen. Schließlich nickte er und sagte:

„Hören Sie mal, Mr. Mohenny: Warum ihr euch prügelt interessiert mich nicht, aber das nächste Mal geht ihr einfach raus. Oder ich buchte Euch alle ein, und zwar mit dem allergrößten Vergnügen."

„Alles klar, Marshal", versicherte ich ihm.

Als der Marshal sich darauf abwenden wollte, meldete sich aber wieder der Bursche von Harding zu Wort:

„He, Marshal!", begann er, indem er dabei auf Gus und Mingus wies, „die zwei da haben ihre Kanonen dabei."

Der Marshal wandte sich um zu den beiden und sah sie fragend an.

„Tut uns leid, Marshal", sagte Mingus darauf, „die hatten wir in den Hosentaschen. Auf die haben wir glatt vergessen."

Der Marshal verzog das Gesicht und streckte wortlos seine Hände aus.

Die Colts reichte er dann an seinen Deputy weiter, der hinter ihm stand.

„Bring sie raus!", knurrte er dabei. Dann wandte er sich noch einmal an mich:

„Versteh´n Sie mich nicht falsch, Mohenny, ich hab´ nichts dagegen, wenn Sie Harding

verprügeln, wundert mich sowieso, dass Sie das geschafft haben, aber egal. Nichtsdestotrotz: Das nächste Mal machen sie das gefälligst woanders."

„Ihr Wunsch ist mir Befehl, Marshal.", versicherte ich ihm.

Er sah mich merkwürdig an und knurrte dann:

„Das war ein Befehl, Mohenny."

„Auch gut."

Danach verzog sich der Marshal endlich.

Man hatte inzwischen auch schon begonnen, wieder Ordnung zu machen, die Tische wieder aufzustellen, und so weiter eben.

Da zupfte mich plötzlich jemand am Ärmel – es war Sarah. Sie stand hinter mir und fragte:

„Bringst Du mich zurück an den Tisch? Oder möchtest Du jetzt doch noch tanzen?"

Tatsächlich begann auch gerade die Tanzkapelle, wieder aufzuspielen.

„Nein!", lehnte ich ab. „Komm!"

Als ich dann, Sarah im Gefolge, zwischen den Leuten und den Tischen und Bänken wieder auf unseren Tisch zustrebte, merkte ich, dass mein Bein jetzt verdammt schmerzte, das war wirklich ein verdammt übler Tritt gewesen. Ich hinkte sogar ein wenig - was auch Jonathan nicht entging, als wir näher kamen.

Er wies auf mein Bein und fragte ein wenig grinsend:

„War das auch ein Bronco?"

„Und was für einer!", antwortete ich.

"Verstehe!", sagte er, wobei er mich kritisch musterte.

„Sie haben schon besser ausgesehen, Mr Mohenny.", fügte er dann hinzu.

„Bill!", korrigierte ich ihn.

„Soll mir recht sein, das ändert aber nichts an den Tatsachen."

Da aber verlangte Sarah, die sich wieder neben mir niedergelassen hatte:

„Lass dich ansehen, Bill!"

Also drehte ich ihr das Gesicht zu – und nach einer kurzen, kritischen Musterung stellte sie fest:

„Also, es könnte schlimmer sein, aber besonders toll siehst Du jetzt wirklich nicht aus."

„Ach Gott, in drei Tagen ist nichts mehr zu sehen."

„Vielleicht, aber Du hast da links hinten am Hals eine ziemliche Schramme. Gib mir Dein Tuch."

Tatsächlich hatte ich ein Tuch um den Hals, das ich ihr jetzt gab, worauf sie Tom zum Buffet schickte, dass man es ihm dort in Wasser tauchen sollte. Ich nutzte die Gelegenheit und bat ihn, mir auch ein frisches Bier mitzubringen. Das Bier tat verdammt gut und Sarah konnte dann den Kratzer am Hals abwischen, was ihr offensichtlich ein Bedürfnis war.

Während sie das machte, meinte Suzanne:

„Dir ist doch hoffentlich klar, dass Du heute ihre Heiratsaussichten ziemlich verringert hast."

„Wie meinst Du das?"

„Ich meine, Du hast sie als Deine Braut ausgegeben. Und nachdem Du heute diesen Harding zusammengeschlagen hast, werden alle einen Heidenrespekt vor Dir haben."

„Ihr Alex wird sich schon nicht aufhalten lassen."

„Er ist nicht mein Alex", widersprach Sarah ärgerlich. „Er ist nicht mein Typ. Sagte ich doch schon."

„Aber wagen wird er es", stellte Mingus fest. „Da kommt er nämlich schon."

Und tatsächlich stand der Bursche Augenblicke später hinter uns und bat Sarah um einen Tanz.

„Sie haben doch nichts dagegen?", wandte er sich dabei auch an mich, vielleicht tatsächlich ein wenig scheu?.

„Schon in Ordnung", sagte ich.

Als sie weg waren, meinte Suzanne:

„Hab´ ich ´s Dir nicht gesagt, dass der jetzt ziemlichen Respekt vor Dir hat?"

Und Mingus präzisierte das noch ein wenig, indem er hinzusetzte:

„Er hat Schiß. Oder?"

Das `oder` galt Jonathan, der da durchaus seiner Meinung war.

„Und wie!", bekräftigte er – und dann lachten die beiden Alten.

Nun, sie hatten eben ihren Spaß, und wenig später wurde auch Suzanne zum Tanzen geholt, und überhaupt alle Mädchen, selbst Mary- Ann, die hatte sich nämlich Tom schon wieder geschnappt.

Ich hatte den Trents versprochen, dass ich die Mädchen bis elf nachhause bringen würde, obwohl gerade auch Mary-Ann nicht genug kriegen konnte.

Und so war es dann schon nach Mitternacht, als wir zurück kamen auf die Ranch – und Mrs. Lovecroft war sogar noch wach. Natürlich hatte sie auf die Mädchen gewartet. Als sie sah, dass ich ein wenig hinkte, gab sie keine Ruhe, bevor sie sich den Schaden nicht angesehen hatte, der aus einer recht veritablen blutunterlaufenen Stelle bestand, die auch ziemlich angeschwollen war. Und sie gab keine Ruhe, bis sie die nicht mit irgendeiner wenig angenehm riechenden Salbe dick eingeschmiert und verbunden hatte.

Als wir dann später im Bunkhouse in unseren Betten lagen, sagte Jonathan plötzlich im Dunklen:

„Bill, ich danke Dir."

„Wofür?"

„Dass Du mir dieses Telegramm geschickt hast."

„Nichts zu danken. Ich dachte, dass ich Dich brauchen könnte."

„Eben."

„Was nichts daran ändert, dass wir noch ein oder zwei jüngere Burschen gebrauchen könnten. Ich meine, versteh´ mich nicht falsch, aber ..."

„Ist schon okay. Es gibt schon ein paar Sachen, für die ich wohl schon zu alt bin, vor allem, wenn wir das Jungvieh bränden müssen."

„Zum Beispiel – und Tom ist noch zu jung."

Da meinte Mingus aber plötzlich:

„Vielleicht findet sich ja jetzt jemand, nachdem Du Harding verprügelt hast. Das wird einigen zu denken geben."

„Na schön, wir werden ja sehen.

Mr. Lovecroft war dann am nächsten Morgen doch sehr überrascht, als er auch hörte, dass ich mich erfolgreich mit Harding geschlagen hatte. Es waren natürlich hauptsächlich die beiden Mädchen und Tom, die alles erzählten. Mr. Lovecroft schüttelte den Kopf und meinte:

„Ich hätte nie geglaubt, dass so etwas je geschehen könnte."

„Jetzt ist es aber geschehen", sagte Suzanne.

„Und die Dalton-Männer?"

„Die haben Mr. Gilmore und Mr. Mingus in Schach gehalten."

„Bill hatte es nämlich durchaus darauf abgesehen, sich mit Harding zu schlagen", setzte Sarah mit einem herausfordernden Blick auf mich hinzu.

Und natürlich mussten sie auch von meinem großartigen Plan erzählen. Mr. Lovecroft schüttelte den Kopf, aber Suzanne konnte sich nicht enthalten, mit

einem süffisanten Lächeln und einem herausfordernden Blick zu mir, festzustellen:

„Und jeder weiß jetzt, dass Sarah seine Braut ist."

„Entschuldige", sagte ich, „aber mir ist in dem Augenblick nichts Besseres eingefallen."

Sarah aber meinte:

„Nun, dann hab´ ich jetzt eben zwei Bräutigame,
die sich um mich prügeln."

„Und Bill hat gewonnen. Also musst Du ihn nehmen."

„Richtig!" Und jetzt schauten sie beide herausfordernd zu mir.

„Nimm Alex!", schlug ich daraufhin vor, „der hat
Geld."

„Ach ja, den gibt´s ja auch noch. Und sie hat noch
mehr Verehrer. Da wäre zum Beispiel auch noch
…..."

„Du hattest deinen ersten Verehrer schon mit sieben oder acht in der Schule", unterbrach sie Sarah, "Weißt Du noch? Der hieß doch ..."

„Schluss jetzt!", unterbrach da aber Mr. Lovecroft die aufkeimende Diskussion um die Verehrer der beiden. Ich habe jetzt mit Mr. Mohenny, zu reden."

Er schaute zu mir und schlug vor:

„Am besten wir gehen in mein Arbeitszimmer."

Also taten wir das auch.

Und worüber wollte er reden?

Nun, zum einen über Dalton und Harding – man musste ja jetzt vielleicht mehr denn je damit rechnen, dass sie in irgendeiner Weise zuschlagen würden. Harding sann natürlich auf Rache und Dalton würde irgendwie auch zeigen wollen, wie stark er war - uns und allen anderen. Eine Aktion wie die gestriger konnte er uns einfach nicht durchgehen lassen.

Also überlegten wir, was ihnen vielleicht einfallen konnte, und was wir gegebenenfalls tun würden.

Eines aber war klar: Wir alle mussten in der nächsten Zeit die Augen verdammt offenhalten, denn eine Möglichkeit für die Burschen war natürlich, einen von uns aus dem Hinterhalt abzuknallen.

Und die Mädchen? Würden sie sich an den Mädchen vergreifen? Wir waren uns schnell einig, dass Sarah und Suzanne bis auf weiteres nicht alleine unterwegs sein sollten. Wozu Mr. Lovecroft allerdings meinte:

„Wenn die zwei nur nicht solche Dickköpfe wären, ein Aufpasser, das wird ihnen gar nicht gefallen."

„Und an ihre Vernunft zu appellieren, hat wohl auch nicht viel Sinn?"

„So gut wie keinen."

„Dachte ich mir."

Nun, das war eben die eine Sache. Die andere Sache war die, dass sich ein Vormann hin und wieder mit dem Rancher darüber besprechen muss, was getan werden soll oder muss. Und genau das machten wir dann auch.

„Was halten Sie davon, zunächst einmal eine Volkszählung aller LC-Rinder zu machen?", schlug ich zum Beispiel vor. „Bei all den Viehdiebstählen in der letzten Zeit …."

„Gute Idee", erklärte sich Mr. Lovecroft einverstanden. „Machen Sie das. Und schaut dabei, ob wir noch eine kleine Herde zusammentreiben können, die wir verkaufen können."

„Machen wir doch glatt."

Nun ja, das waren eben die Dinge, die wir zu besprechen hatten.

Es war dann später Vormittag, als wir endlich aus dem Arbeitszimmer kamen. Mrs. Lovecroft und Suzanne waren damit beschäftigt, das Mittagessern zu machen. Sie boten uns Kaffee an und ich sagte nicht nein. Ich nahm die Tasse, ging aber damit hinaus auf die Veranda und traf da auf Jonathan, der, an einen Verandasteher gelehnt, eine Zigarette rauchte.

Ich nahm mir einen Stuhl und setzte mich neben ihn, rittlings, die Lehne vor mir, wie ich

es eben gelegentlich gerne machte.

„Alle Unklarheiten beseitigt?", fragte er.

„Aber ja."

Er fragte aber nicht weiter – dafür stellte er dann nach einer kleinen Weile fest:

„Verdammt heiß heute."

Ich zuckte mit den Schultern,

„Was willst Du?", sagte ich, „der Sommer ist eben da."

„Kann man so sagen."

Wieder kurzes Schweigen, dann meinte Jonathan:

„Schön langsam sollten wir ans Heumachen denken. Jetzt wird es schnell trocknen."

„Ich glaube, wir können schon noch drei oder vier Wochen warten."

„Sicher. Ich meinte ja nur."

Das Gespräch verstummte wieder - bis Jonathan seine Zigarette ausdämpfte.

„Tja, ich muss dann wieder", sagte er darauf und ging. Ich schaute ihm nach, wie er hinkend über den Ranchhof ging.

„Hinken hin, Hinken her", ging es mir durch den Kopf, „Jonathan herzuholen, war wirklich eine gute Idee."

Und das war es eben auch.

Und Tom?

Selbst Tom war eine Hilfe - nicht immer vielleicht, im Großen und Ganzen aber doch. Er drückte sich jedenfalls vor keiner Arbeit und er murrte auch nicht, wenn er den ganzen Tag im Sattel sitzen musste.

Und genau das mussten wir alle in den nächsten Tagen.

Meist war Gus mit Mingus unterwegs und Tom mit Jonathan. Ich ritt meist alleine. Am dritten oder vierten Tag allerdings fragte Tom, ob er mit mir mitkommen könne, und ich hatte den Verdacht, dass ihm wieder nach einem Männergespräch war, ich meine, wegen Mary-Ann. Und er hatte hier ja sonst niemanden, mit dem er über so etwas reden konnte. Zuhause hatte er sicher seine Freunde, aber hier …?

Nun, ich hatte jedenfalls nichts dagegen, ihn einmal mitzunehmen. Und richtig, als wir dann mittags im Schatten eines Baumes Rast machten, mit kaltem Braten, Brot und warmem Wasser aus unseren Feldflaschen, war es dann so weit:

„Bill, kann ich mit Dir reden?", fragte er jedenfalls plötzlich.

„Ein Männergespräch?", antwortete ich fragend.

„Ja, aber …, wieso …?"

„Tom! Dass Deine neue große Liebe Miss Mary-Ann Trent heißt, konnte jeder sehn, der bei dem Tanzabend gewesen ist. Und scheinbar bin ja ich Dein erster Ansprechpartner, wenn es um Frauen geht, obwohl es in der Sache vermutlich Geeignetere gäbe, aber … es

ist natürlich auch Vertrauenssache."

„Ja, genau so ist es."

„Er stützte den Kopf in seine Hände und dachte kurz nach,

„Und was sagst Du dazu?"

„Tja, schwer zu sagen. Wie sehr bist Du verliebt?"

„Ich …, ich denke dauernd an sie …, male mir alles Mögliche aus ..."

„Tja, ich glaube, das hatten wir schon einmal. Das heißt, so wie es aussieht, hat ´s Dich also schon wieder ziemlich erwischt."

„Ja, hat es auch, ganz bestimmt. Aber hin und wieder muss ich auch an Suzanne denken. Wird sie nicht … irgendwie …"

„Sie wird froh sein, wenn Du das meinst. Ich meine, versteh mich nicht falsch, das hat nicht direkt was mit Dir zu tun, aber Du …."

„Ich weiß, ich bin eigentlich zu jung für sie."

Er verstummte kurz und fragte dann:

„Aber bei Mary-Ann ist es doch okay, oder?"

„Schätze ja. Sie ist wohl so alt wie Du?"

„Sie ist sogar ein Jahr jünger."

„Na bitte, was willst Du mehr. In drei, vier Jahren bist Du alt genug, um zu heiraten und sie auch. Dann heiratest Du sie und bist ein glücklicher Mann mit einer schönen Frau. Was willst Du mehr?"

„Hmm...

Nach kurzem Überlegen wandte er aber seufzend ein:

„Aber ich seh` sie ja so selten. Ich werde sie ja erst in ein paar Wochen wiedersehen, wenn wieder dieser Tanzabend ist. Wer weiß, was bis dahin passiert?"

„Du meinst, ein anderer könnte sich inzwischen für sie interessieren?"

„Na ja, könnte doch sein, oder?"

„Natürlich könnte das sein. Aber so ist das eben mit den schönen Frauen, Tom: Hinter denen sind immer andere auch noch her."

„Und was soll ich da jetzt machen?"

„Du möchtest sie öfter sehen?!

„Sicher. Aber ich weiß nicht, wie."

„Tja, ich würde sagen, Du musst in die Schule gehen."

„In die Schule?"

„Sicher. Sie geht sicher noch in die Schule. Also, wenn Du sie jeden Tag sehen willst ..."

„In die Schule ...", er überlegte offensichtlich.

„Eigentlich solltest Du sowieso noch in die Schule gehen. Das hab´ ich auch Jonathan schon gesagt, als Ihr gekommen seid, aber er meinte, du könntest nach dem Sommer gehen."

„Eben, ich soll ja arbeiten. Deswergen bin ich doch mitgekommen."

„Überleg ´s Dir. Ich kann mit Jonathan und mit Mr. Lovecroft reden. Arbeiten kannst Du trotzdem noch genug."

„Na ja, vielleicht hast Du ja recht."

Das Gespräch verstummte – bis Tom fragte:

„Und wie ist es nun mit Sarah? Denkst Du nun oft an sie?"

„Sarah?", einen Moment war ich überrascht, doch dann fiel mir unser erstes Männergespräch wieder ein.

"Tja, schwer zu sagen, Tom", antwortete ich, "aber seitdem Du mir diesen Floh ins Ohr gesetzt hast ..., hin und wieder ...."

„Nun, Du weißt ja, Du kannst jederzeit mit mir reden."

„Ja, ja, ich weiß.", versicherte ich ihm, innerlich amüsiert.

Als wir dann später wieder unterwegs waren, ging mir die Sache doch noch ein wenig durch den Kopf. Das amüsierte mich. Ich meine, es war ja allerdings so, dass wir, also Sarah und ich, Harding zweimal vorgespielt hatten, dass ich sie küsste – aber ich merkte schon, dass ich das wohl besser nicht mehr tun sollte, denn seit dem letzten Mal stellte ich mir immer wieder vor, wie es wäre, sie einmal richtig zu küssen. Allerdings hatte ich dann gelegentlich auch wieder die zwei naseweisen, blauäugigen Gören mit den langen, blonden Zöpfen vor Augen, die Suzanne und Sarah einmal gewesen waren.

Nun, wie auch immer, bald hatte ich dieses Männergespräch dann aber wieder vergessen – denn es gab eindeutig wichtigere Dinge.

-*-

Eine ferne Schussdetonation ließ mich hochfahren – gleich darauf eine zweite.

Ich sah kurz zu Tom, den ich wieder einmal mitgenommen hatte.

„Komm!", sagte ich und jagte los. Waren das vielleicht Viehdiebe?

Einer der Gründe, warum ich so viel im Sattel saß, war der, dass ich hoffte, einmal diese verdammten Viehdiebe zu erwischen, die offensichtlich seit einiger Zeit die Gegend unsicher machten. Jetzt war ich etwa zwei Monate da, ohne dass sie wieder einmal zugeschlagen hätten. Aber umso wahrscheinlicher wurde es Tag für Tag, dass es doch einmal geschah. Und dann wollte ich möglichst schnell auf ihrer Fährte sein.

Wir jagten dahin in die Richtung aus der die Schüsse zu hören gewesen waren, weitere fielen nicht.

Bald wurde mir klar, dass in dieser Richtung der kleine See liegen musste. Dort konnten natürlich ganz gut Rinder gewesen sein, da er natürlich immer wieder auch als Viehtränke genutzt wurde.

Der kleine See, der in etwa ein etwas eckiges Oval bildete, hatte vielleicht einen Durchmesser von fünfzig oder sechzig Metern und war ziemlich flach, nur in der Mitte war ein Bereich, wo man wirklich nicht stehen konnte. Er war weiter fast überall von einem breiten Streifen Buschwerk umgeben, wie man es hier auch sonst in der Gegend immer wieder fand, das aber hier vielleicht etwas höher und dichter war. Dazwischen, vor allem in Ufernähe, ragten ein paar Espen und Weiden auf. Nur im Südwesten gab es eine Art breiter Schneise, weil man hier schon viele,

viele Jahre immer wieder die Rinder zum Wasser gertriebern hatter, selbst das Schilf war hier verschwunden.

Wir kamen so ungefähr aus dem Westen und bald tauchte in einiger Entfernung das Buschwerk auf. Schnell waren wir heran und sprangen dann aus dem Sätteln, als wir es erreicht hatten.

Tom hob die Hand, dass ich hören sollte, doch ich hatte selbst schon die Stimmen vernommen.

So standen wir kurz still und lauschten – und sehr zu meiner Überraschung hörte ich auch weibliche Stimmen, empört, wütend schimpfend- dazwischen allerdings auch Männerstimmen, manchmal lachend, wie es mir schien.

Natürlich musste ich an Suzanne und Sarah denken - es war gut möglich, dass sie hierhergekommen waren. Tom dachte wohl dasselbe: „Suzanne und Sarah?"

„Wahrscheinlich", stimmte ich ihm zu, „ aber ich glaube, da müssen noch andere sein, das sind mehr als zwei."

„Es dauerte zwei, drei Momente bis Tom sich daraufhin zu der hoffnungsvollen Frage aufraffte:

„Glaubst Du, dass es die Trent-Mädchen sind?"

„Keine Ahnung", antwortete ich schulterzuckend, „Kann aber natürlich gut sein. Aber egal, ich seh´ jetzt nach", was da los ist, und Du bleibst hier."

„Soll ich nicht mitkommen?"

„Nein. Wenn ich Dich rufe, dann kommst Du. Aber nur genau dann. Alles klar?"

„Aber was ist, wenn ..."

„Tu einfach, was ich Dir sage!", unterbrach ich ihn.

Ich hatte mittlerweile meine Winchester aus dem Scabbard gezogen, und machte mich jetzt auf den Weg vorwärts zum Teich. Es gab genug lichtere Stellen in dem Buschwerk, um einigermaßen bequem voran zu kommen, und so stand ich wenig später zwischen den letzten Gebüschen vor dem Uferstreifen und überblickte ein wenig überrascht das Bild, das sich mir bot: Da stachen mir vor allem einmal die fünf Köpfe ins Auge, die weiter draußen, wo es schon tiefer war, sodass man dort schwimmen können musste, aus dem Wasser schauten – natürlich waren das Suzanne und Sarah und die drei Trent-Mädchen – und vom Ufer her trieben vier Männer ihre Pferde langsam ins Wasser. Rechterhand sah ich einen leichten zweispännigen Wagen, mit dem waren wohl die Trent-Mädchen aus Saxonville gekommen.

Kurz beschäftigten mich die Mädchen – weil ich nämlich den Verdacht hatte, dass die nicht vor den Männern ins Wasser geflüchtet waren. Das konnte ich mir nicht vorstellen, da hätten sie sich wohl schon eher in den dichten Büschen versteckt.

Nein, ich hatte irgendwie den Verdacht, dass sie schon vorher im Wasser gewesen waren.

Es war ein verdammt heißer Tag und sie konnten natürlich auf die Idee gekommen sein, hier ein wenig Abkühlung zu suchen. Die Frage war nur: Hatten sie einfach nur mit hochgerafften Röcken im Wasser herum getollt und waren dann vor den Männern weiter ins Wasser geflüchtet?

Oder waren sie richtig ins Wasser gegangen?

Ich meine, das waren fünf ziemlich unternehmungslustige Mädchen und im Verein konnten sie auf alle möglichen Ideen kommen …, wenn jemand aufpasste….., es waren ja Schüsse gefallen …

Und fast unvermeidlich kam mir da die Idee: Waren sie vielleicht nackt?

So unvorstellbar diese Idee für mich war – ich traute ihnen auch das zu.

Und vielleicht waren ja diese Burschen da auch auf diese Idee gekommen und wollten nun die Mädchen deshalb aus dem Wasser treiben? Ich hatte allerdings nicht viel Zeit, mir darüber weiter den Kopf zu zerbrechen, denn die vier Männer trieben ihre Pferde langsam aber sicher immer weiter auf die Mädchen zu und die zeterten, dass sie sie gefälligst in Ruhe lassen sollten und dass sie endlich verschwinden sollten und was sie nur für Männer wären. Es fielen aber auch Ausdrücke wie: verdammte Schweine, feige Ratten und ähnliches.

Die Männer ihrerseits lachten und fragten, wie lange sie ihnen noch ausweichen wollten, der See würde bald zu Ende sein und dann müssten sie ja doch herauskommen.

Die Mädchen aber wiederum drohten ihnen wütend, dass sie für alles bezahlen würden müssen.

Worauf der Vorderste ein wenig spöttisch meinte:

„Ach ja? Wer soll uns denn da die Rechnung präsentieren? Doch nicht Euer famoser Mr. Mohenny?"

„Er hat immerhin diesen Harding verprügelt", antwortete darauf eine von den fünf, und ich glaube, es war Liza.

„Harding!", sagte der Mann darauf etwas betont und abfällig. „Ich bin nicht Harding. Wir sind ein paar Nummern größer als Harding. Euren Mohenny schnupfen wir mit links."

Und da dachte ich, dass das jetzt ein ganz guter Zeitpunkt wäre, um in Erscheinung zu treten.

Also legte ich mir die Winchester schussbereit auf die Schulter, und nachdem ich mich noch einmal, so gut es ging, umgesehen hatte, ob da nicht vielleicht noch wo einer war, der mir in den Rücken fallen konnte, trat ich zwischen dem Buschwerk hervor und ging langsam vor zum Wasser.

Es dauerte nur Sekunden, bis mich eins der Mädchen entdeckte.

„He! Da kommt Bill!", rief sie ein wenig aufgeregt und vielleicht auch erleichtert.

Augenblicklich fuhren die vier herum und wendeten dann ihre Pferde.

Kurz musterten wir uns gegenseitig. Sie waren nicht besonders auffällig, sie hätten ganz gut auch nur vier durchschnittliche Cowboys sein können, nur dass in ihrern Augen vielleicht irgendwie etwas Böses und Gemeines glitzerte, aber … so etwas bildet man sich natürlich leicht auch ein.

Und da dachte ich, dass es an der Zeit war auch Tom herbeizurufen, und tat das auch gleich.

„Oh, der große Mohenny braucht Verstärkung", stellte da einer der vier spöttisch fest.

„Der große Mohenny würde jetzt gerne wissen, wer von Euch mich mit links schnupfen will?", fragte ich in betont friedlichem und freundlichem Tonfall.

„Das war ich", antwortete darauf der zweite von links, der sein Pferd auch zwei, drei Schritte weiter voran getrieben hatte. Er war wohl irgendwie der Wortführer oder auch Anführer der vier.

„Na, dann fang doch mal an, zu schnupfen!", forderte ich ihn auf.

„Idiot!", sagte er darauf, „was willst Du überhaupt?"

„Also, dass ich Dir das erst sagen muss, enttäuscht mich ...", antwortete ich, „das spricht nicht gerade für dich, aber das ist ja dein Problem. Ich will jedenfalls, dass Ihr verschwindet ..., und zwar blitzartig." Mein Tonfall war da nicht mehr sehr freundlich.

„Ach nein! Und wenn nicht? Willst Du uns dann alle erschießen?"

Und da konnte ich der Versuchung nicht wiederstehen – ich legte augenblicklich das Gewehr an und für einen Augenblick erschien ein Ausdruck des Erstaunens oder der Überraschung in seinem Gesicht ..., aber da jagte ich ihm auch schon eine Kugel in den Kopf.

„Ja", sagte ich dann, „Ich will."

Für einen Augenblick war Stille – bis der Bursche aus dem Sattel rutschte und ins Wasser klatschte. Da erwachten die anderen wieder aus ihrer Starre,

„Verdammt! Du hast ihn erschossen", stellte einer fast verwundert fest.

„Gott erhalte Dir Deine Beobachtungsgabe", erwiderte ich trocken. Wieder herrschte kurz Stille.

„Verdammt! Dafür wirst Du bezahlen", knirschte der Manne dann drohend.

„Und Du präsentierst mir die Rechnung?", fragte ich spöttisch. „Warst Du in der Schule überhaupt so gut im Rechnen?"

„Dafür reicht es. Verlass Dich drauf."

„Na dann."

Ich musterte sie noch einmal kurz, um mir ihre Gesichter einzuprägen, dann erinnerte ich sie ziemlich scharf:

„Also, wie ist es jetzt mit dem Verschwinden, ihr Rechenkünstler? Muss ich noch einen von Euch aus dem Sattel schießen? Oder geht es auch so?"

Wortlos wendeten sie ihre Pferde und trieben sie aus dem Wasser. Da rief ich ihnen aber nach:

„Und Euer Kumpel?"

Nun, den nahmen sie dann nach kurzer, halblauter Beratung mit. Schätze, sie wollten vermeiden, dass den wer zu Gesicht bekam und vielleicht erkannte.

Sie sparten dann jedenfalls nicht mit den üblichen Drohungen, als sie endlich los ritten.

Kaum waren sie außer Sicht, erlebte ich meine größte Überraschung – denn da kamen endlich die fünf Mädchen aus dem Wasser – allerdings nicht splitterfasernackt, sondern in sehr merkwürdigen Gewändern.

Immerhin waren sie eben nicht nackt, aber sie waren offensichtlich auch nicht in ihren Kleidern vor den Männern ins Wasser geflüchtet, sondern sie trugen gestreifte Gewänder, die einen irgendwie an solche Nachtanzüge mit Hosen erinnerten. Die klebten ihnen jetzt allerdings ziemlich an den Körpern, was die Sache irgendwie … nun ja, ein wenig pikant machte. Und so, wie ich die Sache sah, hatten sie dieses Zeug eben schon angehabt, als diese vier Ratten hier aufgetaucht waren.

Nun, wie auch immer, Ich weiß jedenfalls nicht, ob Tom und ich dumm dreinschauten, als die fünf aus dem Wasser kamen, aber jedenfalls fühlte Sarah sich bemüßigt, mir zu erklären:

„Bill, schau nicht so! Das sind Badegewänder."

„Bade ... was?", wiederholte ich verblüfft.

„Richtig, Badegwänder", bestätigte mir Liza. „So was trägt man jetzt in Europa, in den Badeanstalten."

„Badeanstalten! Was soll das denn sein? Ich meine ..."

„Die gibt's am Meer oder an einem See .... und da können die Leute eben baden. Es gibt Umkleidekabinen, wo man die Badegewänder anziehen kann. Die gibt´s übrigens auch für Männer. Ich kann Dir eines besorgen, wenn Du willst."

„Ich ..., ich werd´ drüber nachdenken.", sagte ich.

„Wir werden jetzt wieder unsere Kleider anzie-hen", unterbrach da aber Sarah unser Gespräch. „Da drüben bei unserem Wagen. Am besten schaut Ihr einstweilen nach Jonathan, der muss da oben hinter den Sträuchern wo sein. Der sollte aufpassen, aber ir-gendwie haben sie ihn überwältigt. Plötzlich hörten wir Schüsse und dann waren sie auch schon da. Sie haben ihn gefesselt, haben sie gesagt."

„Gut, das machen wir. Komm, Tom!"

„Und nicht schauen!", rief Sarah uns noch nach, als wir los gingen.

„Ja, ja, keine Angst."

An diesem Abend gab es dann eine Menge zu be-reden. Jonathan saß mit verbundenem Kopf in unse-rer Mitte, denn dem hatten sie, als er sie aufhalten wollte, mit einem Streifschuss einen ziemlichen Scheitel gezogen, da hatte er wirklich Glück gehabt.

Er selbst war nur zu einem einzigen Schuss gekommen. Nun, wir erzählten zunächst einmal, was geschehen war - nicht vollständig allerdings, denn Suzanne und Sarah meinten, dass die Großeltern von den Badegewändern nichts wissen müssten, also haben wir natürlich versprochen, das für uns zu behalten, Tom, Jonathan und ich.

Der Punkt, der uns aber sowieso am meisten beschäftigte, waren die vier Kerle selbst. Keiner hatte sie je gesehen, also gehörten sie wahrscheinlich nicht zu Daltons Mannschaft. Meine Theorie war, dass es sich bei den , Buschen um Viehdiebe gehandelt hatte.

„Vielleicht waren das ja die Burschen, denen sie Ihr gebrochenes Bein zu verdanken haben", sagte ich zu Mr. Lovecroft.

„Dann hätten Sie sie alle erschießern sollen", brummte der darauf.

„Wenn sie ´s wirklich waren, wird sich sicher noch eine Gelegenheit ergeben", prophezeite ich.

"Das allerdings."

„Die werden sich an Ihnen rächen wollen", meinte Mrs. Lovecroft.

„Auch das.", stimmte ich ihr zu, „das wäre natürlich auch eine Chance."

Nun ja, so ging es eben immer weiter. Die Frage war ja zum Beispiel auch, ob die irgendwas mit Dalton zu tun hatten.

Irgendwann reichte es mir und ich ging hinaus auf die Veranda, um wieder einmal in Ruhe eine meiner Zigarillos zu rauchen. Ich blieb aber nicht lange alleine, denn bald tauchten Tom und die zwei Mädchen auf, wie ich es eigentlich fast erwartet hatte. Sie wollten natürlich noch über unser heutiges Abenteuer ausführlich reden.

Es war dann aber doch bemerkenswert, was den Mädchen am meisten am Herzen lag.

Denn Suzanne fragte gleich einmal:

„Und? Was hältst Du von den Badegewändern? Ist doch toll, wenn man Schwimmen kann, ohne dass man Angst haben muss, dass man dabei überrascht wird."

„Also heute ..."

„Das war etwas ganz anderes."

„Na schön. Und das klingt ja so, als ob ihr früher dort auch schon Schwimmen wart?"

„Schon als Kinder ... mit Großvater."

„Nackt?"

„Als wir klein waren schon, aber später haben wir dann immer alte Schlafanzüge angezogen. Aber diese Badeanzüge sind da natürlich viel besser. Und Großvater hat trotzdem immer aufgepasst."

„Verstehe."

„Und? Hat Liza nicht gesagt, dass sie Dir auch einen besorgen könnte?"

„Hat sie, aber ...."

„Wäre doch nett. Dann könntest Du mit uns zum Schwimmen gehen."

„Wenn Ihr wirklich noch einmal geht, dann pass ich auf. Aber in der nächsten Zeit …."

„Wenn wir wieder einmal in die Stadt kommen, musst Du mit uns in den Laden gehen. Liza und Betty haben Journale, wo Du Dir das anschauen kannst."

„Kann schon sein, aber ich kann mir beim besten Willen nicht vorstellen, dass ich so was je anziehen würde. Ich meine, bei Euch hat das ja ganz nett ausgesehen."

„Ich würde so etwas anziehen.", meldete sich da aber plötzlich Tom zu Wort.

„Na bitte, einen habt Ihr schon."

„Und Du hast den einen wirklich einfach umgelegt?", fragte Tom dann.

„Sozusagen."

„Schade, dass ich das nicht gesehen habe."

„Pech gehabt."

„Warum hast Du ihn eigentlich erschossen?", fragte Sarah.

Ich zuckte mit den Schultern.

„Keine Ahnung, schwer zu sagen. Hat sich so ergeben."

„Wir sind ziemlich erschrocken."

„Aber seine Kumpels haben dann jedenfalls begriffen, dass ich es ernst meine."

„Ja, das haben sie wohl."

Dann verstummte das Gespräch irgendwie und schließlich gingen die Mädchen schlafen.

Ich aber zündete mir noch einen Zigarillo an, um noch ein wenig in Ruhe nachdenken zu können.

Zum einen über Dalton. Was konnte er jetzt vorhaben?

Seine Taktik hatte früher unter anderem darin bestanden, die Reiter der Rancher zu vertreiben. Er hatte eine verdammt raue und gemeine Mannschaft, die konnte das – wenn ihn niemand daran hinderte. Aber scheinbar hatte ja niemand Lust, ihn daran zu hindern.

Und mit meiner Mannschaft, also eigentlich natürlich Mr. Lovecrofts Mannschaft, würd er da leichtes Spiel haben.

Ich war ehrlich froh, Jonathan, Mingus und sogar Tom, zu haben, aber wenn ich wenigstens noch zwei Burschen wie Gus gehabt hätte, die sich mit der Arbeit auskannten, wäre alles viel leichter.

Zum anderen dachte ich erneut über die Viehdiebe nach:

Waren das heute die Viehdiebe gewesen oder nicht?

Hatten sie was mit Dalton zu tun oder nicht?

Alles Fragen, auf die ich keine Antworten hatte.

Dafür war mir aber heute auf dem Heimweg eine Idee gekommen – und ich begann jetzt, darüber nachzugrübeln, ob sie auch etwas wert war.

Gegebenenfalls musste ich jedenfalls mit Mr. Lovecroft darüber reden.

_*_

„Wenn ich das richtig verstehe, wollen sie also die Viehdiebe in Versuchung führen, uns Rinder zu stehlen?"

„Gewissermaßen."

„Und Sie setzen darauf, dass sie den gleichen Weg einschlagen werden wie das letzte Mal?"

„Sie müssen es besser wissen. Sie haben sicher einige Male die Spuren von Viehdieben verfolgt?"

„Das ist natürlich richtig. Ich denke, es geht schon immer irgendwie nach Südwesten, aber ..."

„Nun, dann sollten wir zumindest überlegen, ob es funktionieren könnte, und wie. Oder?

„Meinetwegen. Aber ich glaube, die Frage ist eigentlich eher, wann? Ich meine, wir können nicht ewig auf der Lauer liegen."

Ich zuckte mit den Schultern und antwortete überlegend:

„Ab jetzt, würde ich sagen. Wenn das heute wirklich die Viehdiebe waren, dann sind sie offensichtlich irgendwo in der Nähe. Also, wenn wir es zwei Wochen lang versuchen ..."

Mr. Lovecroft zögerte nur kurz. „Na schön, versuchen wir es eben", erklärte er sich dann aber einverstanden,

Das bedeutete, dass wir in den nächsten Tagen in einer Senke Rinder zusammentrieben, die an man eventuell für einen Verkauf ausgewählt haben

konnte. Wir ließen uns Zeit …. für die Viehdiebe natürlich.

Und ich war natürlich neugierig, ob sie wirklich
anbeißen würden.

„Hi, Mr. Mohenny! Entschuldigren Sie, dass ich
mit Sarah ...", sagte bewusster Alex, als ich zum Teich
kam, wo er mit Sarah am Ufer saß. Sie hatten offensichtlich gequatscht.

„Ich habe ihm gesagt, wie es wirklich ist", fügte da
Sarah hinzu. „Er hat versprochen, dass er es für sich
behalten wird. Das ist doch in Ordnung so, oder?"

„Wenn er ´s für sich behalten kann, ist es natürlich
in Ordnung", versicherte ich ihr. Alex aber fühlte sich
bemüßigt, mir zu erklären:

„Wissen Sie, ich bin zufällig in der Nähe von der
Ranch vorbeigekommen, und da dachte ich, ich sag
mal „Guten Tag! Und Sarah fragte mich dann, ob ich
nicht Lust hätte, mit ihr hierher zu reiten." Er sah

mich ein wenig unsicher an, ich glaube er hatte einen gewissen Respekt vor mir, aber ich beruhigte ihn, indem ich sagte:

„Schon gut, das ist Sarahs Sache."

„Tja dann …, dann werde ich mich jetzt wohl verabschieden."

Nun, das tat er dann auch und wenig später waren wir alleine, worauf wir uns auch auf den Heimweg zur Ranch machten.

„Bist Du eifersüchtig?", fragte Sarah nach einer Weile.

„Eifersüchtig? Wegen Alex? Ich glaub, das steht mir nicht zu."

„Richtig! Ich bin ja nicht wirklich Deine Braut. Aber … Du könntest ja trotzdem …"

„Bin ich aber nicht", schnitt ich ihr das Wort ab.

„Na, dann bin ich ja beruhigt."

Nachdem das Gespräch aber nun einmal auf diesen Gleisen war, fragte ich, als sie weiter nichts sagte:

„Hat Suzanne eigentlich wieder gefragt, wie es ist …, also … ich meine ...“

„Wie es ist, von Dir geküsst zu werden?“, ergänzte Sarah meine Frage.

Ich wandte den Kopf nach ihr und sah, dass sie lächelte,

„Natürlich! Was denkst Du denn?“, beantwortete sie dann gleich auch die Frage.

Und als ich nicht gleich darauf Auskunft gab, wollte sie wissen:

„Willst Du gar nicht wissen, was ich darauf gesagt habe?“

„Doch. Was hast Du denn gesagt?“

„Ich habe ihr wieder gesagt, dass Du noch üben musst. Es wäre zwar schon besser, aber eben, dass Du noch viel üben musst.“

„Sososoo. Nun, warten wir 's ab, bis uns Harding das nächste Mal über den Weg läuft."

„Genau. Aber, sag was anderes: Suzanne und ich, wir würden gerne einmal am Nachmittag nach Saxonville zu den Trents fahren. Hast Du einmal Zeit? Wenn nicht, übermorgen kommt Alex vorbei, der würde mit uns fahren, wenn Du keine Zeit hast."

„Alex! Hmm..."

Mein erster Impuls war gewesen, ja zu sagen, aber dann musste ich wieder an die Viehdiebe denken. Natürlich wollte ich da sein, wenn meine Falle zuschnappte. Die war in Wahrheit sowieso erbärmlich genug, aber etwas Besseres war mir nicht eingefallen. Es störte mich zwar irgendwie, dass Alex fahren sollte, ich wusste auch nicht so recht, warum, aber so war es eben – aber das war nun einmal nicht zu ändern.

Also fragte ich:

„Hat das nicht noch ein wenig Zeit? Momentan ist es ungünstig."

„Aber das macht doch nichts", meinte Sarah, „wenn wir doch auch mit Alex fahren können."

„Ja natürlich."

„Ich hoffe, Du hast dann wenigstens am nächsten Tanzabend Zeit."

„Also, ich denke, das sollte sich machen lassen."

"Na dann."

Tja, dazu war nichts mehr, zu sagen. Die Sache mit Alex störte mich zwar noch immer irgendwie, warum auch immer, aber mir war eben eine Idee gekommen.

-*-

Aber gleich am nächsten Tag stand mir zunächst einmal die nächste Überraschung bevor.

Als ich, wie so oft, am späten Nachmittag zur Ranch zurückkam, waren zwei Pferde am Haltebalken befestigt, die ich nicht kannte.

Die zugehörigen Reiter traf ich gleich darauf auf der Veranda mitten in einem Gespräch mit Suzanne und Sarah.

Als ich auf die Veranda trat, riefen mir die Mädchen schon entgegen:

„Hallo, Bill! Diese beiden Gentlemen warten schon auf dich."

Gleichzeitig erhoben sich die beiden aber schon und grüßten:

„Hi, Mr. Mohenny!"

Also erwiderte ich den Gruß und ging hinüber zu dem Tisch, am dem die vier gesessen waren, und musterte die Neuankömmlinge eingehend.

Der eine war groß, wohl etwas größer als ich, schlank und breitschultrig, der andere kleiner und irgendwie bullig mit einem kurzen Hals. Ihrer Kleidung nach konnten sie Cowboys sein, beide trugen einen Gurt und hatten ihre breitkrempigen Hüte jetzt etwas in den Nacken geschoben.

Der Große war dunkeläugig, sein glattrasiertes Gesicht war sehr ebenmäßig und würde Frauen wohl gefallen, vermutete ich. In dem schmallippigen Gesicht des Kleinen mit Schnurrbart und langen Bartkoteletten fielen vor allem seine ausgeprägten Kinnwinkel und seine scharf blickenden, grauen Augen auf.

Ich ließ mich an dem Tisch nieder und fragte:

„Was gibt´s, Gentlemen?"

„Wir wollten fragen, ob sie einen Job für uns haben, Mr. Mohenny."

„Einen Job? Nun, ich bin nicht der Boss."

„Mr. Lovecroft hat gesagt, Sie sind der Vormann, Sie sollen das entscheiden."

„Hat er das? Nun, die Frage ist erstens, wer seid Ihr, und zweitens, warum ihr gerade hier arbeiten wollt?"

Es war dann der Kleine, der das Reden übernahm:

„Tja, der Große da, das ist Slim Maddock, sie nennen ihn oft auch den Apachen, weil er immer behauptet, dass er Indianerblut in den Adern hat, und ..."

„Meine Großmutter war ein Halbblut.", unterbrach ihn da der Genannte ruhig, „Und sie soll sehr schön gewesen sein."

„Gut, dann wissen die das hier jetzt auch. Und ich, nun ja, ich bin John Ross. Wir waren Cowboys auf der Slater-Ranch. Slater hat seine Ranch vor zwei Jahren aufgegeben, an Dalton verkauft, wie sie vielleicht wissen. Ich glaube, mehr brauche ich nicht zu sagen. Wir wollten aber nicht für Dalton arbeiten, also sind wir gegangen. Vor einer Woche oder so hörten wir, dass die Lovecroft-Ranch einen neuen Vormann hat, der Dalton scheinbar die Zähne zeigen will, und dass er diesen verdammten Harding verprügelt haben soll. Und da dachten wir, dass wir da gerne dabei sein würden."

Ich nickte, innerlich sehr zufrieden, und sagte:

„Gut, im Prinzip können wir schon noch ein paar Männer brauchen. Und ihr kennt Euch aus mit der Arbeit?"

„Wir sind Cowboys, Mr. Mohenny!"

„Und ich nehme an, Ihr könnt mit Euren Kanonen umgehen, oder auch mit einem Gewehr?"

„Mr. Mohenny, wir sind Cowboys!", wiederholte Ross noch einmal.

„Schon gut. Also, ich würde sagen, dann versuchen wir es einmal. Ich rede dann mit dem Boss. Ich meine, ihr kommt mir nicht ungelegen, aber ich erkläre Euch dann morgen, worum es geht. Also, ich würde sagen: Willkommen auf der Lovecroft-Ranch. Ihr sucht Euch jetzt drüben im Bunkhouse einen Platz und dann sehn wir weiter.

"Danke, Mr. Mohenny, Sie werden es nicht bereuen."

„Schon gut."

Als sie weg waren, sagte Sarah:

„Sieht so aus, als ob es sich tatsächlich lohnen würde, dass Du Harding verprügelt hast."

„Meine Rede."

„Hast Du was vor?", fragte Suzanne, „ich meine , weil Du gesagt hast, dass sie Dir gerade gelegen kommen. Willst du wieder eine Herde zur Station treiben? Da wollen wir wieder dabei sein."

„Wartet ´s ab.", sagte ich.

Und dann gingen sie auch.

Ich sah ihnen nach – und da ging es mir plötzlich durch den Kopf, wie sehr mich Mr. Lovecroft mittlerweile als Vormann akzeptierte – ich meine, angesichts dessen, dass ich mich ja mehr oder minder irgendwie selbst dazu gemacht hatte.

_*_

„Wir sollen also einfach hier lagern und warten, bis die Viehdiebe hier irgendwo auftauchen?"

„Das ist die Idee. Und darum habe ich auch gemeint, Ihr kommt wie gerufen. Noch weiß niemand, dass Ihr für die Lovecroft-Ranch arbeitet. Also selbst wenn sie Euch vorzeitig sehen, werden sie keinen Verdacht schöpfen, dass Ihr eigentlich ihnen ans Leder wollt."

„Aber trotzdem, das kann ja Wochen dauern."

„Glaube ich nicht. Ich denke, wir haben dafür Sorge getragen, dass es nicht so lange dauern wird, zumal ich eben vermute, dass sie in der Nähe sind."

„Sie meinen diese vier Männer, von denen sie erzählt haben?"

"Genau!"

„Und Sie haben einen von ihnen erschossen?"

„Genau!"

Sie nickten anerkennend.

„Und das heißt unter anderem, die haben einen Grund mehr, zuzuschlagen."

"Haben sie doch, wenn sie wirklich zusammengehören, oder?

„Richtig."

„Und ich an ihrer Stelle würde ja eigentlich zuschlagen, wenn der nächste Tanzabend ist in Saxonville. Ich weiß nicht, ob ..."

„Wir waren oft genug dort", unterbrach mich John, „Wenn man Mädchen treffen will ....".

„Na dann."

„Und Sie haben Recht, auch von den Ranches sind alle dort, die Burschen wären im Normalfall relativ ungestört …,. wenn sie ´s richtig anfangen."

„Gut, das wäre Samstag in einer Woche. Also, ich würde sagen, wenn sich bis Samstag in einer Woche nichts tut, dann können wir die Sache über kurz oder lang abbrechen. Werdet Ihr es so lange aushalten?"

„Also, wenn ´s um Viehdiebe geht, halten wir einiges aus."

„Gut. Und wir werden die Ohren offen halten, ob wir Schüsse hören. Und wir werden immer ein paar gesattelte Pferde bereit halten, damit wir im Ernstfall gleich unterwergs sind."

„Na dann kann ja fast nichts schief gehen."

Sehr zufrieden machte ich mich auf den Rückweg.

Hin und wieder hielt ich an und musterte die Umgebung. Dalton und Harding würden sich etwas einfallen lassen – und das konnte zum Beispiel ein Schuss aus dem Hinterhalt sein.

Und dagegen half fast nur eines: Augen offenhalten – und Erfahrung natürlich.

Gelegentlich dachte ich an Suzanne und Sarah – denn die hatten ja heute mit diesem Alex nach Saxonville fahren wollen. Und das hatten sie sicher auch getan.

Dieser Alex! Er interessierte sich für Sarah, das war nicht zu übersehen. Und er wusste ja mittlerweile, dass Sarah nicht wirklich meine Braut war. Trotzdem hatte er einen gewissen Respekt vor mir. Er traute mir wohl trotzdem nicht so recht.

Und man konnte es Sarah nicht verdenken, wenn sie sich umgekehrt auch für ihn interessierte. Er sah wohl nicht so schlecht aus …, und er hatte einer Frau etwas zu bieten – im Gegensatz zu mir zum Beispiel.

Ich meine, ich hatte zwar etwas Geld, aber das war doch etwas anderes.

Ich hatte es eigentlich nicht mehr so weit, da vernahm ich in der Ferne einen Schuss.

Ich brauchte mich, nicht lange zu besinnen, da jagte ich auch schon dahin.

Ich gab meinem Pferd die Sporen und der Braune streckte sich noch mehr. Nicht lange, da kam ich auf den Weg nach Saxonville, und als ich das erkannte, zügelte ich kurz mein Pferd und überlegte, was dieser Schuss bedeuten konnte, denn in jenen Tagen war ein Schuss noch verdächtiger als sonst - insbesondere weil ich die Mädchen mit Alex unterwegs wusste und die konnten jetzt ganz gut auf dem Heimweg sein.

Was, wenn Alex mit den Mädchen auf dem Heimweg gewesen war, und auf Männer von der Dalton-Ranch gestoßen war?

So unwahrscheinlich war das nicht.

Und wenn? Wo war der Wagen jetzt?

Doch nicht auf dem Weg zur Dalton -Ranch?

Es wollte mir aber im Augenblick nichts anderes einfallen, zumal weit und breit nichts zu sehen war.

Andererseits: War es überhaupt der Wagen gewesen? Wer weiß, was wirklich gewesen war?

Also alles in allem: Sehr wahrscheinlich war diese Möglichkeit ja eigentlich nicht.

Ich musste eine Entscheidung treffen.

Und da dachte ich, dass es wohl besser war, vom schlimmsten Fall auszugehen. Mehr als dass ich ein paar Meilen umsonst herum jagte, konnte ja nicht passieren.

Und dann jagte ich nach kurzem Überlegen los – tja, mein Brauner kam heute ganz schön dran.

Aber mein, zugegebenermaßen wenig origineller, Plan, war, auf kürzestem Weg in Richtung Dalton-Ranch zu jagen und ihnen zuvor zu kommen, wenn sie wirklich dahin wollten. Ich rechnete mir aus, dass das zu schaffen war. Zu Pferd war ich ganz einfach schneller als der Wagen, wenn der normal dahin rollte.

Schon auf halbem Weg etwa entdeckte ich dann den Wagen, als ich meinen Braunen eine flache Kuppe hinauf lenkte. Er rollte auf einem alten wenig benutzten Weg dahin. Ich kannte ihn, ich war in den letzten Wochen gelegentlich einmal auf ihn gestoßen, wie ich mich jetzt erinnerte. Vier Reiter ritten daneben her und ein gesatteltes Pferd folgte dem Wagen, wahrscheinlich am Wagen festgemacht. Sein Reiter lenkte jetzt wahrscheinlich den Wagen.

Nun, dann sollten sie eine kleine Überraschung erleben – und so trieb ich noch einmal den Braunen an.

Und ich denke, sie waren dann auch ziemlich überrascht, als ich plötzlich vor ihnen aus meiner Deckung auftauchte und sie mit scharfer Stimme aufforderte:

„Halt! Und keiner greift nach einer Waffe!"

Um meiner Aufforderung den nötigen Nachdruck zu verleihen, richtete ich bei diesen Worten meine Winchester auf sie.

Der Wagen hielt und die Reiter ebenfalls, und, eher halbherzig, hoben sie ihre Hände in die Höhe.

Die Mädchen aber reagierten überraschend geistesgegenwärtig, indem sie, ohne lange nachzudenken, aufsprangen und aus dem Wagen sprangen - Suzanne stolperte, doch schnell hatte sie sich wieder aufgerafft und dann wichen sie beide rasch zur Seite.

Der Fahrer aber, der scheinbar ihr Wortführer war, fragte:

„He, Mohenny! Was willst Du?"

„Tja, so wie ich das sehe, seid Ihr mit unserem Wagen und unseren Pferden unterwegs. Ihr seid also Diebe, insbesonders Pferdediebe. Eigentlich sollte ich Euch aufhängen."

„Uns alle fünf? Das schaffst Du? der Tonfall seiner Stimme war lauernd und die fünf sahen sich an – zweifellos überlegten sie, ob sie zu ihren Waffen greifen sollten, ließen es aber eben vernünftigerweise bleiben.

„Ihr habt Glück, ich habe nicht genug Stricke. Aber … sagt: Was sollte denn das eigentlich werden?"

„Nun, wir haben die beiden Ladies da getroffen, und da Harding gerne einmal mit der einen da reden würde, nämlich allein, haben wir sie gefragt, ob sie nicht mitkommen wollen."

„Und sie haben ja gesagt?"

„Nun ja, nicht so direkt."

„Na dann. Und im Übrigen: Wenn Du von Miss Sarah Lovecroft redest: Die ist meine Braut. Und wenn Harding mit ihr reden will, überhaupt allein, dann muss er erst mich um Erlaubnis fragen."

„Ich glaube, Harding ist aber der Meinung, dass sie seine Braut ist."

„Ist das so? Nun, dann fragen wir doch sie."

Und mit gespieltem Ernst wandte ich mich an Sarah:

„Sarah! Wessen Braut bist Du nun?"

Ich meine, sie hätte jetzt natürlich wahrheitsgemäß antworten können, dass sie niemandes Braut sei, aber sie rang sich nach kurzem Zögern doch zu der Antwort durch:

„Deine natürlich, Bill."

„Tja, damit ist ja wohl alles gesagt, Leute", wandte ich mich wieder an die Männer: „wenn wer mit meiner Braut reden will, muss er erst mich um Erlaubnis fragen. Und jetzt verschwindet!"

Und immerhin war ja noch der Lauf meiner Waffe auf sie gerichtet.

Der Mann auf dem Wagenbock machte schmale Augen und sah mich abschätzend an.

„Und wenn nicht? Willst Du uns alle erschießen?"

Worauf ich meinte:

„Es ist nicht lange her, da fragte mich einer dasselbe – jetzt ist er ein toter Mann."

Die Augen des Mannes wurden noch schmaler,

„Wir haben davon gehört", sagte er lauernd.

Da nahm ich hinter ihm eine Bewegung wahr – einer der Kerle hinter dem Wagen versuchte, seine Kanone zu ziehen, und da blieb mir keine andere Wahl: Ich musste ihn erschießen.

Aber das ist oft ansteckend, wenn einer anfängt – und schon griffen jedenfalls auch einige andere nach ihren Schießeisen.

Nun kann man mit einer Winchester zwar nicht so schnell schießen wie mit einem Colt – aber im Sattel kriegst du auch deine Kanone nicht so schnell aus dem Halfter. Ich feuerte also auf Teufel komm raus und binnen Sekunden war der ganze Zauber vorbei.

Sekundenlang herrschte Stille – dann sagte Sarah fast entsetzt:

„Um Gottes Willen!"

Und Suzanne fragte mit merkwürdiger Stimme:

„Sind sie alle tot?

„Mehr oder minder nehme ich an", antwortete ich, „was hätte ich tun sollen? Der eine hat nach seiner Kanone gegriffen. Aber wir können ja mal sehen."

Tatsächlich waren zwei noch am Leben – der eine hatte überhaupt nur einen Streifschuss am Kopf und wurde jetzt allmählich auch wieder munter. Der andere hatte eine Kugel in der Brust, die aber wohl das Herz verfehlt hatte, der würde einen Arzt brauchen.

Nun, das bedeutete Arbeit. Ich hievte die Toten auf ihre Pferde und die beiden Verwundeten auch, nachdem wir sie notdürftig verbunden hatten. Sollten doch die von der Dalton-Ranch sich um sie kümmern.

Fluchend und stöhnend saß der eine auf seinem Pferd und führte die anderen mit sich.

Nach ein paar Metern wandte er sich noch einmal um zu mir,

„Mohenny", sagte er stöhnend, „heute hast Du gewonnen, aber noch ist nicht aller Tage Abend."

„Wie wahr", stimmte ich ihm zu, „aber was das Gewinnen angeht: Ich gewinne immer."

„Jede Glückssträhne reißt einmal ab, Mohenny", erwiderte der Mann, „und du kennst doch das Sprichwort: Neues Spiel, neues Glück! Nächstes Mal werden die Karten neu gemischt, und dann werden wir ja sehen."

„Wie Du meinst", ich zuckte mit den Schultern, „aber denk immer daran: Jedes Mal kann auch das letzte Mal sein."

„Wenn Du es sagst", sagte er spöttisch, „Tag und Nacht werde ich daran denken."

Doch da wandte er sich schon ab und die ganze traurige Prozession setzte sich in Bewegung.

„Wo ist eigentlich Alex?", fragte ich dann, nachdem wir ihnen noch eine Weile nachgeschaut hatten.

„Den haben sie aus dem Wagen geworfen. Er wird jetzt wahrscheinlich zur Ranch marschieren."

„Oho! Glaubt Ihr, dass es Sinn hat, ihn zu suchen?

Sie zuckten mit den Schultern und Suzanne meinte:

„Es ist jetzt schon so lange her. Wer weiß, wo er schon ist?"

„Wir können es ja versuchen.", schlug Sarah aber vor.

Also taten wir das auch.

Alex war dann auch ehrlich froh, als wir ihn dann doch noch ein gutes Stück vor der Ranch erreichten.

„Ich fürchte nur, das bedeutet endgültig Krieg", sagte Mr. Lovecroft, nachdem er gehört hatte, was geschehen war, und schüttelte besorgt den Kopf.

„Was hätte ich tun sollen?", fragte ich.

„Das war kein Vorwurf, Mr. Mohenny, aber erst haben Sie diesen verdammten Harding verprügelt und jetzt haben Sie einige seiner Männer erschossen. Das kann er nicht auf sich sitzen lassen, und wenn Sie zehnmal im Recht waren. Alleine schon seine Mannschaft wird erwarten, dass jetzt etwas geschieht."

„Ja, das wird sie."

Nun, es wurde dann noch lange und viel geredet an diesem Abend.

Bis ich mich dann wieder einmal hinaus setzte, um einen meiner Zigarillos zu rauchen.

Es war eine helle Vollmondnacht und nachdenklich musterte ich die große, gelbe Scheibe da oben.

Ich meine, nicht dass ich mich für den Mond je besonders interessiert hätte, aber es lässt sich dabei gut nachdenken und es gab ja auch genug, über das ich nachdenken musste.

Was mir aber nicht lange vergönnt war, denn bald ging hinter mir die Tür – und dann setzte sich Tom neben mich.

„Ich muss ja dann schlafen gehen.", sagte er.

„Ja, solltest Du wohl.", stimmte ich ihm zu.

„Wäre es Dir lieber gewesen, wenn Sarah gekommen wäre?", fragte er, ohne auf dieses Thema einzugehen.

„Fängst Du schon wieder an? Wenn Du ein Männergespräch willst, sollten wir über Mary-Ann reden."

Ich fand es immer irgendwie unterhaltsam, mit ihm über dieses Thema zu reden. Dafür fand er es scheinbar unterhaltsamer, über Sarah mit mir zu reden, seitdem ihm Jonathan diesen Floh ins Ohr gesetzt hatte. Was mich wiederum auch amüsierte.

„Na, lieber als Du allemal, um Deine Frage zu beantworten."

„Die ist aber mit ihrem Alex beschäftigt."

„Das ist nicht ihr Alex.", brummte ich.

„Noch nicht, aber er arbeitet jedenfalls darauf hin. Siehst Du, es wird ja doch noch ein Männergespräch."

„Ja, ich seh´s.", gab ich zu, damit er endlich Ruhe gab.

Alex schlief dann übrigens auch bei uns im Bunkhouse. Er hatte keine Lust gehabt, in der hereinbre-

chenden Nacht noch zurück zu reiten nach Saxonville. Genau genommen hatte ich eigentlich das Gefühl gehabt, dass ihm nicht ganz wohl gewesen war
bei der Vorstellung, genau das tun zu müssen.

-*-

Das bedeutet Krieg, hatte Mr. Lovecroft gesagt. Eine
etwas theatralische Formulierung fand ich, aber im
Prinzip gab ich ihm recht und mehr oder minder wir
alle.

Irgendetwas würde in nächster Zeit geschehen -
und wir standen einer ziemlichen Übermacht zweifellos kampferprobter Männer gegenüber.

Sie konnten zum Beispiel die Lovecroft-Ranch
auch überrennen, wenn sie das wollten, oder in
Brand stecken. Aber auch sonst gab es jede Menge
Ziele für Dalton: unsere Männer, die Mädchen, Mrs.
Lovecroft. Und mich natürlich.

Gerechterweise sollte ich ja wohl ihr erstes Ziel
sein. Und zweifellos richtete sich ihr Wut auch in erster Linie gegen mich.

Andererseits hielt ich mich für ihren gefährlichs-
ten Gegner, und vor allem dachte ich, dass sie das
auch so sehen würden.

Ich dachte auch über die anderen nach, ich meine unter diesem Gesichtspunkt.

Mingus und Jonathan gehörten zwar noch nicht zum alten Eisen, aber die Jüngsten waren sie auch nicht mehr.

Und Gus? Er war bis zuletzt geblieben, während die anderen aufgegeben hatten. Er hatte ein Kämpferherz. Von dem war sicher einiges zu erwarten, wenn es hart auf hart ging.

Und Slim und John?

Die waren gekommen, weil es gegen Dalton und Harding gehen sollte. Denen konnte man sicher einiges zutrauen.

„Also, irgendwie gefällt mir die Sache nicht.", eröffnete ich Mr. Lovecroft.

Das war am nächsten Morgen nach dem üblichen reichlichen Frühstück, als wir dabei waren, den

restlichen Kaffee alle zu machen, und nachdem ich am Abend zuvor noch viel und lange hin und her überlegt hatte.

„Mir auch nicht,", stimmte er mir zu, „aber es ist nun einmal, wie es ist."

„So meine ich das nicht.", sagte ich, „Es geht mir darum, wie wir mit der Sache umgehen."

„Wie gehen wir denn damit um?"

„Wir warten darauf, dass die anderen irgendetwas machen, und wir sehen dann zu, wie wir damit fertig werden."

Mr. Lovecroft nickte und überlegte dann kurz, ehe er erwiderte:

„Und was wäre Ihre Alternative?

„Angriff ist die beste Verteidigung, sagt man."

Mr. Lovecroft nickte erneut und fragte dann mit einem leichten Lächeln:

„Sie wollen doch nicht die Dalton-Ranch angreifen? Oder ihre Männer?"

„Die Dalton-Ranch angreifen? Nein, das würde viele Opfer kosten, aber …."

„Aber Sie würden es für möglich halten? Ich meine, für uns?" Mr. Lovecrofts Stimme war mehr als skeptisch.

„Wenn es notwendig wäre, würde ich das alleine tun. Zwei oder drei Mann wären natürlich besser. Ich meine, ich kann nicht alle Männer dort erschießen, aber … ich könnte Mr. Dalton entführen, oder wenn sie irgendwen entführen hätten und dort festhalten würden, könnte ich ihn befreien. Das könnte ich ganz bestimmt."

„Das würden sie sich zutrauen?"

„Das würde ich mir zutrauen."

„Nun, nichtsdestotrotz wollen wir hoffen, dass wir nie herausfinden müssen, ob sie das wirklich können."

„Natürlich."
Da fragte Gus, der auch noch da war:

„Was schwebt Dir denn dann vor, Bill?"

„Nun, ich werde jedenfalls Mr. Dalton besuchen und ein ernstes Wort mit ihm reden."

„Auf seiner Ranch?", fragte Sarah ebenfalls sehr skeptisch. „Sie werden Dich erschießen, wenn Du das wirklich versuchst …, nach allem was geschehen ist."

Ich zuckte mit den Schultern.

„Versuchen werden sie es.", gab ich zu. „Ich muss darüber noch nachdenken."

„Tun Sie das!", forderte mich Mr. Lovecroft daraufhin auf. „So wie die Dinge liegen, wird es schwer sein, noch einmal einen Vormann wie Sie zu finden."

„Sie hatten ja vorher auch keinen, aber ich werd´s mir zu Herzen nehmen – ich meine, ein wenig auch meinetwegen."

„Nun, wie gesagt, tun Sie das. Denn seit ich einen habe, weiß ich es auch zu schätzen."

„Na dann."

_*_

„Wie geht ´s Euch?", fragte ich Slim und John nachdem ich mich an ihrem erloschenen Lagerfeuer niedergelassen hatte.

Es war später Vormittag und die beiden hatten einstweilen ihren Beobachtungsposten bezogen.

John zuckte mit den Schultern, „verdammt langweilig, „gab er zur Antwort „aber sonst ….."

„Nun, wie gesagt, wir warten noch bis Samstag. Wenn sich bis dahin nichts tut, dann war mein genialer Plan vielleicht doch nicht so genial. Dann werden wir die Herde zur Bahnstation treiben. Da muss ich zwar noch einmal mit dem Boss reden, aber grundsätzlich denkt er auch so, glaub ich. Ich hab´ Euch übrigens eine Flasche Whiskey mitgebracht."

„Na immerhin etwas", stellte Slim zufrieden grinsend fest.

„Braucht Ihr sonst was?"

„Nein, alles okay."

Er strich sich kurz über das Kinn und fragte dann:

„Tut sich irgendwas? Ich meine, weil Sie gekommen sind."

Nun, und so erzählte ich ihnen eben was geschehen war.

„Fünf von den Schweinen haben Sie umgelegt!", sagte Slim anerkennend, als ich mit meiner Geschichte zu Ende war. „Verdammt, da wäre ich auch gerne dabei gewesen."

„Eine Gelegenheit, wo dabei zu sein, gibt es vielleicht schneller, als Ihr denkt." sagte ich darauf.

„Wieso? Was haben Sie vor?"

Ich holte tief Luft und schaute sie unternehmungslustig an und erklärte ihnen dann:

„Ich werde auf die Dalton-Ranch reiten, um mit Mr. Dalton ein ernstes Wort zu reden."

„Oho!", sagte Slim mit anerkennendem Kopfnicken, John aber meinte dazu:

„Die werden Sie umlegen."

„Kommt drauf an.", erwiderte ich. "Ich denke, ich könnte das schon hinkriegen, aber …. also, wenn man einen zweiten hätte, der einem Rückendeckung gibt …."

„Ja, das wäre wohl deutlich besser.", stimmte mir John bedächtig zu und nickte – und nach einer kleinen Pause des Überlegens setzte er hinzu:

„Nun, dann sollten Sie es vielleicht mit Slim versuchen, der ist ein verdammt fixer Bursche mit seinem Colt."

„Ist das so?", fragte ich und wandte mich an Slim:

„Und was sagst Du dazu?", fragte ich ihn.

„Nun, ein wenig Abwechslung könnte ich schon vertragen.", meinte der, „Und das klingt nach Spaß."

„So kann man es natürlich auch sehen. Es kann aber natürlich auch ins Auge gehen.", warnte ich ihn, „Ich will Dich nicht zwingen."

„Nicht nötig.", wehrte Slim ab, „Da bin ich jederzeit dabei, mit dem allergrößten Vergnügen."

„Dann ist die Sache abgemacht?"

„Ist abgemacht.", stimmte Slim zu und fragte dann:

„Und wann?"

„Morgen? Jonathan bleibt hier."

„Weiß er schon von seinem Glück?", fragte da John.

„Sicher! Er kennt den Plan."

„Und wie fangen wir ´s an?", fragte Slim.

„Nun, ich hätte da einen ziemlich genialen Plan", begann ich – und dann erklärte ich ihm eben, wie ich mir die Sache vorstellte.

„Echt genial.", sagte Slim, als ich fertig war, wenn das vielleicht auch ein wenig ironisch geklungen hatte.

Aber etwas Genialeres hatte ich nicht zu bieten.

„Ich würde sagen, wir schlagen uns jetzt noch einmal den Magen voll.", schlug ich vor. „Ich glaube nicht, dass sie uns zum Frühstück einladen werden."

„Tja, darauf würde ich auch nicht viel geben."

Der gute Slim schien einen gewissen Hang zur Ironie zu haben.

.

-*-

Dunkel lag der Gebäudekomplex der Dalton-Ranch vor uns. Es war schon nach Mitternacht und kein Licht war zu sehen. Nachdem wir auch nach eingehender Musterung nichts Verdächtiges entdecken konnten nickten wir uns zu und Slim sagte leise:

„Sieht gut aus."

Daraufhin stiegen wir von unseren Pferden, umwickelten ihre Hufe mit zerschnittenen Decken und führten sie dann, jeder sein Gewehr in der Hand, vorsichtig weiter.

Als ich seinerzeit auf der Dalton-Ranch war, hatte ich mich natürlich genau umgesehen, und auch Slim war schon hier gewesen und kannte sich ein wenig aus. Unser Ziel war ein großer Schuppen mit einem großen Tor, etwas abseits vom Haupthaus, den ich für einen Wagenschuppen hielt.

Problemlos erreichten wir unser Ziel und es war ein Wagenschuppen, wie wir feststellten, als wir drinnen waren.

Bei fast vollkommener Finsternis tasteten wir uns voran, bis wir, etwas abseits vom Tor hinter einem Wagen, einen Platz gefunden hatten, wo wir unsere Pferde festmachten und ihre Hufe von den Decken befreiten.

Ich war bei meinem Plan unter anderem davon ausgegangen, dass nicht gleich im ersten Morgengrauen wer in diesen Schuppen kommen und unsere Pferde entdecken würde.

Ebenfalls problemlos erreichten wir das Haupthaus, dessen Tür wir weder versperrt oder verriegelt vorfanden, wie ich es eigentlich auch erwartet hatte.

Unser Ziel war Mr. Daltons Büro. Und obwohl es reichlich dunkel war, vor allem im Vorraum, und wir gelegentlich wo ein wenig aneckten, erreichten wir es, ohne jemanden aus dem Schlaf geweckt zu haben.

-*-

„Guten Morgen, Mr. Dalton.", sagte ich, als ich, gefolgt von Slim, hinter dem Mädchen, das gerade ein Tablett mit Kaffee und Broten auftragen wollte, in den großen Wohnraum trat, wo Dalton mit Harding und noch einigen Männern an dem langen Tisch dort saßen.

Das Mädchen hätte zuvor fast das Tablett fallen gelassen, als sie plötzlich in die Läufe unserer Gewehre geblickt hatte.

Alle fuhren hoch - die Überraschung war jedenfalls perfekt.

Harding war nach einem Augenblick dann der erste, der seine Überraschung überwand. Seine Lippen wurden schmal, genau wie seine Augen, und er fauchte mit verhaltener Wut, kaum dass er die Worte noch herausbrachte:

„Mohenny, du verdammte Ratte. Du bist tot!"

„Ist das so?", erwiderte ich fragend, während Slim und ich ein paar Schritte auseinander gingen, damit wir die Runde besser zwischen uns hatten.

Doch noch bevor Harding etwas sagen konnte, hob Dalton, der mittlerweile auch seine Fassung wiedergewonnen hatte die Hand und bedeutete ihm, zu schweigen.

Er musterte mich überlegend und sagte endlich ganz ruhig:

„Mr. Mohenny, Sie hätten anklopfen können, bevor Sie hereinkamen."

„Oh! Verzeihung!", erwiderte ich, „Da hab´ ich wohl wieder einmal meine gute Kinderstube vergessen."

„Scheint so.", wieder musterte er mich überlegend und mit schmalen Augen. „Was führt Sie zu mir, Mr. Mohenny?"

„Nichts Besonderes. Ich dachte, wir könnten ein Stück spazieren reiten und uns ein wenig unterhalten. Ich meine, es gibt da ein paar Dinge, über die wir eigentlich reden müssten."

„Kann sein. Immerhin hinterlassen sie eine ziemlich blutige Spur, Mr. Mohenny – vor ein paar Tagen haben Sie da bei Ihrer Wasserstelle einen Mann umgelegt, vorgestern ein paar von meinen Männern, und die anderen würden jetzt gerne Sie umlegen."

„Sie meinen, die, die noch übrig sind?", unterbrach ich ihn.

Dalton sah mich einen Augenblick verständnislos an, bevor er begriff.

Er verzog den Mund, „Die, die noch übrig sind.", bestätigte er mir. „Und ich glaube, da kann ich nicht viel für Sie tun. Sie wissen ja, wie die Burschen sind."

„Aber sicher. Das ist auch nicht das Problem, es ist immer das Gleiche. Ich meine, der Sheriff fand die Sache aber ganz in Ordnung. Ich meine, von wegen Ihrer Männer, die ich …., nun ja, die ich eben ruhig gestellt habe.

„Fand er das?", sagte Dalton und nickte, „Nun ja, kann sein."

„Aber wie ist es denn nun? Machen wir einen kleinen Spazierritt?"

Es war Dalton natürlich klar, dass es mir nicht wirklich um einen Spazierritt mit ihm ging, sondern dass er unsere Lebensversicherung sein sollte, damit man uns nicht einfach von den Pferden schoss, wenn wir die Ranch verließen.

Nun. Wie auch immer, jedenfalls fragte er dann nach neuerlichem kurzen Überlegen:

„Was dagegen, wenn ich zuerst noch meinen Kaffee austrinke?"

„Aber wo wird´ ich denn!`", antwortete ich – worauf er sich grimmig an Harding wandte:

„Amos, lass mir mein Pferd satteln!"

Dalton war dann ein wenig überrascht, wo wir unsere Pferde hatten. Und Slim machte seine Sache weiter sehr gut. Wir gaben uns ständig gegenseitig Deckung und einer von uns hatte Dalton immer vor dem Lauf.

Inzwischen hatten allerdings auch ein paar von Daltons Männern ihre Pferde gesattelt.

Als wir schließlich beide im Sattel saßen, sagte ich zu dem halben Dutzend Männer, die jetzt mittlerweile ebenfalls auf ihren Pferden saßen:

„Ihr seid der Geleitschutz, so wie ich das sehe? Nun, wie ihr wollt. So lange ihr schön brav zurück bleibt, sagen wir so fünfhundert Meter, haben wir kein Problem "

„Ich meine, das ist doch ganz in Ihrem Sinne, Mr. Dalton, oder?", wandte ich mich an ebendiesen.

„Reiten wir endlich!", knurrte er ungeduldig, und an seine Männer gewandt fügte er hinzu:

„Tut, was sie sagen!"

Nichtsdestotrotz sagte darauf aber einer von ihnen mit einem gewissen drohenden Unterton:

„He! Mohenny! Du weißt aber schon, dass wir ein paar Rechnungen mit Dir offen haben?"

„Kann sein.", antwortete ich, „Aber ich zahle normalerweise nicht. Aber darüber reden wir später."

„Du hast vor zwei Tagen einen meiner besten Freunde umgelegt."

„Sei froh!", erwiderte ich. „Der taugte sowieso nichts. Such Dir eine bessere Gesellschaft!"

„Du wirst noch anders reden." Der Tonfall des Mannes war jetzt noch drohender geworden

„Kann sein. Ich rede mal so, mal so."

„Los! Reiten wir!", gab ich dann das Kommando.

Nach einer kleinen Weile fragte Dalton:

„Und? Wohin soll es gehen?"

„Nach Hause natürlich.", antwortete ich, nachdem ich mich wieder einmal überzeugt hatte, dass die Burschen hinter uns den nötigen Abstand hielten, obwohl Slim sich sowieso darum kümmerte.

„Mit mir?", fragte Dalton weiter.

„Wozu? Wie gesagt, ich wollte mit Ihnen reden, das ist alles."

„Dann reden sie endlich!", verlangte Dalton ein wenig ungeduldig.

„Meinetwegen. Also, was ich Ihnen sagen wollte, Mr. Dalton, ist: Vergessen sie die Lovecroft-Ranch, solange ich Da bin."

„Vielleicht sind Sie ja gar nicht mehr so lange da."

„Das war aber doch wohl keine Drohung, Mr. Dalton?"

„Wie kommen Sie auf die Idee? Aber man weiß ja nie."

„Das ist natürlich richtig. Aber eines weiß ich ganz bestimmt, Mr. Dalton."

„Und das wäre?"

„Dass Sie ein toter Mann sind, sollte Mrs. Lovecroft oder den beiden Mädchen in der nächsten Zeit irgendetwas zustoßen, egal was es ist."

„Das war aber doch wohl auch keine Drohung, Mr. Mohenny?"

„Wie kommen Sie nur auf die Idee? Ich wollte es nur gesagt haben."

„Ich bin nicht ihr Schutzengel."

„Sie können ja beten.", schlug ich daraufhin vor.

"Ist zwar nicht meine starke Seite, aber wenn ich Ihnen damit einen Gefallen tue ..."

"War nur ein Vorschlag."

Darauf verstummte das Gespräch und es ging eine Weile wortlos dahin. Ich sah zu Slim und unsere Blicke begegneten sich.

„Reicht das?", fragte er.

„Ich würde sagen, ja. Sieh mal nach, ob er ein Schießeisen in der Satteltasche hat."

Also zügelten wir kurz unsere Pferde und Slim beförderte tatsächlich aus Daltons Satteltasche einen Colt ans Tageslicht.

"Den können Sie sich beim Sheriff abholen", erklärte ich ihm.

Slim und ich, wir sahen uns kurz an - und dann grüßte Slim etwas übertrieben freundlich:

"So long, Mr. Dalton."

Worauf ich noch hinzu fügte:

"Mit den besten Grüßen an Ihre Männer."

Und schon setzten wir auch unsere Pferde in Bewegung.

"Maddock, Sie haben die falsche Seite gewählt", hörten wir Dalton hinter uns noch rufen. "Das werden Sie noch ..."

Der Rest seiner Worte ging aber schon im Trommeln der Hufe unserer Pferde unter.

Nun, wir jagten ein halbe Meile dahin oder so und drehten uns dann um. Daltons Männer hatten ihn mittlerweile erreicht und umringten ihn jetzt.

"Werden sie uns folgen?", fragte Slim.

"Keine Ahnung. Ich meine, sie werden wohl nicht wirklich richtig hinter uns her jagen. Ich denke, sie haben schon kapiert, dass das heute nicht ihr Tag ist, aber ... auf was sie sonst vielleicht für Ideen kommen ..."

"Hmm... seh ich auch so.", stimmte Slim mir zu.

Es war dann schon später Vormittag, als wir die Ranch erreichten.

Es war niemand zu sehen, also gingen wir ins Haus, wo wir richtig Mrs. Lovecroft in der Küche bei der Arbeit vorfanden.

"Habt Ihr schon gefrühstückt?", fragt sie nach der üblichen Begrüßung.

"Nein!", sagte ich, "Aber wo sind die anderen?"

"Gestern sind die Trent-Mädchen hier aufgetaucht. Sie sind über Nacht geblieben und..."

"Sagen Sie bloß, sie sind zu dem kleinen Teich da gefahren?"

"Doch! Sind sie!"

"Ich wusste es doch. Und wer ist bei ihnen?"

"Dick und Tom", antwortete sie. Dick, das war Mr. Lovecroft natürlich.

"Hmm...", erwiderte ich darauf nur überlegend.

"Wollt Ihr was essen?", fragte Mr. Lovecroft.

"Ich hatte zwar mittlerweile einen Bärenhunger und Slim zweifellos auch, trotzdem lehnte ich ab:

"Nein, nein! Ich glaube, das seh´n wir uns lieber an, oder?"

Die letzten Worte galten natürlich Slim und der meinte schulterzuckend;

"Du bist der Boss."

"Na dann los."

Unterwegs fragte Slim:

"Glaubst Du, dass Dalton und seine Männer dort auftauchen könnten?"

"Was denkst du?", fragte ich statt einer Antwort.

Er zuckte mit den Schultern,

"Nun ja, wenn sie uns doch irgendwie gefolgt sind ...."

"Dann sind sie vielleicht in der Nähe dort vorbei gekommen", vervollständigte ich den angefangenen Satz.

"Genau das meinte ich."

"Und ich hab´s irgendwie im linken großen Zeh ... dass sie da sind! Na dann."

Das, mit dem linken großen Zeh, war so eine Redewendung, die ich damals hin und wieder verwendete.

Schon aus einiger Entfernung hörten wir die Stimmen der Mädchen, die schienen wieder, ihren Spaß zu haben.

Wir hielten uns nach links, wo es zum Wasser hin offen war und bogen schließlich auf den Uferstreifen ein.

Nun, mir war das Bild, das sich uns jetzt bot, ja schon ein wenig vertraut, nur dass jetzt zwei von ihnen weiter draußen schwammen, Sarah und Suzanne, wenn ich das richtig sah, während die Trent-Mädchen sich näher am Ufer im dort etwa hüfttiefen Wasser aufhielten. Tom saß am Ufer und schaute zu, Mr. Lovecroft dagegen hatte sich an den Rand des Uferstreifens zurückgezogen, wo er, seine Winchester vor ihm auf den Knien, im Schatten der Gebüsche saß. Nun ja, es war auch ein verdammt heißer Tag.

Er war es auch, der uns als erster entdeckte. Offensichtlich war er ein besserer Wächter als Tom. Aber der hatte wohl auch mehr Augen für seine Mary-Ann.

"Hallo, Mr. Mohenny!", rief er jedenfalls.

Da sahen uns die anderen natürlich auch und wir sollten doch runterkommen, riefen sie.

Wir lenkten also unsere Pferde bis zum Ufer und stiegen ab.

Ich sah von der Seite nach Slim, der sichtlich verwundert war. Aber das war ich ja auch gewesen, als ich die Mädchen zum ersten Mal in diesen Badegewändern gesehen hatte. Sie redeten jetzt ein wenig durcheinander, bis Sarah endlich fragte:

"Was macht Ihr hier eigentlich?"

"Eure Großmutter hat gesagt, dass Ihr hier seid und da dachten wir, wir könnten Euren Großvater ablösen."

"Gute Idee. Ich denke, er wird froh sein."

"Na dann."

Als wir uns aber abwandten, um zu Mr. Lovecroft hinauf zu gehen, rief Suzanne uns plötzlich nach:

"He! Slim!"

Wir wandten uns also wieder um und da meinte sie:

"Solche Badegewänder gibt ´s für Männer auch. Liza könnte Dir einen besorgen."

"Könnte sie das? Nun ich denk drüber nach."

"Tu das! Tu das!", riefen sie darauf und alle lachten und kicherten.

Als wir dann, gefolgt von Tom, unsere Pferde hinauf führten zu Mr. Lovecroft, brummte Slim:

"Verrückte Hühner."

"Ja, das sind sie", stimmte ich ihm zu, "Aber wenn zu viele Weiber beisammen sind, ist es immer so ... mehr oder weniger."

"Tja, da ist was dran."

"Was macht Ihr hier?", fragte auch Mr. Lovecroft, als wir heran waren.

"Wir lösen Sie ab", schlug ich vor, "Sie könnten nach Hause reiten."

"Klingt verführerisch."

Er kratzte sich kurz am Kinn, überlegte es sich dann aber doch anders:

"Nein, ich bleibe trotzdem hier", lehnte er das Angebot ab, "Es ist mir aber trotzdem ganz angenehm, dass Ihr jetzt da seid. Jetzt könnt Ihr aufpassen und ich schau einfach ein wenig zu."

"Auch gut."

Wir führten unsere Pferde ein wenig ins Buschwerk, sodass man sie gegebenenfalls nicht gleich

sehen konnte, und ließen uns dann bei Mr. Lovecroft im Schatten der Gebüsche nieder.

"Wir dachten ja, dass Dalton und seine Männer vielleicht hier auftauchen könnten."

"Ach ja, Sie wollten ihm ja vielleicht einen Besuch abstatten. Hängt es damit zusammen?

Und da erzählten wir eben kurz, was gewesen war.

"Wahnsinn!", sagte Tom ergriffen. "Da wär´ ich gern dabei gewesen."

"Nun ja, ein andermal vielleicht, aber ... also jedenfalls dachten wir, wenn die Burschen uns doch irgendwie folgen, könnten sie vielleicht hier in der Nähe vorbeikommen. Und dann ..., wer weiß ..."

"Ja natürlich.", sagte Mr. Lovecroft."

"Schön langsam könnten sie aber genug haben", seufzte Mr. Lovecroft.

"Danach sieht es aber nicht aus.", meinte ich - nicht zuletzt, weil die Mädchen jetzt einfach im Wasser standen und einfach nur tratschten.

Das hätten sie natürlich sonstwo auch tun können, aber bei der augenblicklichen Hitze, war es vielleicht ganz angenehm so. Jedenfalls sah es nicht so aus, als ob sie so schnell ein Ende finden würden.

Und dann tauchten Daltons Männern tatsächlich doch noch auf.

Plötzlich waren Pferdehufe zu hören und Sekunden später jagte eine Kavalkade von zehn oder zwölf Mann herein, hinunter zum Teich und nahm dann am Ufer Aufstellung, da eben, wo die Mädchen noch immer im Wasser standen.

Uns schienen sie gar nicht bemerkt zu haben - sie hatten nur die Mädchen im Auge.

"Hi, die Ladies!", grüßte einer ein wenig betont und spöttisch.

"He! Was wollt Ihr hier? Verschwindet!", ließ sich vom Wasser her eine empörte Stimme vernehmen.

"Glaubt Ihr wirklich, dass Ihr uns so einfach wieder los werdet?", der spöttische Tonfall des Mannes hatte sich noch verstärkt, "So ein Schauspiel wie Euch jetzt haben wir nicht alle Tage."

Die Männer verstellten uns die Sicht auf die Mädchen, aber das vorhin war wohl Lizas Stimme gewesen, die sowieso gerne die Wortführerin war.

Slim und ich wir sahen uns an, dann erhoben wir uns. Ich deutete Tom, dass er sitzen bleiben sollte.

Unterdessen erwiderte Liza, wohl im Wissen, dass sie ja nicht alleine waren, in ebenfalls spöttischem Tonfall und sehr herausfordernd:

"Wetten doch?"

Wenn die Burschen schlau gewesen wären, hätte ihnen diese, nicht im mindesten irgendwie ängstliche Antwort, zu denken geben können. Aber so schlau waren sie eben nicht. Sie waren sich ihrer Sache ganz einfach zu sicher,

"Wie denn?", fuhr ihr Redner, der wohl ihr Anführer war, immer noch spöttisch fort, während Slim und ich, unsere Gewehre auf die Schulter gelehnt, hinter sie traten, "Wollt Ihr uns anspucken, bis wir vor Angst davonlaufen?"

"Das wird gar nicht nötig sein.", antwortete Liza.

"Ach nein. Ihr habt wohl irgendeine Geheimwaffe."

"Zwei sogar!", ergriff ich da aber jetzt das Wort, wobei wir gleichzeitig unsere Gewehre durchluden - und alleine dieses Geräusch in ihrem Rücken hatte sie natürlich herumfahren lassen. "Sie heißen beide Winchester73 und stehen jetzt hinter Euch. Und wenn jetzt einer nach irgendeiner Kanone greift, ist er ein toter Mann."

So dämlich waren sie zwar sicher auch nicht, dass diese Drohung nötig gewesen wäre, aber immerhin hatten zwei oder drei unwillkürlich nach ihren Waffen gegriffen, zogen aber jetzt augenblicklich ihre Hände wieder zurück, als ob die Dinger brennheiß wären.

"Verdammt! Mohenny!", fauchte ihr Anführer im tiefsten Brustton der Überzeugung. Offensichtlich hatte er seine Überraschung schon so überwunden, sodass er höllisch wütend sein konnte.

"Richtig.", sagte ich. " Und das hier neben mir ist Slim Maddock."

"Wir kennen ihn." Die Augen meines Gegenübers waren schmal und tückisch geworden. "Da war er noch so ein armseliges Würstchen auf der Slater-Ranch."

"Tatsächlich? Tja, das Dumme ist nur, dass Dir dieses armselige Würstchen jetzt jederzeit das Gehirn aus Deinem dämlichen Schädel blasen kann, wenn Du weiter so respektlos daherredest. Und das gilt natürlich auch für die anderen. Aber was Anderes: Mit wem haben wir denn überhaupt die Ehre?"

"Ehre!", fauchte der Bursche sehr betont und sehr wütend, "Wir sind von der Dalton-Ranch und ..."

"Das dachte ich mir schon. So dämlich, wie Ihr ausseht."

"Red´ Du nur weiter so. Ich bin jedenfalls Ron Cooper und das ist ein Name, den du Dir merken solltest."

Ich schüttelte gespielt gequält den Kopf und seufzte:

"Warum will nur jeder, dem ich einmal meine Kanone unter die Nase halte, dass ich mir seinen Namen merke. Da hätte ich viel zu tun. Aber eine andere Frage: Die Ladies haben gesagt, dass Ihr verschwinden sollt. Warum tut Ihr das nicht einfach? Zugegeben, sie hätten es etwas netter sagen können, aber wenn eine Lady um etwas bittet ..."

"Und wenn nicht? Wollt Ihr uns dann alle erschießen?"

"Ich glaube, es würde genügen, wenn ich Dir eine Kugel in den Kopf jage. Ich weiß nicht, ob sich das schon bis zu Euch herumgesprochen hat, aber ... damit hab´ ich eigentlich kein Problem."

"Ich weiß", sagte Ron finster.

"War ´s ein Freund von Dir?"

"Nein, aber ich kannte ihn. Und Du hast schon Freunde von mir erschossen."

„Und jetzt willst du unbedingt wissen, wie das ist, oder? Ich meine, weil du scheinbar nicht verschwinden willst."

„Du hältst Dich offensichtlich für einen Spaßvogel?"

"Nicht unbedingt. Jedenfalls habe ich keinen Ehrgeiz diesbezüglich."

Rons Lippen wurden schmal und seine Augen auch, kurz kreuzten sich unsere Blicke und dann sagte er mit einem ziemlich drohenden Unterton:

"Du wirst noch anders reden, Mohenny. Morgen ist ein neuer Tag."

"Richtig, Und Übermorgen auch, und Überübermorgen ..."

"Schon gut", unterbrach mich Ron, "Du kannst es nicht lassen."

Er verstummte kurz - und dann kommandierte er plötzlich:

"Los! Verschwinden wir!"

Tja, und dann verschwanden sie eben - grußlos. Es sei denn man wollte Bemerkungen wie:

"Verdammte Schweine!" oder "Der Teufel soll Euch holen" als Grüße durchgehen lassen.

Ich wandte mich an die Mädchen, die ja immer noch im Wasser standen:

"Und? Habt Ihr schon genug für heute? Oder ...?"

"Nein, nein! Für heute reicht es", erklärte Sarah.

Und da kamen die fünf Grazien also aus dem Wasser heraus. Diese sogenannten Badegewänder klebten ihnen am Körper und für einen Moment musste ich plötzlich an ein Bild denken, dass ich irgendwo in einem Puff an die Wand gemalt gesehen hatte. Es hatte eine Lady in einer riesigen Muschel gezeigt, im Meer mit Wellen rundherum - nur war die Lady da nackt gewesen, aber ... man kann ja nicht alles haben.

"Wir ziehen uns jetzt um", erklärte Liza. "Nicht schauen!"

Und dann liefen sie weiter hinauf und verschwanden im Buschwerk oberhalb des Uferstreifens. Da hatten sie wohl irgendwo ihre Kleider.

Es war von ihnen absolut nichts zu sehen, sehr wohl aber zu hören, denn sie schwatzten und lachten schon wieder, und ich bildete mir ein, dabei gelegentlich auch unsere Namen zu hören.

"Und? Was sagen Sie, Boss? War das in ihrem Sinne?", fragte ich unterdessen Mr. Lovecroft.

"Durchaus, Vormann.", antwortete e. "Ich hätte es selber nicht besser machen können."

"Na dann."

"Nach dem Essen begleiten Sie, die Trent-Mädchen nach Saxonville, Sie oder Mr. Maddock. Immerhin wird es heute Apfelkuchen geben, hat meine Frau versprochen." Mr. Lovecroft kannte natürlich meine Schwäche für den Apfelkuchen seiner Frau.

"Ich denke, Slim sollte dann wieder nach John und Jonathan sehen."

"Na dann eben Sie."

"Wird gemacht, Boss."

Nicht lange, da tauchten die Mädchen wieder auf - frisch und adrett und frisch gekämmt - direkt zum Anbeißen, wie man gerne sagt. Und vielleicht hätte Tom das ja gerne auch ..., bei seiner Mary-Ann natürlich. Aber das war eben nicht vorgesehen.

Später auf der Ranch, nach dem Kaffee und vor allem dem Apfelkuchen, gingen Slim und ich raus auf die Veranda. Slim drehte sich eine Zigarette und ich steckte mir einen Zigarillo an.

Nach einer kleinen Weile meinte Slim:

"Ich glaube, Mr. Dalton wäre verdammt überrascht, wenn wir morgen beim Frühstück noch einmal bei ihm auftauchen würden."

Ich nickte,

"Du wirst es nicht glauben, aber sowas Ähnliches dachte ich auch schon. Aber so leicht wie letzte Nacht wird es nicht noch einmal sein."

"Sicher. Sie werden die Türen verriegeln und Wachen aufstellen."

"Und die Scheune, wo wir unsere Pferde hatten, können wir wohl auch vergessen."

Slim sah nachdenklich vor sich hin,

"Auf der Rückseite von der Hütte, hab´ ich zwei Rohre von den Dachrinnen gesehen", begann er dann. "Ich denke, ich könnte daran hochklettern."

"Ich hab´ sie gesehen. Und Du glaubst, die sind fest genug?"

"Bis jetzt hat es immer geklappt."

"Tatsächlich? Und ... wie oft ist immer?"

"Ach Gott ..."

"Einmal? Zweimal?"

"Nun ja, schon ..."

"Also Einmal?"

"Nun ja, wenn Du es unbedingt auf den Punkt bringen willst."

"Nicht unbedingt, aber ..., na egal. Und wenn du oben bist?"

"Ich denke, ich könnte mit dem Messer ein paar Dachschindeln lösen. Dann könnte ich Dir die Tür aufmachen."

"Könnte, könnte ...", sagte ich und überlegte kurz, denn mir war eben eine Idee gekommen, "Ich glaub, ich hab´ da eine bessere Idee."

"Ich hoffe, sie ist besser als die mit der Rinderherde, die sich die Viehdiebe abholen sollen. Da draußen wird ´s nämlich allmählich langweilig."

"In zwei Tagen ist es wieder soweit mit dem Tanzen in Saxonville.", erwiderte ich, "Wenn sich bis dahin nichts tut, treiben wir die Herde zur Bahnstation. Diesmal werden wir ja genug Leute sein, da können die Mädchen zuhause bleiben."

"Werden sie das wollen? Ich meine, die sind ziemlich unternehmungslustig, wie Du weißt."

"Sie werden!", sagte ich ein wenig grimmig, "So wie die Dinge liegen, kann es jetzt jederzeit einmal ernsthaften Ärger geben, und da will ich nicht auch noch auf die zwei aufpassen müssen."

"Hast ja recht, aber das kann ein verdammt hartes Stück Arbeit werden, ihnen das beizubringen."

"Der Boss wird mir helfen."

"Na dann. Tja ..., dann reite ich jetzt raus zu John. Oder wird´s was heute Nacht?"

"Wir treffen uns."

Slim nickte - und dann lächelte er unternehmungslustig.

"Okay."

Also machten wir uns eben einen Treffpunkt aus und danach ritt Slim los.

-*-

In der Tanzscheune herrschte Hochbetrieb, als wir eintraten, und der Geräuschpegel war erheblich vom Lachen und Reden der zahlreichen Anwesenden und dazu spielte im Hintergrund gerade die Musik auf, also wurde auch schon fleißig getanzt.

Es war wieder einmal so weit: Tanzabend!

Mein Blick überflog den Raum, aber keine Spur von Dalton oder Harding und ihren Männern. Aber die würden sicher noch auftauchen und ich war neugierig, ob sie irgendwie was sagen würden.

Dafür entdeckte ich Alex an einem der Tische, wohl mit ein paar Freunden. Nun das war ja auch nicht anders zu erwarten gewesen, aber irgendwie nervte mich der Bursche ein wenig.

Nun, da war aber natürlich nichts zu machen.

Wir fanden Platz an zwei Tischen, wo schon Familie Trent Platz genommen hatte, sowie ein zweites Ehepaar, wohl Freunde von ihnen.

Am Ende der einen Bank schubste ich Sarah mit sanftem Druck hinein und setzte mich neben sie.

Sie sah mich irgendwie verstehend an und lächelte,

"Du willst wohl auf mich aufpassen?", sagte sie.

"Unsinn."

"Wieso? Ich versteh das schon. Schließlich und endlich bin ich Deine Braut ... zumindest für Harding wieder, wenn er kommt."

"Und der kommt ganz bestimmt."

"Ja, das allerdings. Aber ... das mit dem Küssen lassen wir heute."

"Wenn es sich vermeiden lässt."

"Dann mach eben, dass es sich vermeiden lässt. Du bist der Mann, der alles kann."

Gegenüber von uns nahmen Mr. und Mrs. Lovecroft Platz.

Mingus und Jonathan gingen mit Tom los, um Getränke zu holen. Tom allerdings, der es geschafft hatte, am zweiten Tisch neben seiner Mary-Ann Platz zu finden, hatte zwar keine rechte Lust, aber Jonathan war unerbittlich.

Ich meine, Tom befürchtete natürlich, dass ihm wer Mary-Ann zum Tanzen entführte, während er weg war.

Ich dagegen hatte diesen Alex im Auge, der sich tatsächlich bald erhob, sobald er uns entdeckt hatte. Zielstrebig steuerte er unseren Tisch an, da wandte ich mich an Sarah:

"Tanzen wir?", fragte ich.

Nun, natürlich ging sie gerne mit, Frauen und Mädchen tanzen ja fast immer gerne.

Mit einer gewissen Genugtuung sah ich, wie sich Enttäuschung im Gesicht von Alex breit machte. Nun, das war ja gewissermaßen auch Sinn und Zweck meines kleinen Manövers gewesen. Zugegeben, das Ganze war irgendwie ein wenig kindisch, aber es gibt Momente, da kann auch ein erwachsener Mann solchen Versuchungen nicht widerstehen.

Und Alex würde an diesem Abend schon noch oft genug zum Zug kommen.

Und Harding?

Ich war neugierig, ob es diesmal wieder Ärger geben würde mit ihm und den Burschen von der Dalton-Ranch. Einige von denen waren ja auch schon da.

Immerhin hatten wir diesmal auf das Spielchen mit unseren Schießeisen verzichtet. Aber ich war eigentlich überzeugt, mit Harding auch so fertig werden zu können, zumal diesmal auch Gus, Slim und John mitmischen würden.

Ja, wir waren alle da. Ich hatte meinen genialen Plan dahingehend abgeändert, dass wir alle nach Saxonville geritten waren - damit die Viehdiebe wirklich überzeugt waren, dass wir alle weg waren, wenn sie die Ranch vielleicht beobachteten.

Dafür würde ich mit Slim, Gus und John schon mit Einbruch der Dämmerung aufbrechen und nach diesen Rindern sehen, die wir, gewissermaßen ja für die Viehdiebe, zusammengetrieben hatten.

Natürlich konnte es sein, dass sie in der Zwischenzeit zugeschlagen hatten. Aber die würden wir dann schon kriegen. Wir hatten schnelle Pferde und mit der Herde kamen sie nicht so schnell voran. Natürlich mussten wir darauf achten, dass sie uns nicht irgendwo auflauerten, wenn sie merkten, dass sie verfolgt wurden.

Aber im Augenblick war ich ja damit beschäftigt, Sarah zur Tanzfläche zu führen. Ich glaube, ich hab´s schon einmal gesagt: Ich war kein großer Tänzer vor dem Herrn und das bin ich bis heute nicht, trotzdem tanzte ich drei oder vier Nummern mit ihr - nicht ohne mich dabei unter den anderen Paaren umzusehen.

Und da fielen mir unter anderem Gus, Slim und Tom auf, die ganze Mannschaft war jetzt auf der Tanzfläche sozusagen. Das Mädchen, mit dem Gus tanzte, kannte ich nicht. Slim aber tanzte mit Suzanne und Tom ..., ja der tanzte mit seiner neuen Flamme Mary-Ann.

"Tom und Mary-Ann!", sagte ich zu Sarah.

"Ja, genau: Tom und Mary-Ann."

"Sagt sie irgendwas ... über ihn? Ich meine, interessiert er sie überhaupt irgendwie?

"Schwer zu sagen. Ich meine, irgendwie gefällt es ihr wohl, einen Verehrer zu haben, aber ihre Schwestern ziehen sie gerne ein wenig auf deswegen. Aber ich habe das Gefühl, da denkt sie sich eher: Jetzt erst recht!"

"Na, dann ist das wohl ja richtig ein Glück für Tom."

"Sieht so aus. Und außerdem ..."

"Dalton kommt.", unterbrach sie sich da aber plötzlich.

Und da sah ich ihn auch schon selber, in Begleitung von Harding natürlich und noch drei Männern stand er bei dem großen Tor und schaute sich um - unter anderem nach mir natürlich und schon begegneten sich für einen Augenblick unsere Blicke. Auch Harding schaute jetzt zu uns her - vielleicht hatte Dalton ihn aufmerksam gemacht.

"Komm! Setzen wir uns wieder", sagte ich dann zu Sarah, als die Nummer zu Ende war.

Zurück am Tisch fand ich vor meinem Platz ein kühles, beschlagenes Glas Bier vor und für Sarah gab es natürlich ein Glas Limonade.

"Einen Schluck Bier?", fragte ich, als wir uns gesetzt hatten, weil ich mich an das letzte Mal erinnerte.

"Unbedingt", sagte sie - und schon griff sie nach meinem Glas und machte einen Schluck, der sowieso nicht der Rede wert war - aber es gibt eben nichts besseres, wenn man erhitzt ist.

Da sah ich Alex, wie er sich durch die Tische zwängte.

"Sarah, Dein Schatz kommt", machte ich sie daher auf ihn aufmerksam.

Sie sah kurz in die Richtung, in die ich deutete, und stellte dabei fest:

"Er ist nicht mein Schatz", korrigierte sich mich geduldig, "Obwohl ..."

"Obwohl was?"

"Er hätte Geld. Eigentlich sollte ich ihn heiraten."

"Solltest Du wohl ..., wenn er wirklich Geld hat."

"Hat er. Aber ... würde es Dich stören, wenn ...?"

"Wenn Du ihn heiratest? Warum sollte es?"

"Eben. Warum sollte es? Aber ... es hätte ja sein können."

"Sicher! Aber ... es stört mich eben nicht." Und in diesem Augenblick wurde mir bewusst, dass ich eben gelogen hatte, weil ich nämlich merkte, dass mich die Vorstellung, dass Sarah diesen Affen heiraten konnte, mich doch ... irgendwie .... ein wenig störte."

"Unsinn!", brummte ich halblaut vor mich hin - aber Sarah hatte es doch gehört.

"Was ist Unsinn?", fragte sie.

"Ach nichts. Mir ist nur eben was eingefallen."

Ich sah zu Mr. und Mrs. Lovecroft, die unseren kleinen Disput natürlich verfolgt hatten - Mrs. Lovecroft lächelte, Mr. Lovecroft dagegen schaute mit ein leicht hochgezogenen Augenbrauen ein wenig skeptisch."

"Und was sagen Sie, Mrs Lovecroft?", fragte ich.

"Ich? Wegen Alex? Ach Gott, das ist doch ..."

Weiter kam sie aber nicht, denn plötzlich fragte hinter den beiden eine Stimme:

"Kann ich mich kurz zu Euch setzen?"

Und diese Stimme gehörte niemand geringerem als Mr. Dalton höchstpersönlich.

Ich hatte ihn kommen gesehen, und so war ich nicht überrascht.

Mr. und Mrs. Lovecroft natürlich sehr wohl - und erst recht, als sie sich umwandten und sahen, wer da hinter ihnen stand.

Mr. Lovecrofts Miene verfinsterte sich. Er sagte nichts, aber sie rückten doch ein wenig zur Seite und Dalton setzte sich.

"Eigentlich wollte ich ja mit Ihrem famosen Vormann reden", sagte er.

"Wenn Sie meinen", erwiderte Mr. Lovecroft schulterzuckend und deutete auf mich.

Dalton wandte sich zu mir, betrachtete mich forschend, vielleicht um in meiner Miene zu lesen,

"Ich hätte sie gerne etwas gefragt, Mr. Mohenny.", begann er.

"Nämlich?"

"Ist das Ihre Schrift?", fragte er, langte dabei ins Innere seiner Jacke und zauberte dann ein zusammen gefaltetes Papier hervor, das ich nur zu gut kannte, entfaltete es und legte es vor mir auf den Tisch.

"Ist es.", sagte ich, ohne es anzusehen, denn ich kannte es ja, "Nur die Unterschrift da rechts unten nicht, die ist von Mr. Maddock."

Mr. Lovecroft hatte das Papier an sich gezogen und umgedreht.

"Wir waren hier.", las er dann halblaut, "William Mohenny, Slim Maddock."

Dann hob er den Kopf und schaute mich fragend an.

Dalton aber erklärte:

"Das lag heute Morgen auf unserem Esstisch, als wir uns zum Frühstück setzten."

Und jetzt schaute auch er mich fragend an.

"Natürlich. Wir haben ´s ja dort hingelegt", beantwortete ich die, an und für sich nicht gestellte, Frage, wie es da hingekommen war. Natürlich war diese Antwort nicht ganz korrekt, da Slim das ja alleine erledigt hatte, aber ich wollte die Sache nicht komplizieren.

Dalton nickte bedächtig und sagte dann:

"Mr. Mohenny, ich hoffe, sie wissen, was passieren kann, wenn man einen Bogen überspannt."

"Ich kann raten", erwiderte ich. "Ich bin keine Rothaut, mit Bogen kenn´ ich mich nicht aus. Revolver und Gewehre ja, aber nicht mit Bogen."

"Denken Sie jedenfalls darüber nach", forderte Dalton mich auf.

"Ganz bestimmt tu ich das", versicherte ich ihm etwas ironisch.

Dalton nickte und wir schauten uns einige Augenblicke lang wortlos in die Augen, dann erhob Dalton sich plötzlich,

"Mr. Lovecroft, sie sollten mit Ihrem Vormann", er betonte das letzte Wort ein wenig extra, "einmal ein ernstes Wort reden über bestimmte Dinge".

"Ganz bestimmt tu ich das", versicherte ihm Mr. Lovecroft - sichtlich bewusst mit genau meinen Worten eben.

Dalton nickte und verzog den Mund,

"Na dann!", sagte er nur und setzte nach einem Augenblick hinzu:

"So long."

Und dann ging er eben.

"So long", sagten wir noch hinter ihm, während er losmarschierte.

Mr. Lovecroft legte den Kopf schief und studierte kurz mein Gesicht. Dann deutete er auf das Papier, das noch immer vor ihm lag.

"Was ist damit?", fragte er.

"Ach nichts", antwortete ich, "ich wollte nur, dass er weiß, dass es kein Loch gibt, in das er sich verkriechen kann, ohne dass ich ihn dort nicht finde."

"Verstehe. Nun ja, das ... das kann natürlich tatsächlich nicht schaden. Andererseits ..."

"Mr. Lovecroft, die Sache muss irgendwie zu einem Ende kommen. Dalton muss einfach das Gefühl haben, dass diese Kartoffeln zu heiß sind für ihn."

"Oder er lässt es doch auf einen großen Angriff an-kommen. Oder er lässt Sie aus dem Hinterhalt er-schießen. Davor sind auch Sie nicht gewappnet. Und Sie sind die heißeste Kartoffel."

"Unsinn! Nehmen Sie Slim und John, oder ..."

Mr. Mohenny!", unterbrach mich Lovecroft, "es kommt hier nicht darauf an, dass Sie vielleicht schneller schießen, oder dass Sie vielleicht sogar ei-nen Mann wie Harding schlagen können und sonst dergleichen. Die Sache ist vielmehr die, dass ich noch immer alleine wäre mit Gus, wenn der nicht über-haupt auch noch das Handtuch geworfen hätte. Durch Sie ist einfach alles anders geworden, das ist alles. Wenn Dalton Sie ausschalten kann, wird hier bald wieder alles beim Alten sein. Ich weiß auch nicht, woran es liegt, aber ..."

"Unsinn! Und außerdem: So leicht bin ich nicht auszuschalten."

Mr. Lovecroft seufzte,

"Ihr Wort in Gottes Ohr", sagte er.

"Meinetwegen, aber lassen wir das. Was macht denn Sarah? Ich meine, wenn Harding sie in den Fän-gen hat ..."

"Hat er", sagte da Mrs. Lovecroft.

"Dann werde ich sie jetzt erlösen."

"Tun Sie das. Das ist wirklich kein angenehmer Mensch."

Also tat ich es auch.

Harding machte schmale Augen, als ich ihm dann erklärte, dass ich jetzt wieder einmal mit meiner Braut tanzen wolle, aber er war friedlich - abgesehen davon, dass er es nicht lassen konnte, mir zu drohen;

"Tanz Du nur, so lange Du noch kannst, Mohenny, denn Du wirst sowieso bald Ärger kriegen. Und das nicht zu knapp. Und Du weißt warum."

"Na, wenn Du es sagst", erwiderte ich ein wenig spöttisch. "Seht nur zu, dass es nicht wieder in die Hose geht."

"Warten wir ´s ab", schlug er daraufhin vor, aber da entführte ich ihm auch schon Sarah.

Kaum zu glauben, dass es schon wieder vier Wochen her war, dass ich das das erste Mal gemacht hatte, dachte ich dabei. Dabei war eigentlich einiges geschehen in dieser Zeit.

Als wir dann beim ersten Tanz waren, erinnerte mich Sarah:

"Du vergisst aber nicht, dass ich nicht wirklich Deine Braut bin?"

"Es ist ohne Kuss abgegangen. Was willst Du mehr?"

"Nun ja, ich wollte Dich eben noch einmal erinnern."

"Na schön, das wär´ aber jetzt erledigt, oder?"

"Ist es, aber ... warum wirst Du denn eigentlich Ärger kriegen?"

"Ach Gott, nichts von Bedeutung. Ich glaube Slim und ich sind ihnen ein wenig auf die Zehen gestiegen."

"Slim und Du? Also, irgendwie ... Slim und Du ..."

"Er hat was drauf. Es ist fast so wie früher mit Phil."

"Und er sieht verdammt gut aus", fügte Sarah hinzu.

"Na, wenn Du es sagst. Aber ... Du vergisst nicht, dass Du schon Deinen Alex hast?"

"Aber sicher. Der sieht auch ganz gut aus ... und er hat Geld. Er ist eindeutig meine erste Wahl. Wenn es irgendwie geht, werde ich ihn nehmen."

"Verstehe."

"Das klingt aber nicht sehr begeistert."

"Das ist Deine Sache, mir kann es ja egal sein."

"Ja, das kann es."

Sie schwieg kurz.

"Auf welche Zehe seid Ihr ihnen denn gestiegen?", fragte sie dann.

"Also das war so: ..."

Und dann erzählte ich Sarah eben kurz, wie wir Dalton und Harding letzte Nacht noch einmal auf die Zehen gestiegen waren.

Wir tanzten noch eine Weile, dann führte ich Sarah zurück.

"Slim, Gus und ich, wir werden uns dann auf den Weg machen. Dann kannst Du mit Deinem Alex herumtanzen."

"Er ist nicht Mein Alex!", korrigierte mich Sarah sanft aber bestimmt. "Noch nicht."

"Ja, ja, ich weiß, aber ..."

"Kein Aber! und jetzt komm!"

Wenig später waren wir unterwegs. In einem leichten Trab ging es auf der Mainstreet von Saxonville dahin und irgendwie ging mir dabei das Gespräch mit Sarah durch den Sinn - oder genauer der Satz: Ich hoffe, du vergisst nicht, dass ich nicht wirklich deine Braut bin.

Ich meine, das hatte sie ja schon oft genug gesagt, aber irgendwie beschäftigten mich diese Worte heute während des Rittes eine Zeit lang.

Aber irgendwann drängten sich dann doch wieder andere Gedanken in den Vordergrund.

Nachdem wir Saxonville hinter uns gelassen hatten, jagten wir in einem tüchtigen Galopp dahin.

Aber es zeigte sich, dass wir unsere Pferde umsonst so gefordert hatten.

Denn es war absolut nichts geschehen bis dahin ..., keine Spur von den Viehdieben.

"Also, um ganz ehrlich zu sein, allzu viel hab´ ich von deinem großartigen Plan sowieso nicht gehalten", erklärte John dazu.

"Es war immerhin ein Versuch", verteidigte ich meinen scheinbar doch nicht so großartigen Plan.

"Als Versuch war es ja in Ordnung", stellte Slim mit einem leichten Grinsen fest. "Aber als Plan ..."

"Schon gut,", beendete ich die Diskussion. "Dann war es eben ein Flop."

"Und was jetzt?", fragte Jonathan.

"Wir treiben die Herde zur Bahnstation. John und Jonathan, ihr reitet am Morgen zur Ranch und beladet zwei Packpferde. Ich glaube, das sollte für uns reichen."

Ich schaute in die Runde, aber keiner hatte irgendwelche Einwände.

Als die beiden dann am Morgen bereit waren, los zu reiten, hielt ich Jonathans Pferd noch einmal an den Zügeln fest und sagte:

"Und auf keinen Fall bringt ihr die Mädchen mit! Und wenn sie euch auf den Knien anflehen."

"Also, ob wir das hinkriegen ...?", erwiderte Jonathan ein wenig skeptisch.

"Es ist mit dem Boss so ausgemacht. Und der kriegt das schon hin."

"Ja, der vielleicht schon."

Und dann ritten die zwei eben los.

Slim aber kam grinsend heran.

"Da werden die zwei aber ganz schön sauer sein", stellte er fest.

"Werden sie, aber bis wir zurück sind, haben sie das sicher längst vergessen."

"Ich wünsch es Dir, aber wetten würd´ ich nicht drauf."

_*_

Wir waren nicht ganz überrascht, als der erste Schuss fiel, dem Augenblicke später eine ganze Salve weiterer folgte.

Das war am Morgen des nächsten Tages, es war noch etwas kühl von der Nacht und wir waren noch nicht lange unterwegs.

Slim, der, gewissermaßen als Vorhut, voran geritten war, hatte plötzlich einen Warnschrei ausgestoßen, und wohl jeder von uns zog augenblicklich unwillkürlich den Kopf ein und beugte sich über den Hals seines Pferdes. Diesem Warnschrei war es daher sicher unter anderem auch zu verdanken, dass diese ersten Schüsse keinen größeren Schaden anrichteten.

Irgendetwas musste Slim aufgefallen sein, aber jetzt war natürlich nicht die richtige Zeit, darüber nachzudenken, denn in rascher Folge folgten weitere Schüsse und jeder musste jetzt selber wissen, was er tun sollte oder konnte.

Die meisten Schüsse kamen von rechts, wo sich auf einer flachen Kuppe eine lange Felsklippe hinzog, umgeben von dichtem Buschwerk und sogar ein einsamer Baum ragte dort in die Höhe.

Ich jagte also da hinauf und hing mich dabei an die Seite meines Pferdes, wie es vor allem viele Rothäute tun zum Beispiel die Apachen.

Ich hörte jede Menge Schüsse, von denen wohl einige auch mir galten, aber schnell hatte mein Brauner die freie Fläche überquert und dann ließ ich mich vom Pferd fallen, rollte kurz dahin, verschwand dann in dem Gebüsch vor mir und zog dabei meinen Colt.

Dann lauschte ich - doch jetzt verstummten auch die Schüsse in meiner Nähe. Die Schützen wollten ihren Standort nicht verraten. Die wussten natürlich genau, dass ich sie jetzt suchen würde - und sie mich wohl auch.

Vorsichtig arbeitete ich mich durch das, zum Glück stellenweise nicht so dichte Buschwerk, empor bis zu dieser Felsenklippe. Sie war ziemlich zerklüftet und vielleicht bis zu zwanzig vielleicht sogar dreißig Meter hoch.

Unmittelbar unter den Felsen war das Buschwerk lichter und man konnte hier gut vorankommen.

Aber meine Idee war eigentlich, die Felsen hinauf zu klettern, wo ich einen besseren Überblick haben würde.

Doch wie ich noch stand und kurz überlegte war da plötzlich links irgendwo ein Geräusch, was mich augenblicklich nach meinem Schießeisen greifen ließ. Und keinen Augenblick zu früh, denn da tauchten auch schon, nur ein paar Schritte entfernt, jeder eine Winchester schussbereit in den Händen, zwei von den Burschen auf.

Sie schauten einen Augenblick überrascht, "Verdammt!" entfuhr es dem einen, als sie auch schon ihre Gewehre heben wollten - doch da trafen sie auch schon meine Kugeln.

Die beiden fielen, die Schüsse verhallten - und dann war einen Augenblick Stille.

"Sehr zufriedenstellend", stellte ich halblaut fest.

Während ich die beiden noch aufmerksam betrachtete, rief unten wer zwei Namen.

Doch niemand antwortete, also waren das wohl die beiden gewesen.

Während ich lauschte, lud ich nach.

Dann sah ich noch einmal nach den beiden und da stachen mir die Gewehre der Beiden in die Augen - die konnte ich da oben vielleicht gebrauchen, meines steckte ja im Scabbard an meinem Braunen.

Also nahm ich sie an mich, wie auch ihre Patronengurte.

Und dann kletterte ich eben endlich die Klippe hoch in einer Art Rinne zwischen zwei mächtigen Gesteinspaketen. die irgendwie gegeneinander verschoben waren.

Die Rinne war steil und glatt und wenigstens sechs Meter hoch. Ich hatte einige Mühe, da hinauf zu kommen, zumal ich ja die beiden Gewehre auch dabeihatte.

Immerhin hörte ich noch immer Schüsse, was ja eigentlich ein gutes Zeichen war.

Nun, nach etlichen Flüchen hatte ich es dann aber endlich doch geschafft.

Allerdings wurde es da oben nicht besser. Der felsige Untergrund war zerklüftet, sodass man kaum gehen konnte, und außerdem wucherte da oben jede Menge eines verdammt dornigen Zeuges.

Es half nichts, da musste ich durch, wenn ich so weit vorkommen wollte, dass ich sehen konnte, was unten los war.

Also fluchte ich weiter und zwängte mich dabei durch dieses dornige Buschwerk, was mir noch so manchen blutigen Kratzer eintrug - aber dann hatte ich es endlich doch geschafft.

Ich kniete hinter einem etwa schulterhohen Felsen, nahm nun meinen Hut ab und schob vorsichtig den Kopf weiter vor, bis ich einigermaßen was sehen konnte.

Und ich hörte immer noch Schüsse.

Unter mir erstreckte sich dichtes Gebüsch, das dann in den leicht abfallenden grasbewachsenen Hang überging.Und dort la ein totes Pferd, das einem Mann dahinter Deckung gab, wohl sein Reiter. Er feuerte irgendwo in Richtung der Gebüsche.

Weiter halbrechts schien der Hang, in einen Graben abzufallen - und auch von dort kamen Schüsse.

Hatten dort die anderen Deckung gefunden?

Das tote Pferd gehörte jedenfalls John, wenn ich recht sah.

Nur ein Mann war deutlich zu sehen - er kniete hinter dem einen einzigen Baum, der sich unten am Rand des Buschwerkes erhob und feuerte in Richtung des toten Pferdes, wenn ich das richtig sah.

Nun, das würde er nicht mehr lange tun.

Ich hob das Gewehr, zielte kurz und drückte ab, zweimal hebelte ich dann eine weitere Patrone in den

Lauf und feuerte - da hörte der Bursche da unten auf, zu schießen, und sackte langsam zur Seite.

"Sehr zufriedenstellend", murmelte ich.

Ich meine, immerhin hatte ich jetzt schon drei von diesen verdammten Halunken ausgeschaltet, die uns hier aufgelauert hatten.

Von den anderen war allerdings nichts zu sehen, sie mussten aber wohl irgendwo da vorne am Rand des Buschwerks stecken, nach ihren Schüssen hatte ich auch eine Ahnung, wo ungefähr.

Nun, ich hatte zwei Gewehre und genügend Munition.

Ich nahm also eines der Gewehre und feuerte das Magazin leer, wobei ich eben den Bereich überstrich, wo ich sie vermutete.

Ein Schrei ertönte, begleitet von einem Fluch.

"Sehr zufriedenstellend", murmelte ich.

Das war zwar eben kein Todesschrei gewesen, aber dem Fluch nach zu urteilen, vermutete ich, dass ich einen zumindest ein wenig angekratzt hatte - und er verriet mir etwas genauer, wo der Bursche steckte.

Da erreichte mich von unten leise ein Ruf:

"He! Bill!" Das musste wohl Slim gewesen sein, oder Gus ..., oder natürlich auch Jonathan.

"Bin da!", rief ich zurück.

"Mach das noch einmal!", verlangte die Stimme.

"Gleich!"

Sie hatten wohl einen Angriff vor und ich sollte dazu die Burschen da unten ein wenig in Schach halten.

Das konnten sie haben. Ich war sowieso schon dabei, die leer geschossene Winchester wieder nachzuladen und ich hatte ja noch eine zweite.

Wenig später war ich so weit.

"Jetzt!", rief ich und eröffnete das Feuer.

Augenblicke später tauchten aus dem Graben drei Männer auf und liefen, wild aus ihren Colts feuernd, rechts auf das Buschwerk zu.

Einer von ihnen feuerte aus zwei Colts - das konnte nur Slim sein.

Sie hatten eine freie Fläche von vielleicht knapp hundert Metern zu überwinden. Das ist nicht viel, ein paar Sekunden laufen nur. Aber wenn man dabei unter Feuer genommen wird, sieht die Sache natürlich anders aus.

Nun, als ich die Winchester leer geschossen hatte, griff ich zur zweiten, und dann erreichten sie endlich auch ihr Ziel, zumindest ohne, dass einer von ihnen gefallen wäre, und verschwanden dann in den Sträuchern.

Sie würden jetzt versuchen, ihre Angreifer zu stellen, die ich weiter unter Feuer nahm.

Dann war auch die zweite Winchester leer geschossen und ich begann, sie in aller Eile nachzuladen.

Da bemerkte ich unten Bewegung im Gestrüpp, sah auch kurz zwei Gestalten - und begriff nach einigen Augenblicken: Die versuchten abzuhauen!

"He! Sie hau´n ab!", rief ich also hinunter.

"Okay!", hörte ich eine Antwort.

Wenig später hörte ich ein paar Schüsse und noch etwas später trommelnde Pferdehufe. Wenigstens einer von diesen verdammten Schweinen hatte es also geschafft.

Aber da war ich schon dabei, mich umzusehen, ob ich die Klippe irgendwo hinunter klettern konnte. Sie war zwar steil aber auch sehr zerklüftet und bald hatte ich mir einen Weg zurechtgelegt, wo ich meinen Abstieg schaffen konnte. Was tatsächlich auch gelang, ohne dass ich mir den Hals dabei gebrochen hätte.

Ich arbeitete mich durch die Botanik und dann sah, ich, dass sie alle bei dem toten Pferd waren.

Es war tatsächlich Johns Pferd - es hatte aber auch John selbst erwischt.

Slim kniete neben ihm. Sie hatten ihm die Jacke und das Hemd auf gemacht und das blutdurchtränkte Unterhemd aufgeschnitten - und jetzt sah man die Bescherung: Es hatte John sogar ziemlich übel erwischt, denn er hatte eine Kugel in der Brust.

Sie hatte zwar offensichtlich das Herz verfehlt, aber sie steckte noch in der Wunde.

"John! Alter Kumpel!", sagte Slim.

"Halb so schlimm", ächzte John, obwohl er natürlich genau wusste, dass es verdammt schlimm war. Er musste dringend zum Arzt.

"Jonathan! Hol die Pferde!", wandte ich mich an Jonathan, "Da haben wir sicher wo Verbandszeug."

Jonathan sprang auf und lief hinüber zum Graben.

"Habt Ihr noch Whiskey?", fragte ich Slim.

"Haben wir."

"Gut."

Ich überlegte kurz, dann wandte ich mich an Gus:

"Könntest Du John mit Jonathan nach Saxonville zum Arzt schaffen? Du kennst Dich hier am besten aus. Oder gibt´s wo näher einen?"

"Nein, das ist schon der nächste Doc, den wir finden können, Ist zwar ein verdammt weiter Weg, aber es hilft nichts, aber ... ich meine, ich weiß nicht, ob Du ´s schon gemerkt hast, aber du hast auch was abgekriegt." Und bei diesen Worten wies Gus auf mein linkes Bein.

Nun, es war nicht so, dass ich ´s nicht gemerkt hatte, denn es schmerzte, und das nicht zu knapp, aber ich hatte es bis jetzt ignoriert. Aber jetzt, wo Gus es sagte, spürte ich es augenblicklich wieder. Und als ich nach meinem Bein sah, erwies sich meine Hose im Bereich des Oberschenkels als total blutdurchtränkt.

"Das ist schon mehr als ein Kratzer", stellte Gus fest. "Lass die Hosen runter, damit wir uns die Sache ansehen, bis Jonathan kommt. Das muss sowieso auch verbunden werden.

Ich legte also meinen Gurt ab und ließ eben meine Hosen hinunter, damit wir die Sache in Augenschein nehmen konnten. Und da zeigt sich, dass eine Kugel meinen linken Oberschenkel offensichtlich glatt durchschlagen hatte.

"Die Kugel muss noch in deinem Sattel stecken", konstatierte Slim schulterzuckend.

Und jetzt erinnerte ich mich auch, dass ich gleich anfangs, bald nachdem die Schießerei los gegangen war, hier einen Schlag verspürt hatte, den ich aber nicht beachtet hatte.

Dann tauchte endlich Jonathan mit den Pferden auf. Er hatte auch meines gleich gesucht und auch gefunden. Außerdem hatte er zwei Pferde entdeckt, die nicht uns gehörten, wohl also den Toten, die es ja auch geben musste.

Nun, wie auch immer, danach verbanden wir eben alles, was zu verbinden war, nachdem wir reichlich Whiskey auf die Wunden gegossen hatten. Auf meine Kugellöcher schmierte ich außerdem einiges von einer Wundsalbe, die mir Luise seinerzeit neben ihrem famosen Seelentröster aufgeschwatzt hatte, als ich mich im Generalstore mit Vorräten eingedeckt hatte.

"Das Zeug hast Du von Luise?", fragte Jonathan, nachdem er kurz daran gerochen und dann die kleine Dose wieder verschlossen hatte, "Du musst ziemlichen Eindruck gemacht haben auf sie. Fragt sich nur wieso? An Deiner Schönheit kann es ja wohl nicht liegen."

"Idiot!", knurrte ich, "Such lieber alle zusammen, die hier so herum liegen. Wenigstens drei gehen ja schon auf mein Konto."

"Na meinetwegen. Slim hat auch wenigstens einen erwischt."

Mehr als vier waren es dann auch nicht, die Jonathan anschleppte.

"Wenigstens einen muss es aber ganz schön erwischt haben

Zwei von ihnen erkannte ich wieder, sie waren am Teich dabei gewesen.

Von einem dritten meinte Slim, dass er einmal für Dalton gearbeitet hätte.

"Was machen wir mit ihnen?", fragte Jonathan.

"Wir müssen sie liegen lassen, Wir haben jetzt absolut keine Zeit, sie einzubuddeln."

"Was geschieht jetzt eigentlich?", forschte Jonathan weiter.

"Du bringst mit Gus John zum Doc nach Saxonville. Ihr könnt ja für ihn eins von den zwei Pferden
da nehmen."

Ich deutete dabei auf die zwei Beutepferde, die er
entdeckt hatte."

"Und Du?"

"Slim und ich, wir reiten zurück zur Ranch. Irgendwie werde ich das verdammte Gefühl nicht los,
dass es da heute irgendwie Ärger geben könnte."

"Ich möchte auch mit", wandte da Jonathan ein.
"Ich glaube, Gus schafft es auch alleine, John zum
Doc zu schaffen."

"Oder?", wandte er sich dann fragend an Gus.

Der zuckte mit den Schultern. "Wenn Ihr mir helft,
ihn in den Sattel zu kriegen."

Zehn Minuten später oder so jagte ich dann tatsächlich mit Slim und Jonathan zurück zur Ranch. Ich
hatte wirklich ein flaues Gefühl im Magen. Es waren
ja nur Mingus und Mr. Lovecroft dort zurückgeblieben. Natürlich, die Mädchen hatten auch ihren
Henry-Karabiner, aber das beruhigte mich auch nicht
sehr. Und richtig, dann war da ja auch noch Tom,
aber auch das machte die Sache nicht besser.

Obwohl wir versuchten, aus unseren Pferden alles
heraus zu holen, mussten wir kurz ein Nachtlager
aufschlagen. Aber schon im ersten Morgengrauen

machte ich mich daran, das kleine Lagerfeuer wieder anzufachen und Kaffee zu kochen. Und bald ging es weiter. Es war später Vormittag, als wir endlich in die Nähe der Ranch kamen.

Und dann tauchte plötzlich, wie aus dem Nichts, Tom auf.

Er war hier irgendwo verborgen gewesen und lief uns plötzlich entgegen.

"Endlich! Da seid Ihr ja!", rief er dabei. Das hatte nichts Gutes zu bedeuten, das war klar.

Wir hielten an und er war ziemlich außer Atem, als er bei uns war.

Ich sprang aus dem Sattel und fragte:

"Was ist los?"

"Durst!", sagte er aber zunächst nur statt einer Antwort.

Also gab ich ihm meine Feldflasche und er trank in gierigen Zügen. Offensichtlich saß er schon längere Zeit wirklich auf dem Trockenen.

"Also, was ist los?", fragte ich dann noch einmal.

"Sie haben die Ranch überfallen", sagte er darauf endlich aufgeregt.

"Die Ranch?", wiederholte ich und holte tief Luft. "Dalton?"

"Dalton, Harding und ein ganzer Haufen Männer."

"Verdammt!", fluchte ich und schloss kurz die Augen.

"Und? Was ist geschehen?", fragte ich dann weiter.

"Mingus hat versucht, zu schießen. Er hat eine Kugel in die Schulter abgekriegt. Sonst ist jedenfalls niemand verletzt, glaub ich."

"Und Du, Wo warst Du?", fragte Jonathan.

"Ich war zufällig gerade in der Scheune. Ich hab´ mich dann von hinten ins Haus geschlichen, um zu sehen, was passiert."

"Gut gemacht", lobte ihn Jonathan.

Ich aber fragte:

"Und was ist passiert?"

"Sie haben Mr. Lovecroft gezwungen, einen Kaufvertrag zu unterschreiben."

"Sie haben wohl gedroht, Mrs. Lovecroft zu erschießen?"

"Harding hat ihr ein Messer an die Kehle gesetzt. Sie hat zwar immer wieder gesagt, er soll es nicht tun, aber ..."

"Aber er hat es doch getan ..., nehm ich an?"

"So ist es."

"Und weiter?", fragte Slim.

"Heute Morgen hat sich Dalton mit einem zweiten Mann auf den Weg gemacht. Ich glaube, er will die

Ranch und das Land so schnell wie möglich auf seinen Namen eintragen lassen."

"Natürlich", brummte Slim, "Der macht jetzt Nägel mit Köpfen."

"Und Harding hat mit den anderen Mrs. Lovecroft und die Mädchen fortgeschafft."

"Aber du weißt natürlich nicht, wohin?"

"Leider."

"Nun ja, wahrscheinlich auf die Dalton-Ranch", meinte ich und überlegte kurz.

"Das heißt, man müsste erstens hinter Dalton her", begann ich laut nachzudenken, "vielleicht kann man ihn noch rechtzeitig einholen ..."

"Und zweitens müsste man hinter Harding her", spann Slim meine Überlegungen weiter, "da er die Mädchen hat ..., und vor allem Sarah ...."

"Ja genau. dass er ausgerechnet auch Sarah hat ..." und in diesem Augenblick wurde mir klar, dass Slim gewissermaßen meinetwegen gerade diesen Namen extra erwähnt hatte. "Du vergisst aber nicht, dass sie nicht wirklich Deine Braut ist?", konnte sich Slim es fich nun auch nicht verkneifen, zu bemerken.

"Nicht das jetzt!", murrte ich. "Aber nachdem er gerade auf sie so scharf ist ..."

"Ja, ja, natürlich. Das ist das Problem."

"Er könnte auf dumme Ideen kommen", knirschte ich jetzt allmählich ein wenig wütend werdend.

"Also, ich glaube, auf die ist er schon lange gekommen. Die Frage ist nur, was er sich traut."

"Verdammt! Ich schneid ihn in kleine Stücke, wenn er ihr was tut., knirschte ich jetzt wirklich wütend, dann schaute ich Slim an und setzte hinzu:

"Und sag jetzt nichts von wegen, dass sie ..."

"... dass sie nicht Deine Braut ist? Aber wo werd´ ich denn ...?"

Und bei den letzten Worten hob Slim zu einer verneinenden Geste beide Hände.

"Na dann", knurrte ich.

"Ich könnte ja hinter Dalton her", meldete sich da plötzlich Jonathan zu Wort.

"Du!", sagten darauf Slim und ich fast unisono.

"Sicher. Wenn Du mir Dein Pferd gibst, Bill. Ich meine, ich glaube, es ist das schnellste. Und Deine Sharps hast Du ja auch noch dabei. Da muss ich nicht viel riskieren."

Tatsächlich schleppte ich noch immer meine Sharps mit mir herum, seit ich sie vom Dachboden geholt hatte. Etliche Male hatte ich mir schon vorgenommen, sie wieder auf den Dachboden zu schaffen, doch hatte ich bisher immer im falschen Augenblick daran gedacht.

Ich schaute fragend zu Slim und der meinte schulterzuckend:

„Was soll schon sein? Er ist ein alter Hase. Er hätte ein schnelles Pferd und ein gutes Gewehr. Also. wenn er mit einer Sharps umgehen kann ..."

"Hör mal Du junger Hüpfer!", erwiderte Jonathan darauf mit einem mitleidigen Blick, "als ich das erste Mal mit einer Sharps geschossen habe, da hast Du noch in die Windeln gemacht."

"Schon gut", sagte Slim darauf mit einem leichten Grinsen.

Ich aber entschloss mich endlich, es zu riskieren und sagte also zustimmend:

"Na schön, dann tu es! Aber ... ich habe gesagt, tu es, und nicht, versuch es, wenn Du verstehst, was ich meine.

"Verlass Dich auf mich!", betonte Jonathan noch einmal - und wenig später war er weg.

"Hmmm ... Sieht so aus, als ob meine gute alte Sharps doch noch einmal zu Ehren kommen würde", brummte ich, während wir ihm nachschauten.

"Wenn er ´s wirklich hinkriegt", setzte ich dann hinzu.

"Was soll schon sein?", beruhigte mich Slim noch einmal, "Er wird sie einfach von den Pferden schießen, wenn er nahe genug herankommt. Es kommt nur auf Deinen Gaul an."

"Du hast ja recht", gab ich zu. "Er wird das schon machen."

Ich meine, es wäre gelogen, wenn ich behaupten würde, dass meine Zweifel damit gänzlich verflogen gewesen wären, aber jetzt waren die Würfel eben gefallen. Und jetzt mussten Slim und ich uns um die Ladies kümmern.

"Ich nehme an, es sind noch ein paar Männer zurückgeblieben?", wandte ich mich wieder an Tom.

"Ja genau. Sie sollen Euch erschießen, wenn Ihr zurückkommt und auf den Ranchhof reitet."

"Natürlich."

"Und wie viele sind es?", fragte Slim.

"Ich glaube sechs."

"Drei für mich und drei für dich", stellte ich daraufhin fest. "Nun, das ist zu machen ... so weit ´s mich angeht."

"Drei für mich, drei für dich", bestätigte mir Slim. "Das nenne ich ehrlich geteilt. Und das ist natürlich zu machen ..., so weit ´s mich angeht."

Wir grinsten uns ein wenig an.

"Na schön, so machen wir s eben", sagte ich. "Ich meine, das sollten wir noch erledigen, bevor wir uns auf die Suche machen."

"Sollten wir", stimmte Slim mir zu.

"Die Frage ist nur, wo sie stecken?", sagte ich überlegend halblaut vor mich hin.

"Irgendwo, wo sie uns in den Rücken kommen, wenn wir auf den Hof reiten.", meinte Slim jedenfalls.

"Es wird aber wenigstens einer auch im Haupthaus sein, beim Boss und bei Mingus."

"Richtig!", stimmte Slim mir zu. "Und gegenüber vom Haupthaus wäre die Werkstatt ... und daneben der Wagenschuppen ..."

Wir sahen uns kurz an - und dann entschied ich:

"Ich nehme das Haupthaus."

"Dachte ich mir. Nun, dann versuch ich´s zunächst einmal in der Werkstatt." "Und ich?", meldete sich da aber auch Tom wieder zu Wort."

Ich sah ihn ein wenig schief an,

"Dreimal darfst du raten", antwortete ich.

Er verzog das Gesicht und sagte dann seufzend und etwas verbittert:

"Ich darf wohl auf die Pferde aufpassen."

"Kluger Junge", bestätigte ich seine Vermutung.

Er brummte zwar noch irgendwas vor sich hin, sagte aber sonst nichts mehr.

"Na dann los! Oder?" Slim schaute mich fragend an.

"Na, dann los", stimmte ich ihm zu.

Also schwangen wir uns in die Sättel, Tom saß hinter mir, und schlugen zunächst einmal einen großen Bogen um die Ranch, bis wir ungefähr auf der Rückseite vom Haupthaus waren.

Da suchten wir uns eine geeignete Stelle, wo wir unsere Pferde zurücklassen konnten, in der Obhut von Tom eben.

Und dann marschierten wir also vorsichtig los, immer, so gut es ging, auf Deckung bedacht.

Mein Plan war es, auf der Rückseite ins Haupthaus zu gelangen. Da gab es nämlich eine Tür, die hinaus führte in den großen Garten hinter dem Haus.

Auch für Slim gab es eine Hintertür auf der Rückseite der Werkstatt. Auch beim Wagenschuppen gab es eine zweite Tür, allerdings gleich neben dieser Einfahrt eben.

Und üblicherweise waren alle diese Türen nicht verriegelt, aber wir würden ja sehen.

Es dauerte nicht lange, da lagen wir an der hinteren Hausecke hinter dem Zaun, der den Garten umgab und der von einem Saum fast hüfthohen Grases halb verdeckt war, sodass wir kaum gesehen werden konnten, selbst wenn jemand aus einem Fenster zufällig in unsere Richtung blickte.

Wir sahen uns kurz an und dann nickte Slim,

"Es kann losgehen, oder?", meinte er fragend.

"Kann es."

"Gib mir zehn Minuten, bis ich hinter der Werkstatt bin."

"Sicher."

"Ich warte dann, bis ich Deine Schüsse höre, dann schlage ich zu."

"Alles klar."

"Und wenn sie vor Schreck tot umfallen, musst Du eben trotzdem schießen, damit ich Bescheid weiß."

"So wird es gemacht."

"Sonst noch was?"

"Nein, das war ´s. Hals- und Beinbruch."

"Gleichfalls. Ich marschier jetzt los. Bis später."

"Bis später."

Und dann machte sich Slim also auf den Weg und ich wartete eine Weile, bis ich dachte, dass er jetzt eigentlich genug Zeit gehabt hatte.

Ich sah mich kurz um, doch es war niemand in Sicht - es konnte losgehen.

Der Zaun war nicht sehr hoch und schnell überwunden.

Dann schlich ich gebückt an der Hauswand entlang, bis ich die Hintertür erreichte, die hier eben vom Garten ins Haus führte.

Ich lauschte kurz und als keine verdächtigen Geräusche an meine gespitzten Ohren drangen, drückte ich vorsichtig die Türklinke nieder, und als nichts geschah, öffnete ich vorsichtig die Tür.

Noch immer nichts.

Hinter der Tür lag ein kurzer dunkler Flur, an dessen Ende eine Tür in den großen Wohnraum führte. Links und rechts waren zwei kleine Schlafkammern für Gäste, wie ich wusste, sowie eine Speisekammer und eine Rumpelkammer.

Hinter der Tür hörte ich leise Stimmen.

Doch auch als ich dicht an der Tür war, konnte ich nichts verstehen. Also drückte ich langsam und vorsichtig die Schnalle nieder und öffnete die Tür einen kleinen Spalt weit und jetzt konnte ich endlich verstehen, was geredet wurde.

"... mich erschießen, ich werde jetzt nach ihm sehen.", vernahm ich Mr. Lovecrofts Stimme.

Offensichtlich ging es um Mingus.

"Na meinetwegen", hörte ich eine weitere Stimme. "Der Alte ist aber sowieso selber Schuld. Er musste ja unbedingt schießen. Er kann froh sein, dass er noch am Leben ist.

"Wenn er nicht bald zum Doc kommt, wird er nicht mehr lange am Leben sein."

"Tja, Pech gehabt. Bevor der Boss nicht zurückkommt, ist da nichts zu machen."

"Das dauert zu lange. So lange macht er es sicher nicht mehr", hörte ich Mr. Lovecrofts besorgte Stimme.

"Tja, wie gesagt: Selber Schuld."

Nun, ich hatte mir mittlerweile ein Bild gemacht, wo sie waren. Offensichtlich saßen sie linkerhand am Ende des langen Tisches, wo sie eine ganz gute Aussicht auf den Hof hatten, das Übrige würde sich zeigen.

Es war an der Zeit.

Ich drückte also ganz plötzlich die Tür auf und trat einen Schritt vor.

Ihrer Zwei saßen tatsächlich ungefähr dort, wo ich sie vermutet hatte, und sahen überrascht, ja fast erschrocken hoch, sonst konnte ich keinen entdecken, als ich mit einem raschen Blick kurz den Raum überflog.

"Euer Boss kommt nicht zurück.", eröffnete ich ihnen ganz ruhig mit einem freundlichen Lächeln. "Also können wir doch gleich fahren."

"Du!", sagte endlich einer, aber dann gingen ihm scheinbar die Worte aus. Dafür sprach seine Miene

Bände - sie zeugte von Überraschung, Wut und fieberhaftem Nachdenken, wohl was er tun sollte.

Mein Blick wanderte für einen Augenblick nach rechts. Da lag Mingus auf drei Stühlen, die man zusammen geschoben hatte, und der Boss saß neben ihm. Für einen Augenblick begegnete ich dem Blick von Mr. Lovecroft, doch dann galt mein Augenmerk schon wieder den beiden Burschen dort am Tisch.

Die erhoben sie sich jetzt langsam und beobachteten mich dabei lauernd, wobei nun der andere, der noch ziemlich jung war, höchstens fünfundzwanzig, zweifelnd fragte:

"Warum glaubst Du, dass er nicht mehr kommt. Hast Du ihn umgelegt?"

"Nein, aber ... ich schätze, das hat Jonathan mittlerweile erledigt."

"Jonathan? Du meinst doch nicht etwa diesen Alten in deiner Mannschaft?" Er sagte das Wort Mannschaft in einem spöttisch betonten Ton.

"Schießen kann er, drauf kannst du dich verlassen. Und mehr ist dazu nicht nötig. Aber jetzt was anderes, um es kurz zu machen: So, wie ich das sehe, habt Ihr jetzt zwei Möglichkeiten. Möglichkeit eins. Ihr lasst Eure Gurte fallen und ich nehm´ Euch gleich mit nach Saxonville zum Sheriff, wenn wir Mingus zum Doc schaffen.

"Und Möglichkeit zwei?"

"Ganz einfach: Ihr versucht, zu ziehen, und ich erschieße Euch."

"Und Du bist sicher, dass Du das schaffst?"

"Greif nach Deinem Schießeisen und Du bist ein toter Mann."

"Das gilt natürlich auch für Dich.", fügte ich dann noch, an den zweiten gewandt, hinzu.

Der machte schmale Augen, sagte aber nichts.

"Also, wie ist es nun? Ich hab´ nicht viel Zeit. Ich meine Möglichkeit drei wäre, dass ich Euch einfach so erschieße."

Den Jungen juckte es, das war ihm anzusehen. Nicht nur, dass er wahrscheinlich keine Lust hatte, zum Sheriff nach Saxonville geschafft zu werden, schien er mir auch einer von diesen jungen Burschen zu sein, die sich für unschlagbar halten. Ich meine, so war ich ja auch einmal gewesen.

Jedenfalls hätte ich darauf gewettet, dass er versuchen würde, zu ziehen.

Und diese Wette, hätte ich gewonnen, denn er konnte der Versuchung tatsächlich nicht widerstehen - plötzlich krallte sich seine Hand um den Griff seines Colts, und da musste ich ihn eben erschießen. Und den zweiten auch gleich, denn als ich nach meinem Colt gegriffen hatte, war seine Hand ganz automatisch zu seinem Schießeisen gefahren.

Für einen Augenblick war Stille. Ich hatte jedem der beiden zwei Kugeln verpasst und lauerte nun, ob noch welche notwendig waren.

Mr. Lovecroft erhob sich,

"Also ich ...", begann er - als man draußen dumpf weitere Schüsse hörte.

Mr. Lovecroft sah mich fragend an und während ich meine Waffe nachlud, erklärte ich ihm:

"Schätze, Slim hat gerade den Rest erledigt."

Ich rieb mir kurz die Stirn, da sagte ich:

"Komme gleich wieder."

Und dann eilte ich hinaus auf die Veranda. Und richtig, da ging gerade drüben die Tür von der Werkstatt auf und Slim tauchte auf.

Grinsend kam er über den Hof heran,

"Ich hatte vier.", rief er mir dabei schon von weitem zu.

"Tja, mal so, mal so.", sagte ich.

"Richtig. Und drinnen? Alles in Ordnung?"

"Im Prinzip ja, aber .... Mingus muss dringend zum Doc."

"Nun, dann werden wir ihn eben zum Doc bringen."

"Genau das. Sag, würdest Du mal nach Tom pfeifen? Ich hole einstweilen den Wagen heraus."
"Meinetwegen. Bis gleich."

Und während er also losmarschierte, ging ich rüber zum Wagenschuppen, der ja gleich neben der Werkstatt war und öffnete zunächst einmal die zwei großen Torflügel.

Ich sah mich kurz um. Wir hatten zwei Wagen, aber der kleine würde genügen.

Also begann ich, den heraus zu ziehen, was gar nicht so leicht war, weil es nämlich ziemlich eng war.

Zum Glück tauchte da aber Mr. Lovecroft auf und zu zweit hatten wir es schnell geschafft.

Also ging ich, um zwei Pferde zu holen, und als ich zurückkam, waren Slim und Tom auch schon da.

"Kannst du die Pferde vorspannen, Tom?", fragte ich

"Sicher kann ich das." versicherte Tom mir eifrig, "Soll ich?"

"Deswegen frag ich", und mit diesen Worten drückte ich ihm die Zügel in die Hand.

Wir standen am Wagen und schauten ihm zu, da fragte Mr. Lovecroft plötzlich:

"Sagen Sie, wie ist das mit Dalton?"

Und so erzählten wir ihm eben kurz, was alles geschehen war.

Als wir fertig waren mit unserer Geschichte, meinte er:

"Vormann! Ihr zwei zieht heute eine verdammt blutige Spur."

"Tja, da ist schon was dran.", gab ich zu, Slim aber meinte:

"Und dabei ist sie noch gar nicht zu Ende."

"Und die Burschen, mit denen Harding jetzt unterwegs ist, sind sicher der harte Kern seiner Mannschaft, die werden auf schöne Worte nicht viel geben", setzte ich hinzu.

"Aber keine Angst, Boss, ich denke wir haben schon die richtigen Hämmer, um diesen Kern klein zu kriegen", stellte Slim fest

"Ihr Wort in Gottes Ohr. Und ... Ihr macht Euch jetzt auf die Suche nach ..."

"...nach Suzanne und Sarah!", ergänzte Slim, "... und Ihrer Frau natürlich."

"Natürlich."

"Sagen Sie, Mr. Lovecroft, Sie haben nicht vielleicht mitgekriegt, wo die hinwollten?"

"Nicht die Bohne."

"Schade! nun, dann werden wir ´s wohl zunächst einmal auf der Dalton-Ranch selber versuchen. Holen wir Mingus, Tom ist gleich fertig."

Mingus sah nicht besonders gut aus, grau mit eingefallenem Gesicht, sah er noch zehn Jahre älter aus, als er sowieso war.

Er wollte Wasser. Während er trank, sagte ich:

"Mingus, es tut mir leid, irgendwie hab ich ein schlechtes Gewissen. Ich glaube, ich hätte Dich doch nicht auf die Ranch holen sollen."

"Zum Teufel damit!", erwiderte er mit schwacher Stimme, "Das war die beste Idee, die Du haben konntest ..., für mich jedenfalls, sonst hätte ich mich wohl schon zu Tode gesoffen. Hat verdammt gut getan, noch einmal so richtig zu was gut zu sein."

"Nun, das sollst du auch weiter sein, aber jetzt halt keine langen Reden. Wir schaffen dich jetzt zum Doc. Ich hoffe, der wird dich schon wieder zusammenflicken."

"Na dann."; Mingus schloss die Augen und ließ sich zurücksinken - er war natürlich wirklich ziemlich erledigt. Plötzlich aber schlug er die Augen wieder auf und verlangte:

"Wenn ich draufgehe ... Also, ich will hier auf der Ranch begraben werden."

"Versprochen!", versicherte ihm Mr. Lovecroft.

Und um es vorwegzunehmen: Wir mussten ihn nicht auf der Ranch begraben, weil der Doc ihn eben wirklich wieder zusammenflickte. Wozu man im Übrigen zugegebenerweise sagen muss, dass wir an diesem Tag dem Doc zu viel Arbeit verholfen haben.

Wenig später sahen wir dem Wagen nach, wie er vom Hof rollte - wir sahen uns an und dann sagten wir fast gleichzeitig:

"Auf zur Dalton-Ranch."

Südwestlich von der Dalton-Ranch, hatte man von einer flachen Hügelkuppe aus einen guten Überblick auf die Ranch, die allerdings noch ungefähr eineinhalb Meilen entfernt lag. Man konnte also nicht wirklich viel erkennen. Trotzdem hielten wir kurz da oben an und sahen uns die Sache noch einmal an.

"Nun ja, das hilft uns auch nichts", stellte ich schließlich fest.

"Und? Wie halten wir ´s?", fragte Slim.

"Nun wir reiten ganz einfach auf den Ranchhof, halten ihnen unsere Kanonen unter die Nase und Du schaust Dich dann um. Und dann werden wir ja sehen. Ich meine, wenn Harding da ist, kann es ein wenig haarig werden, aber ..."

"Harding wird da sein. Also, damit müssen wir jedenfalls rechnen. Wo sollte er sonst sein? Der muss jetzt auf die Ladies aufpassen, ... und dazu ein Haufen Leute, also mit zehn würd´ ich schon rechnen ... und es reicht schon, wenn es nur acht sind. Versteh mich nicht falsch, ich bin schon für einige Verrücktheiten zu haben. Ich meine, als ich hörte, dass da wer ist, der sich ernsthaft mit Dalton und Harding anlegen will, da wollte ich unbedingt dabei sein, und deswegen bin ich auf die LC gekommen. Aber so verrückt bin ich nun auch wieder nicht, dass ich nicht am Ende des Tages zu jenen gehören möchte, die dann am Abend am Kamin sitzen und so über die Abenteuer des Tages reden."

"Schön gesagt", erwiderte ich ein wenig ungeduldig. "Und der langen Rede kurzer Sinn?"

"Ach nichts, ich möchte nur gerne am Leben bleiben. Was hältst Du davon? Wir schlagen einen großen Bogen bis zu dem Hügel da hinten im Süden und reiten dann ganz einfach auf die Ranch zu. Da sind wir gegen das Haupthaus durch diese Gebäude da gedeckt, und ich glaube, wir können so ziemlich nahe ran kommen, ohne dass uns wirklich wer übermäßig Beachtung schenkt. Ich glaube, bis die erkennen, wer wir sind ..."

Ich ließ meine Blicke über die Gegend schweifen, insbesondere zu dem Hügel, auf den Slim gezeigt hatte und dann über das Gelände von dort bis zur Ranch und ließ mir die Sache durch den Kopf gehen. Viel Deckung würden wir nicht haben, aber Slim hatte recht, solange wir ganz normal auf die Ranch zuritten, würden sie uns nicht übermäßig viel Beachtung schenken - wenn wir dann allerdings so nahe waren, dass sie uns erkannten ...

Ich dachte noch einmal kurz nach und rieb mir dabei das Kinn,

"Klingt gar nicht so schlecht", gab ich ihm recht. "Und wenn wir dann nahe genug sind, galoppieren wir los und stürmen das Haus. Drinnen müssen wir dann aber jeden umlegen, der uns vor die Kanone kommt. Aber irgendwo da drinnen müssen Mrs. Lovecroft und die Mädchen ja sein, vermutlich irgendwo oben in einem Zimmer eingesperrt. Was hältst du davon?"

"Deine Pläne werden immer besser. Es ist im Übrigen ein typischer Mohenny-Plan. Weißt Du, was mir an Deinen Plänen immer so gefällt? Sie sind immer so direkt - alles abknallen, was einem vor die Kanone kommt. Das ist genial - von Dir kann man richtig was lernen."

"Was ist nun? Bist Du dabei?", unterbrach ich ihn.

"Und wie!", sagte er und grinste.

"Und wenn wir drinnen sind? Ich oben und Du unten?"

"Du willst zu Deiner Braut?", antwortete er und sein Grinsen verstärkte sich. "Aber meinetwegen."

"Idiot!", knurrte ich darauf. Ich konnte das Wort Braut schon nicht mehr hören

Als wir auf etwa hundert bis hundertfünfzig Meter heran waren, ohne dass uns wer besonderes Augenmerk geschenkt hätte, meinte ich:

"Ich glaube, jetzt sollten wir."

"Na dann los!"

Und so trieben wir dann eben unsere Pferde an.

Als wir Minuten später über den Ranchhof auf das Haupthaus zu galoppierten, tauchte in der offenen Tür eines Schuppens ein Mann auf und für einen Augenblick sah ich seine überraschte Miene.

"He! Das ist Mohenny!", rief er.

Aber da waren wir schon vor dem Haupthaus, sprangen von den Pferden und stürmten vorwärts, wobei wir die Colts zogen und jeder auch einen zweiten, den wir jeder am Rücken hinter den Gürtel gesteckt hatten.

Die Tür ging auf, ein Mann erschien hinter der Tür und wir feuerten - er fiel zurück und irgendetwas polterte zu Boden - natürlich ein Schießeisen, wie wir sahen, als wir durch den Vorraum weitereilten. An seinem Ende stieß ich die Tür auf, sprang hindurch und ließ mich links zu Boden fallen - zwei oder drei Schüsse pfiffen über mich hinweg. Dafür sah ich aber jetzt den Schützen rechts an der Wand und feuerte meinerseits, zugleich tauchte auch Slim in der Tür auf und feuerte ebenfalls. Der Mann lehnte sich an die Wand und rutschte dann an der Wand hinunter. Er versuchte, noch einmal seine Waffe zu heben, doch schien er dafür nicht mehr die Kraft zu haben.

In der großen Wohnhalle waren jetzt nur noch zwei Frauen, die hier vielleicht Ordnung oder sauber

gemacht hatten, und uns jetzt groß und ängstlich an-
starrten.

"Verschwindet!", herrschte ich sie an, welcher Aufforderung sie augenblicklich und in großer Eile nach-
kamen.

Ich schaute zu Slim,

"Weiter nach Plan?", fragte der.

"Weiter nach Plan", stimmte ich ihm zu und rannte
zur Treppe - Slim wusste ja, was er laut Plan tun
sollte. Oben auf dem Treppenabsatz standen jetzt allerdings schon zwei Kerle, die, kaum dass sie mich zu
Gesicht bekamen, augenblicklich zu feuern begannen.. Doch ebenso augenblicklich war ich natürlich
zur Seite gewichen und erwiderte das Feuer - und die
hatten dabei aber kaum Platz, um auszuweichen. So
verlor der eine plötzlich das Gleichgewicht und fiel
die Treppe herunter, während der andere zurück-
wich oder fiel. Ich stürmte die Treppe hoch und da
saß er an eine Tür gelehnt und versuchte, seine Waffe
zu heben. Als ich ihm aber eine Kugel in den Kopf
jagte, sank sie wider herab und sein Oberkörper
sackte nach vor. Ich stieß die Tür auf und und ris-
kierte mit schussbereiter Waffe einen Sprung in den
kleinen Raum dahinter. Er war aber leer, und da
nutzte ich die Gelegenheit, um nachzuladen.

Unten hörte ich irgendwo Schüsse - Slim war also
auch auf Gegner getroffen.

Ich sprang hinaus auf den Flur und riss die nächste Tür auf, die in ein einfach eingerichtetes, kleines Zimmer führte, wo sich jetzt zwei Frauen, die mich verängstigt anblickten, an die Wand drückten. Ich glaube, wie waren gerade beim Betten machen gewesen.

"Kleiner Rat von mir: Ich würde da jetzt nicht so schnell raus gehen", riet ich ihnen.

"Sie nickten wortlos und ich schloss die Tür wieder.

Eben als ich zur nächsten Tür wollte erreichte mich von unten Slims Ruf:

"Bill! Komm runter! Sie sind nicht da."

Also zurück.

Unten in der Wohnhalle stand Slim vor der Tür, durch die ich zu Daltons Arbeitszimmer gekommen war. An dem langen Tisch aber saß jetzt, sehr zu meiner Überraschung, eine junge Frau von vielleicht fünfundzwanzig Jahren.

"Zwei geh´n noch auf mein Konto", begann Slim aber zunächst. "Einer dürfte der Koch gewesen sein. Er warf jedenfalls mit einem Fleischerbeil nach mir. Hätte mich fast den Skalp gekostet. Und du?"

"Oben liegen auch zwei", antwortete ich. "Alles in Allem sehr zufriedenstellend, aber ... wieso ...?"

Da deutete Slim auf die junge Lady und erklärte:

"Sie behauptet, Harding wäre mit ein paar Männern losgeritten, und sie hätten die drei Frauen mitgenommen, die sie am Morgen hergebracht hätten."

"Ist das so?", wandte ich mich an die Frau und sie nickte.

""Und wann war das?"

"Vor höchstens einer Stunde", antwortete sie und schaute mich dabei irgendwie forschend an.

Vielleicht schaute ich auch den einen anderen Augenblick zu lang, wahrscheinlich wegen ihrer langen, glatten, dunkel kupferfarbenen Haare, die sie im Augenblick offen und in der Mitte gescheitelt trug, und die wohl, neben allem anderen, jedem ins Auge stechen mussten.

Als ich nicht gleich etwas sagte, eröffnete mir Slim:

"Sie will, dass wir sie mitnehmen."

"Mitnehmen?", wiederholte ich überrascht und schaute wieder zu ihr.

Sie nickte,

"Ich bin Ann Forester und ich will fort von hier. Ich will nach Hause."

"Sie sind nicht freiwillig hier?"

"Ja und nein, aber ich glaube, jetzt ist nicht ganz der ideale Zeitpunkt, um Ihnen meine Geschichte zu erzählen."

"Womit sie natürlich recht hat. Oder?", stellte Slim daraufhin fest und irgendwie glaubte ich, seiner Stimme anhören zu können, dass er sehr viel dsvon hielt, sie mitzumehmen.

"Sicher", gab ich also zu.

Wir sahen uns kurz an und dann meinte Slim:

"Draußen sind ein paar gesattelte Pferde gestanden, als wir gekommen sind." Fragend schaute er mich an.

"Du hast recht, aber ich weiß ja eigentlich noch nicht einmal, wie wir zu unseren eigenen Pferden kommen."

"Aber wir nehmen sie mit?" Er hatte offensichtlich Gefallen an ihr gefunden.

Ich war nicht begeistert.

´Schöne Frauen!´ ging es mir, innerlich seufzend, durch den Kopf - aber wenn Slim so sehr daran gelegen war ...

"Wenn Du glaubst", stimmte ich also halbherzig zu.

"Ich glaube."

"Ich hab ´s befürchtet. Ich meine, man wird auf uns schießen….."

"Wird man."

Da aber meldete sich Miss Forester wieder zu Wort:

"Ich kann auch schießen", meinte sie ziemlich entschloßen. „Und da drüben ist ein Gewehrständer und darüber hängen die Patronengurte."

Tatsächlich stand hinter dem Tisch in der Ecke der erwähnte Gewehrständer und daneben hingen drei Patronengurte.

"Nehmen Sie sich mal eines, wenn sie glauben", sagte ich seufzend. "Aber, wie gesagt, man wird auf uns schießen."

"Ich will fort von hier!", erwiderte sie darauf nur, und ging dann eben hinüber zu dem Gewehrständer und holte sich tatsächlich ein Gewehr und einen Patronengurt, während ich zu Slim schaute.

Der grinste ein wenig,

"Na also, geht doch!", sagte er. "Mir ist nur eben ein großer Schönheitsfehler an deinem famosen Plan aufgefallen."

"Es war auch Dein Plan", erwiderte ich. "Ich meine, eigentlich hast Du ja damit angefangen. Und es hat ja auch bestens funktioniert."

"Richtig! Aber irgendwie fehlt Deinem Plan das Ende, nämlich wie wir da jetzt wieder rauskommen. Denn, so wie ich das sehe, warten da draußen jetzt sicher ein paar Burschen nur darauf, dass sie uns abknallen können, wenn wir nur die Nase bei der Tür rausstecken. Und bei der Hintertür sicher auch."

"Tja, die Frage ..."

Aber, wie zur Bestätigung von Slims Worten, wurde ich da jetzt durch einen Ruf von draußen unterbrochen:

"He! Mohenny! Kommt endlich raus, damit wir Euch aufhängen können!"

"Ich denk drüber nach!", rief ich zurück. "Aber warum kommt Ihr nicht herein und holt uns?"

"Wir denken drüber nach! Aber wir haben Zeit!"

Ich sah zu Slim und Miss Forester, die inzwischen Patronen in das Magazin der Winchester geschoben hatte, die sie sich genommen hatte. Also, jedenfalls kannte sie sich aus mit diesem Gewehr.

"Zeit haben sie", musste Slim schulterzuckend zugeben. "Und so schnell werden sie daher auch nicht kommen"

"Hmm..."

Natürlich würden die nicht so bald kommen, denn dabei würden wenigstens einige von ihnen draufgehen - und keine Frage, die Zeit arbeitete für sie.

Ich überlegte, was jetzt am besten zu tun war. Tja, wenn diese Frau nicht gewesen wäre ...

Da sagte Slim aber plötzlich.

"Also, um auf das Ende Deines Planes zurück zu kommen ..."

"Ich bin ganz Ohr."

"Also, als ich vor ein paar Tagen nachts über das Dach in das Haus eingestiegen bin, du weißt schon, da bin ich durch ´s Küchenfenster wieder hinaus. Also, ich glaube jedenfalls, dass es das Küchenfenster war."

"Ich hör Dir zu."

"Auf der Seite ist es nicht weit zum Wagenschuppen, Du weißt schon."

Ich nickte.

"Ich meine, man hat natürlich ein gutes Stück keine Deckung. wenn man da hinüber läuft, aber wenn wir uns gegenseitig Feuerschutz geben ..."

"Dann machen wir es so." Es war jetzt keine Zeit, lange zu überlegen.

Ich hielt kurz inne und wandte mich dann an Miss Forester:

"Nun, Miss Forester ..., oder Mrs.?"

"Miss! Aber sagen Sie einfach Ann."

"Ann also, na schön. Nun, ich bin Bill und der Bursche da neben mir, das ist Slim."

Ann nickte, Slim aber meinte etwas ungeduldig:

"Du wolltest etwas sagen, Bill."

"Richtig. Also, was ich sagen wollte, Ann: Jetzt wird es ernst und das heißt, Du hast gute Chancen, Dir in der nächsten Zeit eine Kugel einzufangen, oder auch mehrere. Also, wenn Du ´s dir noch einmal überlegen willst ..."

"Ich will endlich fort von hier!", sagte sie darauf aber nur, „So eine Chance krieg ich nie wieder.“

"Na, ob das eine Chance ist? Aber wie Du meinst, es ist Deine Entscheidung.“

Doch noch bevor Ann darauf etwas sagen konnte murrte Slim ungeduldig:

„Wir warten auf Deinen nächsten genialen Plan, Bill.“

„Na schön", begann ich also, ihnen meinen nächsten genialen Plan zu erklären. "Dann machen wir es so: Wir nehmen uns jeder eines von den Gewehren da auf dem Gewehrständer und veranstalten vorne einen kleinen Feuerzauber. Vielleicht kommen dann alle nach vorne, lange genug zumindest, um unbehelligt bei dem Fenster raus zu springen und zu diesem Schuppen zu kommen. Was sagst Du?"

Fragend schaute ich zu Slim.

"Bill! Du bist der Meister der genialen Pläne. Wenn Du es sagst, dann machen wir es so."

Ich verzog den Mund, sagte aber nichts darauf.

"Na dann", begann ich vielmehr - und hielt dann verblüfft inne. Weil nämlich Ann begann, ihre Röcke hochzuraffen, um sie dann irgendwie hinter den breiten Gürtel ihres Rockes zu stecken. Das Ganze bot einen etwas merkwürdigen Anblick.

Ann wurde rot, als sie unsere verblüfften Blicke sah, sagte aber mit fester Stimme, fast trotzig:

"So kann ich besser laufen, überhaupt wenn ich dabei ein Gewehr in der Hand habe."

Ich schüttelte den Kopf.

"Verrückt!", sagte ich.

"Verrückt - aber so genial wie deine Pläne ist es allemal", verteidigte sie Slim und grinste. "Irgerndwie hat sie recht. Und jetzt los." Ich merkte schon, Slim würde sie wahrscheinlich immer verteidigen.

Gleichviel, wir nahmen uns also jeder noch eines der Gewehre, und luden sie.

Und wieder erreichte uns von draußen ein Ruf:

"Nun, wie ist es, Mohenny? Dein Strick wartet schon."

"Stricke sind geduldig.", rief ich zurück.

Ihre Antwort darauf hörte ich dann aber schon nicht mehr so recht, weil ich da schon raschen Schrittes den Vorraum durchquerte. Vorsichtig drückte ich die Klinke der Eingangstür, stieß dann plötzlich die Tür auf und sprang zur Seite.

Keinen Augenblick zu früh.

Denn Sekundenbruchteile später brach draußen heftiges Gewehrfeuer los und schon schlugen überall die Kugeln ein.

"He! Kommt her!", vernahm ich dazwischen einen Ruf. "Sie wollen da raus."

Ich feuerte zurück, so gut es ging, ohne in die Tür zu treten.

Daneben klirrten Scheiben und jetzt hörte ich, dass auch Slim und Ann feuerten.

Die da draußen waren beschäftigt.

Rasch war ich zurück in der Wohnhalle,

"Los jetzt!", rief ich den beiden zu, die daraufhin nach hinten eilten.

Ich feuerte noch einige Male durch die zerschossenen Scheiben, dann folgte ich den beiden.

Noch immer hielt draußen das Gewehrfeuer an und ich hoffte, sie merkten nicht so bald, dass nicht mehr zurückgeschossen wurde.

Wir landeten tatsächlich in der Küche, Slim riss das Fenster auf und sprang ohne zu zögern, den Colt gezogen, hinaus. Als nichts geschah, forderte ich Ann auf:

"Und jetzt Du!"

Ich half ihr auf die Fensterbank und sie sprang. Slim fing sie auf.

"Du kannst kommen", sagte er halblaut und schon war ich ebenfalls draußen.

An die Wand gepresst sahen wir uns um, doch bis jetzt schienen wir tatsächlich nicht bemerkt worden zu sein.

"Jetzt einmal Ihr zwei!", forderte ich Slim und Ann auf.

Sie liefen los und ich wartete, das Gewehr schussbereit - doch nichts geschah.

Drüben winkte mir Slim, dass ich nachkommen sollte.

Ich rannte los - aber wieder nichts.

"Also, um ganz ehrlich zu sein, ich hätte nicht gedacht, dass es wirklich funktionieren würde.", eröffnete ich ihnen dann, doch selbst ein wenig erstaunt.

"Kaum zu glauben, aber hin und wieder funktionieren Deine Pläne sogar", sagte Slim und grinste.

"Wenn wir jetzt auch noch unsere Pferde hätten ....", erwiderte ich.

"Wie wär´s mit einem neuen Plan?", schlug Slim vor.

"Tja, ..."

"Wir haben unsere Pferde nicht festgemacht. Ich meine, was ich damit sagen will: Mein Gaul würde kommen, wenn ich nach ihm pfeife."

"Meiner auch - aber den hat ja Jonathan. Bin ja neugierig, ob er Dalton wirklich erledigen konnte."

"Er sah jedenfalls richtig glücklich aus, als er ihm nachjagen durfte."

"Das ist ja alles schön und gut, aber das löst unser Pferdeproblem nicht. Wir bräuchten ja für sie auch einen Gaul", ich deutete auf Ann. "Ich meine, sie könnte natürlich bei einem von uns beiden aufsitzen, aber wenn wir verfolgt werden ...?"

"Was anzunehmen ist ...."

"Ich glaube, das Schießen hat aufgehört", unterbrach uns da Ann plötzlich.

Und richtig, jetzt, wo sie es sagte, wurde Slim und mir das auch bewusst.

"Sie haben gemerkt, dass nicht mehr zurückgeschossen wird."

"Und das heißt, sie werden jetzt das Haus durchsuchen, und wenn sie uns nicht finden ..."

"Dann suchen sie auf der ganzen Ranch."

"Das übernächste Gebäude nach diesem hier, da rechts um die Ecke, ist der Pferdestall. Da wo hinten der Korral ist", meldete sich da aber Ann wieder zu Wort.

Slim und ich, wir sahen uns an - und dann schlug Slim fragend vor:

"Neuer Plan?"

"Dann nichts wie los!", sagte ich. "Wenn wir ihn unbemerkt erreichen können ...."

"Ein richtiger Bill-Plan", bemerkte Slim sarkastisch.

"Idiot", erwiderte ich - aber dann machten wir uns auch schon vorsichtig auf den Weg.

Und tatsächlich gelang es uns, unbemerkt den Stall zu erreichen - noch waren offensichtlich alle damit beschäftigt, uns im Haupthaus zu suchen.

Aber das würde sich schnell ändern - wir mussten uns wirklich beeilen.

Der Stall war ziemlich leer, bis auf vier oder fünf Tiere. Es gab auch einiges an Zaumzeug und einige Sättel und schnell hatten wir drei Pferde ausgesucht und gesattelt - in der Hoffnung, dass wir einigermaßen schnelle und ausdauernde Tiere erwischt hatten.

Die hintere Tür war groß genug, dass man bequem einen Gaul durchführen konnte, wohl weil dahinter der Korral lag, und da führten wir eben dann auch die Pferde hinaus.

Schnell waren wir dann in den Sätteln.

"Sehr zufriedenstellend!", konnte ich mich nicht enthalten, festzustellen. "Und jetzt los! Ihr beide voran!", forderte ich die beiden auf.

"Wohin?", fragte Slim.

"Auf den Weg nach Saxonville. Der ist ..."

"Ich weiß, wo er ist", unterbrach mich Slim.

"Komm, Ann!", forderte er Ann dann auf, trieb sein Pferd an und schon setzte er über die Korralstangen weg und Ann hinter ihm her.

Im Korral hielten sich auch noch ein paar Gäule auf, die uns jetzt verwundert beäugten.

Einen Colt gezogen, folgte ich Slim und Ann. Ein erstes Mal ging es über die Korralstangen, dann weiter durch die Koppel, ein zweites Mal über die Korralstangen - und dann hatten wir endlich freie Bahn. Ich sah zurück - mittlerweile hatten sie sicher gemerkt, dass wir nicht mehr im Haus waren - und bald würden wir ein paar Verfolger am Hals haben.

"He! Slim! Warte!", rief ich nach ein paar Minuten. Er wurde etwas langsamer und als ich neben ihm war, schlug ich vor:

"Wir könnten versuchen, sie vorbei reiten zu lassen."

"Und wo? Ich nehme an, Du hast da was im Auge?"

"Nach zwei oder drei Meilen, glaub ich, geht der Weg links um einen Hügel herum, wo ein paar Bäume stehen, und außerdem zieht sich ein ziemliches Gestrüpp ein gutes Stück den Hang hinauf. Ich glaube, Du wirst sehen, was ich meine. Da könnten wir es versuchen, glaub ich."

"Und wenn sie nicht vorbeireiten?"

Ich zuckte mit den Schultern,

"Dann legen wir sie um."

"Bill, Du bist eine wahrlich unerschöpfliche Quelle origineller Ideen", sagte Slim darauf ein wenig ironisch und nickte gespielt anerkennend.

"So viele Verfolger werden wir auch wieder nicht haben. Wenn wir uns einen guten Platz suchen ...."

"Schon gut, wir werden das Kind schon schaukeln. Und wer weiß, vielleicht haut dein Plan wieder einmal hin."

"Wie Du siehst, Ann, jagt bei uns eine originelle Idee die andere", wandte Slim sich dann mit einem leichten Grinsen an unsere charmante Begleiterin. Die aber sagte sehr ernst:

"Slim, mir ist das alles egal. Ich bin einfach glücklich. Ich genieße jetzt einfach die Freiheit, jede Stunde, jede Minute, jede Sekunde. Egal, was noch geschieht, diese Zeit kann mir niemand mehr wegnehmen. Ich werde Euch ewig dankbar dafür sein, dass Ihr mich mitgenommen habt."

Nun, das Wort ewig ist schnell ausgesprochen, aber angesichts dieser so ernsten Worte fielen Slim keine witzigen Bemerkungen mehr ein, und so nickte er schließlich und meinte:

"Nun, dann wollen wir doch zusehen, dass wir vielleicht sogar ein paar Tage schaffen."

"Ich glaube, wir sollten jetzt wieder einen Zahn zulegen. Oder was sagst Du?", wandte er sich dann an mich.

"Ruhig auch zwei", stimmte ich ihm zu.

Und da gab er seinem Pferd die Sporen und weiter ging es im Galopp.

Slim erkannte dann sofort, wo ich gemeint hatte, dass wir uns verbergen könnten. Er lenkte sein Pferd rechts vom Weg ab und wenige Minuten später lagen wir in guter Deckung neben unseren Pferden. Pferde legen sich normalerweise nicht gerne hin, aber ein guter Cowboy kriegt das schon hin. Immerhin war der Weg nur vielleicht dreihundert Meter entfernt.

Und so warteten wir - aber wir brauchten nicht lange zu warten, keine drei Minuten später, jagte die Kavalkade unserer Verfolger drüben vorbei.

"Sehr zufriedenstellend", sagte ich, Slim aber meinte, als sie aus unserer Sicht verschwunden waren: "Und jetzt: nichts wie weg, oder? Über kurz oder lang werden sie zurückkommen."

"Unbedingt!", stimmte ich ihm zu.

Wir erhoben uns, schwangen uns in die Sättel und dann sahen Slim und ich uns fragend an.

"Vielleicht einmal über diesen Hügel da drüben", antwortete ich auf seine ungestellte Frage und wies dabei ungefähr nach Norden, wo eben der nächste größere Hügel lag, der so einigermaßen in der Richtung lag, wo wir wahrscheinlich hin mussten. "Und dann müssen wir uns überlegen, wo Harding hinwollte."

"Gute Wahl!", stimmte Slim mir zu.

"Wie geht ´s Dir, Ann?", wandte er sich dann an unsere Begleiterin.

"Mir? Ach Gott, ich bin einfach froh und glücklich, dass ich endlich von dort weg bin", antwortete sie und schaute dabei hinauf in den Himmel, als ob das weite Blau da oben sie ihre neue Freiheit so richtig spüren ließ.

Slim aber warnte:

"Nun, es kann aber auch gut sein, dass wir bald tot sind, die Sache ist noch nicht ausgestanden."

"Das glaub ich nicht", erwiderte Ann. "So wie Ihr beide das bis jetzt alles gemacht habt ..."

"Oh, welch ein Lob aus so schönem Munde", stellte Slim darauf schmeichelnd fest und nickte anerkennend.

Ann lächelte.

"Nun, für Komplimente ist sie ja scheinbar durchaus wieder empfänglich", ging es mir für einen Augenblick durch den Kopf - und wahrscheinlich war das der Grund, warum ich zu Slims Worten bemerkte:

"Süßholz raspeln könnt Ihr später, Ihr zwei. Wir müssen los."

Und mit diesen Worten setzte ich meinen Gaul in Bewegung.

"Idiot!", hörte ich Slim hinter mir noch sagen - aber schon war ich weiter und hörte die beiden hinter mir nachkommen. Nach einer Weile hatten wir den Hügel umrundet und hielten im Schatten zweier Bäume an, um nachzudenken. Während Ann sich an den Baum lehnte, setzte Slim sich vor ihr auf den Boden und ich ging, die Hände am Rücken und den Kopf gesenkt, im Kreis und dachte nach.

Irgendwie fiel mir für einen Moment Anns Figur auf - vielleicht weil sie ja keine Jacke hatte sodass einem diese Figur mehr ins Auge stach, und diese Figur ..., nun ja, sagen wir sehr weiblich war, relativ groß und wirklich sehr weiblich. Aber das war nur ein Moment und dann war ich wieder bei der Sache.

"Du überlegst, wo wir Harding finden könnten, oder?"

"Sicher. Da sie es nicht weiß", ich deutete mit dem Kopf nach Ann.

"Tut mir leid", sagte sie, "aber ich hab wirklich keine Ahnung."

"Die Frage ist, warum er sich mit den Dreien auf den Weg gemacht hat? Ich meine, im Normalfall wäre es doch logisch, dass er auf der Ranch auf Dalton wartet. Da kann er sich im Notfall gut verteidigen und überhaupt ....Nein, ich glaube, irgendetwas hatte er vor . Vielleicht sogar etwas, von dem Dalton gar nichts weiß."

"Machst Du Dir Sorgen um Sarah?", fragte Slim.

"Sollte ich nicht?"

"Du solltest Dir um alle Drei Sorgen machen."

"Slim!", erwiderte ich darauf etwas betont und warf ihm dabei einen schrägen Blick zu. "Natürlich mach ich mir um alle Drei Sorgen."

"Entschuldige."

"Schon gut."

"Was hat dieser verdammte Harding bloß vor?", fragte ich dann, nachdem ich noch zwei- oder dreimal auf und ab gegangen war - halblaut im Selbstgespräch. Und Slim sagte auch nichts darauf.

"Sicher ist er nicht vor uns ausgerissen", überlegte ich dann halblaut weiter.

"Ich glaube aber, es muss irgendwie etwas mit den drei Frauen zu tun haben", schaltete sich Ann jetzt in meine Überlegungen ein. Er war irgendwie sehr, sehr unangenehm, überhaupt zu der einen. Und dann ist ihm plötzlich eine Idee gekommen, glaub ich. Plötzlich wollte er los."

"Mir scheint, er war zu Sarah ein bisschen extra nett", mutmaßte Slim darauf, und Ann bestätigte ihm:

"Ja, genau so hieß diese Frau."

Aber dass nur sie damit gemeint sein konnte, das war mir auch sofort klar gewesen und eine ungeheure Wut erfasste mich.

"Diese verdammte Ratte!", knirschte ich. "Ich schneid ihn in Stücke, in hunderttausend winzig kleine Stücke."

Erst haben", sagte Slim lakonisch. "Also denk lieber nach. Mir fällt nichts ein."

Er hatte natürlich recht und so konzentrierte ich mich wieder auf die Sache.

Es gab hier keine Minen oder Höhlen, wo man sich verbergen konnte ... nur Ranches natürlich.

Konnte eine davon sein Ziel gewesen sein? ...bestenfalls die Slater-Ranch - aber wozu? Da hätte er ebensogut auf der Dalton-Ranch bleiben können. Hatte dieser verdammte Harding je etwas gesagt, das mir weiterhelfen konnte ....? Und dann war da plötzlich doch etwas ....! Ergab das wirklich Sinn?

Aber je länger ich darüber nachdachte, desto mehr Sinn glaubte ich, in der Idee erkennen zu können. Und endlich entschied ich:

"Wir reiten zum Teich!"

Das war natürlich etwas überraschend für Slim, Ann dagegen wusste wohl nicht so recht, wovon wir redeten.

"Du glaubst, dass Harding dorthin wollte? Was will er dort?"

"Er will Sarah und Suzanne nackt schwimmen sehen."

"Echt jetzt? Wie kommst Du denn darauf? Ich meine, natürlich würde er das wollen, aber ..."

"Er hat es selbst gesagt ..., zu Sarah ..., letzten Samstag ..., beim Tanzen."

"Beim Tanzen? Echt jetzt?"

"So jedenfalls hat es mir Sarah erzählt."

"Tatsächlich? Der Bursche ist wirklich unglaublich." Slim schüttelte den Kopf.

"Und warum nicht?", begann ich dann, Slim meine Überlegungen auseinander zu setzen, "Denn eigentlich sind sie dort auch ganz gut verborgen. Du kannst doch an diesem Teich vorbeireiten, ohne ihn zu bemerken."

"Das stimmt allerdings. Ich meine, natürlich kann man sich dort schlechter verteidigen, aber ..."

"... aber das nimmt er wohl in Kauf für diesen Spaß", ergänzte ich grimmig. "Aber diese Suppe werden wir ihm gehörig versalzen."

"Wenn überhaupt was dran ist an dieser Idee, aber es ist bis jetzt die beste ... eigentlich fast die einzige ..."

"Los! Reiten wir!", sagte ich darauf nur ungeduldig. "Das wird sowieso knapp, selbst wenn wir aus unseren Pferden das Letzte herausholen, aber .... nach dem, was Ann gesagt hat, haben sie doch einen ziemlichen Vorsprung."

"Richtig! Na schön, dann reiten wir eben."

Nun, wir holten natürlich tatsächlich das Letzte aus unseren Pferden heraus, trotzdem dauerte es fast zwei Stunden, bis wir da waren. Der Nachmittag war mittlerweile etwas vorgerückt, die Sonne stand etwas tiefer und alles warf bereits wieder lange Schatten. In einiger Entfernung begann das lichte Buschwerk, das zum See hin immer dichter wurde. Wir konnten das Wasser zwar nicht sehen aber wir kannten ja die Gegebenheiten.

Wir hielten an und ließen unsere Blicke umherschweifen. Es war nichts zu sehen, und auch nichts zu hören. Aber die Entfernung war sicher auch noch zu groß, um allfällige Stimmen hören zu können.

"Und jetzt?", unterbrach Slim das kurze Schweigen.

"Ich jedenfalls reite da jetzt zum See", erklärte ich darauf - denn ich war schon verdammt ungeduldig.

"Was hältst Du davon:", begann Slim darauf nach kurzem Überlegen. "Du wartest noch zehn Minuten und ich schlage mich da durch die Büsche bis zum Ufer und lege mich da auf die Lauer ..., als Dein Ass im Ärmel sozusagen."

"So machen wir es auch", stimmte ich ihm zu.

"Ich kann auch schießen!", brachte sich da Ann in Erinnerung.

Ich begegnete dem offenen Blick ihrer graubraunen Augen, deren Farbe so gut zu dem kupferfarbenen Haar passte, und sagte dann:

"Aber pass auf, worauf du schießt!", warnte ich sie.

"Ich werde auf diesen verdammten Harding schießen", sagte sie ein wenig bitter und sehr entschlossen.

"Den wird schon er erschießen, wenn er nur den Funken einer Chance hat", meinte Slim und deutete auf mich.

"Trotzdem!", sagte Ann. Offensichtlich war es ihr ein großes Bedürfnis, auf Harding zu schießen."

"Egal!", ich zuckte mit den Schultern. "Wenn sie unbedingt will. Doppelt hält besser. Aber, wie gesagt, Ann, pass auf, auf was ud schießt."

"Werde ich."

Ich überlegte noch einen Augenblick - doch es gab nicht mehr zu sagen.

"Na dann los mit Euch!", forderte ich sie daher auf.

Also machten sie sich auf den Weg und wenig später sah ich sie zwischen den ersten Büschen verschwinden.

Ich wartete eine kleine Weile und dann machte auch ich mich auf den Weg.

Ich war gespannt, was mich wirklich erwarten würde.

Und was, wenn sie gar nicht da waren?

Eine Frage, die mich schon unterwegs beschäftigt hatte, denn dann war ich am Ende mit meinem Latein - für´s erste jedenfalls. Und außerdem hatten wir dann eine Menge Zeit verloren.

Aber immerhin, da waren sie jedenfalls, wie ich bald merkte. Schon als ich auf dem offenen Zugang zum Teich war, hörte ich Stimmen. Ich zog meine Winchester aus dem Scabbard und ritt langsam weiter.

Als ich dann vorne um die Ecke kam, sah ich sie auch - und es war auch so ungefähr, wie ich mir das vorgestellt hatte: acht bis zehn Männer und eben die drei Frauen.

Sie standen unmittelbar am Ufer und bemerkten mich nicht gleich, wohl weil ihr Augenmerk ganz den beiden Mädchen galt, die sie in einem großen Halbkreis umringten, wie auch Mrs. Lovecroft, die vor einem der Männer kniete, der ihr offensichtlich ein Messer an die Kehle setzte, wenn ich richtig sah - ich war noch etwas zu weit entfernt, um das sicher erkennen zu können, aber .... ausgerechnet Mrs. Lovecroft!

Jetzt begann erneut, Wut in mir hochzusteigen. Ich musste darauf achten, dass ich mich in dieser Stimmung nicht zu etwas Unüberlegtem hinreißen ließ.

Es war also offensichtlich tatsächlich verdammt knapp geworden, obwohl wir doch eben das Letzte aus unseren Gäulen herausgeholt hatten.

Ich trieb meinen Braunen noch ein Stück voran, dann hielt ich an und steckte nach kurzem Überlegen die Winchester wieder zurück in den Scabbard - mit den Colts konnte ich schneller schießen, wenn ´s drauf ankam. Dafür steckte ich mir, wie schon so oft, einen zweiten Colt am Rücken hinter den Gürtel. Dann ging ich weiter.

Ich hörte die Stimmen und das Lachen der Männer und jetzt sah ich auch, dass Sarah und Suzanne ihre Jacken und Blusen ausgezogen hatten und jetzt eben die Röcke fallen ließen.

Wir waren wirklich verdammt knapp gekommen, gewissermaßen in letzter Sekunde, wie es so schön heißt, oder zumindest in vorletzter Sekunde.

Aber das war ja auch zu befürchten gewesen - aber mehr war ja auch nicht notwendig.

Schritt für Schritt kam ich näher, ich hörte das Lachen der Männer und ihre Rufe: Weiter! Weiter!

Und dazwischen die wütend protestierende Stimme von Mrs. Lovecroft.

Ich sah, wie Sarah und Suzanne sich anblickten und dann zögernd begannen, auch ihre Mieder aufzubinden.

Es war wohl an der Zeit, sich bemerkbar zu machen.

Doch da erblickte mich Suzanne plötzlich. Ich sah ihren überraschten Gesichtsausdruck und einem der Burschen musste wiederum ihr Blick aufgefallen sein und er drehte sich um.

"He! Da ist Mohenny!", rief er überrascht und drehte sich ganz um.

Augenblicklich drehten sich daraufhin natürlich alle um und machten dann Front gegen mich - nur Harding war leider geistesgegenwärtig genug, sich augenblicklich Sarah zu schnappen und vor sich zu ziehen. Ein zweiter schnappte Suzanne bei den Haaren und zwang sie unter einem kurzen Schmerzensschrei auf die Knie, ohne allerdings ebenfalls seine Kanone zu ziehen.

Ich wagte es nicht, zu schießen, Harding aber zog seinen Colt und setzte ihn Sarah an die Schläfe.

Das gefiel mir natürlich gar nicht, war aber im Augenblick nicht zu verhindern gewesen. Ich musste mich beherrschen!

"Hi, Gents!", grüßte ich übertrieben freundlich, ging noch ein paar Schritte näher, da aber stoppte mich Harding mit den Worten:

"Bis hierher, Mohenny, und keinen Schritt weiter."

Nun ja, angesichts des Colts an Sarahs Schläfe ließ ich mich überreden und blieb stehen.

"Genau so, Mohenny", sagte er darauf. "Und jetzt lass den Gurt fallen!"

Ich schüttelte den Kopf: "Harding!", erwiderte ich und schüttelte mit bedauernder Miene den Kopf. "Der Hellste bist Du ja gerade nicht. Du weißt doch genau, dass ich das nicht tun werde, weil ich nicht erschossen werden will. Und Du umgekehrt wirst wiederum meine Braut nicht erschießen, weil Du genau weißt, dass ich dann Dich erschieße, und gleich noch ein paar andere auch, zum Beispiel den Burschen, der Mrs Lovecroft festhält. Das könnt Ihr beim besten Willen nicht verhindern."

Die Sache wurde mir aber irgendwie zu dumm.

"Mrs. Lovecroft,", setzte ich dann ganz unverfroren hinzu, "stehen Sie auf!"

Und sie kam dieser Aufforderung so rasch nach, dass der Bursche, der sie festhielt, etwas zu spät versuchte, sie noch festzuhalten. Vielleicht auch, weil ich da war und ihn die Sache mit dem Erschießen ein wenig nachdenklich stimmte.

"Und das schaffst Du?", fragte Harding. "Ich meine, ein paar von uns umzulegen?"

"Harding! Wäre ich herangekommen, wenn nicht? Ich bin doch kein Narr."

"Ansichtssache."

"Ich weiß nicht, ob sich das schon bis zu Euch herumgesprochen hat, aber ... ich bin nicht kleinlich, wenn ´s darum geht, wem eine Kugel in den Kopf zu jagen."

"Tja, es wird so viel geredet, Mohenny." Hardings Augen wurden schmal.

"Auch wieder wahr", gab ich zu.

Wie auch immer, Mrs. Lovecroft war während dieses kleinen Wortwechsels inzwischen jedenfalls hinter die Männer zurückgewichen.

"Patrick, du Idiot!", grollte Harding.

"Entschuldige, aber ..."

"Halt die Klappe!"

Dann richteten sich Hardings Augen abschätzend wieder auf mich und unsere Blicke begegneten sich.

"Mohenny! Was willst Du hier?", fragte Harding endlich.

"Was ich hier will?", ich zuckte mit den Schultern. "Nun, sagen wir so: Ich kam vorbei und hörte Stimmen. Da dachte ich, vielleicht sind meine Braut und ihre Schwester wieder einmal hier, weil sie ein wenig schwimmen wollen. Ist ´n heißer Tag heute. Das tun sie hin und wieder, wie du weißt."

"Ich weiß, ich weiß. Und stell Dir vor, sie wollten heute sogar nackt schwimmen. Sie waren schon dabei, sich auszuziehen. Du bist ein paar Minuten zu früh gekommen."

"Tja, schade."

"Eben! Du hättest sie sicher auch gerne nackt gesehen?"

"Aber sicher - aber alles zu seiner Zeit natürlich. Die Sache ist nämlich die: Wie Du weißt, ist Sarah meine Braut, und da hätte sie mich eigentlich um Erlaubnis fragen müssen."

"Nein!", widersprach Harding. "Die Sache ist nämlich die: Sie ist jetzt nicht mehr Deine Braut, Mohenny, sie ist jetzt meine Braut."

"Ach nein."

"Komm, Süße! Zeigen wir ´s ihm", sagte Harding darauf, zog an den Haaren Sarahs Kopf zurück und presste ihr, mit einem schrägen Seitenblick zu mir, die Lippen auf den Mund.

Und in diesem Augenblick erfasste mich eine derartige Wut, wie ich es noch nie zuvor in meinem ganzen Leben erlebt hatte. Sie reichte bis in die letzten Fasern meines Körpers und ich glaubte förmlich, ich müsste jetzt gleich explodieren vor Wut. Ich konnte mich nur mühsam beherrschen, nicht zuletzt, weil es für Sarah zu gefährlich gewesen wäre, zu schießen.

Da aber geschah plötzlich etwas, mit dem weder Harding selbst, noch ich gerechnet hatten:

"Aaaa...!", entfuhr ihm ein überraschter Schmerzensschrei, während er sich gleichzeitig seltsam zur Seite beugte und Sarah förmlich von sich stieß.

"Du verdammtes Lu ...", hob er dabei zu einem Fluch an - der aber schon im Krachen jenes Schusses unterging, mit dem ich ihm jetzt eine Kugel in den

Kopf jagte, denn in diesem Augenblick hatte ich endlich auch eine Chance gesehen. ohne dass Sarah dadurch wirklich gefährdet worden wäre. Und da ging ein kurzer Feuerzauber los. Ich hatte beide Colts gezogen, Slim schoss ebenfalls und vielleicht auch Ann - das Krachen der Schüsse erfüllte kurz die Luft - und dann war es plötzlich unwirklich still, nur der Pulverschmauch, den jetzt ein leiser Windhauch langsam und träge davontrug, erinnerte an das, was eben geschehen war.

Ich sah nach Sarah und Suzanne – die gerade damit beschäftigt waren, sich hastig wieder anzuziehen. Sie waren beide etwas blass.

"Sehr zufriedenstellen", sagte ich darauf zufrieden, auch wenn mir im Augenblick wohl niemand wirklich zuhörte.

Nun, ich lud dann meine Colts nach und ging hinüber zu Sarah, die gerade ihre Bluse hinter den Gürtel ihres Rockes steckte.

Sie sah mir entgegen und lächelte, war allerdings noch immer ein merklich schockiert.

Ich holte tief Luft und schüttelte den Kopf.

„Sarah, tut mir leid", begann ich. „Eigentlich hätte ich vorhin ja nicht schießen dürfen. Das … das war viel zu gefährlich für Dich, ich hätte Dich treffen können. Nein, eigentlich hätte ich auf eine günstigere Gelegenheit warten müssen, aber es machte mich in diesem Augenblick so ungeheuer wütend, dass er Dich geküsst hat, also ..."

"Er hat es versucht, Bill. Er hat es versucht ..., wie ein gewisser Jemand auch bei Gelegenheit."

"Das kannst du nicht vergleichen, ich habe nur so getan, als ob, wenn Du dich erinnerst."

"Wer weiß? Vielleicht hat Harding ja auch nur so getan, als ob - das kannst du gar nicht wissen."

"Sicher, aber ..."

"Aber wenn es dich beruhigt, ich war ziemlich froh, als du geschossen hast, auch wenn ich fürchterlich erschrocken bin. Aber die Sache begann, irgendwie unangenehm zu werden."

"Kann ja sein, aber ... trotzdem, es war zu gefährlich. Aber dieser Kuss ..."

"... der keiner war."

"Kann ja sein, aber ..., so oder so, das hätte er nicht tun dürfen. Aber ..., ich war auf einmal so unendlich wütend. Ich glaube, so wütend war ich noch nie in meinem Leben."

"Tatsächlich? Dabei geht dich die Sache doch eigentlich gar nichts an. Ich meine, du vergisst doch nicht schon wieder, dass ich nicht wirklich deine Braut bin, oder?"

"Wie könnte ich? Es gibt da nämlich einige Leute, die mich oft genug daran erinnern."

"Na dann."

"Aber trotzdem ..."

"Trotzdem was?"

"Trotzdem! Dich zu küssen, das ist mein Privileg."

„Ach nein ..., was du nicht sagst." Sie sah mich überrascht und prüfend an und lächelte ein wenig, und es war dieses gewisse Lächeln, so mit leicht geöffnetem Mund, das einen Mann unter Umständen richtig verrückt machen kann.

Ihr Lächeln verstärkte sich.

"Also, ich glaube, über deine Privilegien müssen wir noch reden", sagte sie dann.

Plötzlich aber wurde ihre Miene wieder ernster,

"Bill, jetzt ist es doch vorbei?", fragte sie.

"Aus und vorbei", bestätigte ich ihr. "Für immer und ewig."

"Gut."

Sie sah nach links.

"Wer ist diese Frau?", fragte da Sarah plötzlich.

Ich wandte den Kopf nach rechts und da kamen eben Ann und Slim heran.

"Ach, das ist Ann Forester", antwortete ich - und Slim, der die letzten Worte verstanden hatte, fügte hinzu:

"Sie wurde auf der Dalton-Ranch gefangen gehalten."

"Oh!", sagten Sarah und Suzanne fast gleichzeitig, denn eben hatten sich auch Mrs. Lovecroft zu uns gesellt. Slim aber grinste mich an und fragte:

"Bill, glaubst Du, dass unsere blutige Spur jetzt endlich zu Ende ist?"

"Schätze, ja. Und das, ohne dass auch nur einer von uns irgendeinen Hratzer abgekriegt hätte."

Slim nickte,

§Beachtlich!", stellte er fest.

„Und sehr zufriedenstellend. Und wenn Jonathan auch noch Dalton zur Strecke bringt ..."

"Also, ich denke, das sollte er eigentlich schon erledigt haben."

"Warum? Wovon redet Ihr? Was ist mit Jonathan?", fragte Sarah.

Also erklärten wir ihnen eben, worum es ging - was es mit der blutigen Spur auf sich hatte und mit Jonathan.

"Und Ihr glaubt, Jonathan schafft das?", fragte Suzanne ein wenig zweifelnd.

"Er hat ein gutes Gewehr und ein gutes Pferd", beruhigte sie Slim. "Und er ist ein alter Hase."

"Es wäre so wichtig", sagte Mrs. Lovecroft, trotzdem noch immer ein wenig besorgt.

"Alles wird gut, Mrs. Lovecroft", versicherte ich ihr.

"Ihr Wort in Gottes Ohr", seufzte sie.

"Und jetzt reiten wir zurück zur Ranch", entschied ich. "Der Boss wird schon warten. Und außerdem: Ich kann mich schon gar nicht mehr erinnern, wann ich das letzte Mal was ordentliches zu futtern zwischen die Zähne gekriegt habe."

"Nun, dann sollten wir uns beeilen. Ich kann aber keine Wunder wirken, Mr. Mohenny", sagte Mrs. Lovecroft darauf und lächelte dabei sogar ein wenig.

"Doch!", widersprach ich. "Ihr Apfelkuchen zum Beispiel kann Tote zum Leben erwecken."

"Ach Sie!"

Es hatte eine kleine Weile gedauert, bis wir alle Toten auf ihre Pferde verfrachtet hatten, aber dann waren wir endlich alle im Sattel und ritten los und ich denke, wir waren schon irgendwie eine sehr merkwürdige Gruppe, mit all den Toten, die wir auf ihren Pferden hinter uns herführten und vorneweg Slim, ich und die vier Ladies.

"Sie ist mit Dalton verheiratet", begann Slim nach einer Weile.

"Wer? Ann?"

"Wer sonst? Wir hatten ein wenig Zeit zum Quatschen, bis Du aufgetaucht bist.

"Verstehe. Und?"

"Sie hat ihn in Phoenix kennengelernt. Da war sie Bedienung in einem Hotel oder so und Dalton ist eben auf sie abgefahren, als er ein paar Tage dort war."

„Was man verstehen kann."

"Natürlich. Aber Ann dachte jedenfalls, sie hätte das große Los gezogen, als er sie fragte, ob sie seine Frau werden wolle. Er sah leidlich gut aus, war ein Gentleman und schien viel Geld zu haben. Hier auf der Ranch war es dann allerdings bald vorbei mit dem Gentleman. Er hat sie verdammt schlecht behandelt. Du weißt schon, Prügel und so."

"Nun ja, er ist eben eine verdammt miese Ratte."

"Ist er ..., oder war er. Na egal, dreimal hat sie jedenfalls versucht, auszubüchsen, aber jedes Mal hat Harding sie wieder eingefangen. Und wie es ihr danach ergangen ist, kannst Du Dir ja vorstellen."

"Kann ich. Also darum wollte sie also unbedingt auf Harding schießen."

"Natürlich."

"Nun ja, vielleicht ist sie ja schon Witwe", meinte ich.

"Vielleicht. Als ich ihr erzählte, dass einer von unserer Ranch hinter ihm her wäre, da hat sie gesagt, sie würde beten, dass er ihn kriegt."

"Nun, wir werden ja bald wissen, ob ihre Gebete erhört wurden."

"Werden wir."

Eine kleine Weile ritten wir schweigend.

"Du könntest sie heiraten, Slim", schlug ich ihm dann vor. "Sie ist wirklich eine verdammt schöne Frau."

"Sicher, aber ich denke, sie hat jetzt vielleicht für eine Weile genug von den Männern."

"Kann sein, aber ... nun, das war ja auch nur so ein Tipp von mir."

"Danke! Das wird´ ich Dir nie vergessen, Bill!", wurde er ein wenig sarkastisch.

"Na dann."

Nach kurzem Schweigen griff Slim dann das Thema aber doch wieder auf.

"Außerdem, du weißt, wie lausig ein Cowboy bezahlt wird", begann er. "Als Cowboy solltest Du eigentlich vernünftigerweise nicht heiraten."

"Da ist natürlich was dran", gab ich zu. "Da muss man sich was überlegen. Als Vormann zum Beispiel wärst Du schon besser dran."

"So wie Du?"

"Genau, so wie ..."

Dann zögerte ich, weil ich merkte, dass das Gespräch im Weiteren vielleicht darauf hinauslaufen würde, dass ich dann doch .... Ich meine, weil doch Jonathan gerne herumerzählte, dass ich in Sarah verknallt wäre, wie er beliebte, sich auszudrücken. Und da entschloss ich mich, das Gespräch lieber doch wieder in andere Bahnen zu lenken.

"Aber bleiben wir doch bei Dir, Slim", schlug ich daher vor. "Und was nun Ann und deine mageren Einkünfte betrifft, so ist es doch so, dass sie jetzt einiges erben müsste ...., zumindest wenn Jonathan ganze Arbeit geleistet hat.."

"Eben! Das würde doch irgendwie blöd aussehen. Ich meine, so als ob ..."

"Dir kann man ´s aber auch nicht recht machen", seufzte ich. "Sieh dir die Frau doch einmal richtig an und dann denk darüber nach."

"Bill! Können wir aufhören, über ungelegte Eier zu reden", beendete da Slim diese Unterhaltung,

"Schon gut", gab ich nach. "Aber Du wirst ja doch darüber nachdenken, das weiß ich."

"Kann sein, aber dazu brauch ich nicht Dich."

"So spricht ein Mann", sagte ich, was Slim mit einem gequälten "Idiot!" quittierte.

Um dafür aber nach einem Augenblick hinzu zu setzen:

„Aber dafür sollte sich Dein nächster geniale Plan mit Sarah beschäftigen, Bill."

„Ich wusste, dass so was irgendwann kommen würde."

„Na dann! Ich kann Dich doch nicht enttäuschen."

„Du bist eben ein echter Freund, Slim."

„Eben!"

Nun, ich ließ mich daraufhin ein wenig zurückfallen, weil ich mit Sarah reden wollte. Denn da war doch noch ein Punkt, der mich wirklich interessierte.

"Hallo, Sarah!", fing ich also an, als ich neben ihr herritt.

"Hallo, Bill!", erwiderte sie überrascht und sah mich fragend an.

"Sag, eines würde mich interessieren."

"Nämlich?"

"Wie hast du es geschafft, dass Harding dich plötzlich los ließ? Vorhin am Teich, Du weißt schon."

"Ja, ja, ich weiß."

"Ich meine, irgendwie muss es ihm ja sehr weh getan haben."

"Ja, ich glaube schon.", bestätigte mir Sarah und lächelte, wohl in Erinnerung an diesen Augenblick, leise vor sich hin.

"Und? Was war es nun?"

"Ach, weißt Du, das war ein Tipp, den Phil uns einmal gegeben hat, mir und Suzanne."

"Mach 's nicht so spannend."

"Er hat gemeint, eine Frau könnte sich selbst gegen den stärksten Mann erfolgreich zur Wehr setzen, wenn sie nur seinen kleinen Finger erwischt und verbiegt. Selbst der stärkste Mann wäre nicht stark genug, um das zu verhindern."

"Also das war es!", und für einen Augenblick erinnerte ich mich an das Mädchen, das Phil und mir einmal genau diesen Tipp verraten hatte.

"Ja ich erinnere mich", sagte ich daher. "Das hat uns einmal dieses Mädchen aus dem ..." - und da verstummte ich lieber.

"Aus dem was?", wollte da Sarah nun wissen.

"Ach ..., nichts."

"Kann es sein, dass Du jetzt eben sagen wolltest, aus dem Puff? ... oder den Namen von einem Puff?"

"Unsinn!", wies ich diese Vermutung zurück, obwohl sie natürlich wahr war.

Ich glaube, ich war sogar ein ganz klein wenig verlegen. Und Sarah schenkte mir natürlich auch keinen Glauben.

"Ich hoffe, es ist Dir schon aufgefallen, dass ich kein kleines Kind mehr bin. Immerhin bin ich Deine Braut. Zwar nicht wirklich, aber immerhin ..."

"Du wirst es nicht glauben, aber das ist mir durchaus schon aufgefallen ..., ziemlich sogar."

"Manchmal fällt es mir aber schwer, das zu glauben, - egal, jedenfalls hab´ ich dann Hardings kleinen Finger erwischt, als er versucht hat, mich zu küssen - und es hat tatsächlich funktioniert."

"Zum Glück, denn erst in diesem Augenblick wagte ich es, zu schießen. Ich bin zwar ziemlich treffsicher, aber vorher war es mir zu riskant.´´

"Ja. treffsicher bist du", bestätigte mir Sarah. "Dein Schuss fiel und plötzlich war da ein Loch mitten in seiner Stirn. Ich bin furchtbar erschrocken, zumal dann ja gleich so viele Schüsse fielen."

"Aber trotzdem, wenn eine von Euch eine falsche Bewegung gemacht hätte .... Nein, vorher war es mir einfach zu gefährlich für Dich."

Für einen Augenblick sah ich die ganze Situation noch einmal vor mir,

"So wie es aussieht, hat Phil mir eigentlich noch ein letztes Mal ganz schön geholfen, sozusagen."

"Hat er, sozusagen. Uns! Uns hat er geholfen."

"Ja genau, uns", wiederholte ich nachdenklich.

"Aber wir werden gleich da sein", sagte da Sarah plötzlich. "Gott, werde ich froh sein."

Und schon wenig später waren wir endlich zurück. Die Dämmerung war auch schon hereingebrochen, als wir endlich in die gute Stube traten, wo Mr. Lovecroft, Tom und Mingus bei einem eher frugalen Mahl saßen. Nun, da gab es natürlich einmal eine freudige Begrüßung.

Als das geschehen war, machte sich Mrs. Lovecroft, ungeachtet dessen, dass sie einiges mitgemacht hatte, mit großem Eifer mit Sarah und Suzanne daran, ein etwas weniger frugales Mahl zuzubereiten. Nicht zuletzt vielleicht deshalb, weil ich am Nachmittag schon die Bedeutung dieses Aspektes menschlichen Wohlbefindens betont hatte. Und wohl auch, weil sie einfach irgendwie glücklich waren, wieder zu Hause zu sein - in ihrer Küche und bei ihrem Herd.

Bald tauchte dann auch Jonathan auf. Er grinste von einem Ohr bis zum anderen, als er uns sah und hob den Arm zum Siegeszeichen.

"Hi, Jungs!", begrüßte er uns dann. "Ist ja schon eine verdammte Weile her, dass ich mit ´ner Sharps geschossen habe, hat aber echt Spaß gemacht ..., wie in den alten Zeiten."

"Sehr zufriedenstellend", bemerkte ich dazu - nicht ganz zuletzt deshalb vielleicht, weil so meine gute, alte Sharps also tatsächlich noch einmal zu Ehren gekommen war.

Und sogar unsere Pferde waren wieder da. Auch das war schön. Sie waren am Tag zuvor gegen Abend am Ranchhof aufgetaucht - was bei dem Pferd, das ich geritten hatte, ja noch nicht so überraschend war. Immerhin war es hier zu Hause. Slims Gaul musste dann wohl immer mit ihm mitgelaufen sein. Es war doch gut. dass wir sie nicht angeleint hatten.

"Sehr zufriedenstellen", bemerkte ich selbstverständlich auch zu dieser Frohbotschaft. Aber natürlich waren sie alle besorgt gewesen.

"Wir hatten wirklich schon das Schlimmste befürchtet", hatte Mr. Lovecroft dazu unter anderem festgestellt. Und auch Slim war sehr erleichtert. Es hatte ihn doch sehr beschäftigt, dass er sein Pferd auf der Dalton-Ranch hatte zurücklassen müssen.

-*-

Ende gut, alles gut - und so wurde dann jedenfalls noch viel und lange geredet an diesem Abend.

Nun, das war auch ein mehr als ereignisreicher Tag gewesen, Slim und ich, wir hatten eine ziemlich blutige Spur zurück gelassen, wie Mr. Lovecroft beliebt hatte, sich auszudrücken, und alles war endlich wieder in Ordnung gekommen.

Aber Gerede ist nun einmal meine Sache nicht - und so verdrückte ich mich irgendwann.

Auf der Veranda ließ ich mich rittlings auf einem der Stühle nieder, die dort vor dem Tisch standen, legte meine verschränkten Arme auf die Lehne des Stuhles und blickte über den Ranchhof.

Der Mond war ziemlich voll und tauchte alles in sein silbriges Licht, soweit es nicht in den tiefschwarzen Schatten lag, die die Gebäude warfen.

Ich hatte aber sowieso kein Auge für all das, denn ich war in Gedanken. Eine Weile war mir noch durch den Kopf gegangen, was heute so alles geschehen war, bis ich ganz unversehens, ich weiß auch nicht wie, wieder einmal so weit war, dass ich mich fragte: Und was jetzt Mr. Mohenny?

Ich meine, diese Sache hier war vorbei - also: Was nun?

Ich hatte wieder einmal keine Idee. Natürlich, vielleicht konnte ich hier Vormann bleiben, aber irgendwie ... Eines aber wusste ich: Nämlich, dass ich nicht als ein alter Narr enden wollte wie Jonathan.

Während ich so grübelte, hörte ich, dass hinter mir die Tür ging, und als ich mich umdrehte, sah ich, dass Sarah aus dem Haus kam.

Wortlos lehnte sie sich gegen meinen Rücken und legte ihre Unterarme auf meine Schultern.

"Was gibt 's?", fragte ich.

"Oh! Da wäre einiges."

"Nämlich? Zum Beispiel?"

"Zum Beispiel müssen wir über Deine Privilegien reden, wenn Du dich erinnerst."

"Jetzt, wo du es sagst ...., und ... was noch?"

"Ja, was noch ....?" Sie überlegte kurz.
„Ich muss Dir auch noch was sagen zum Beispiel", eröffnete sie mir endlich. „Ich wollt 's dir ja eigentlich schon am ersten Tag sagen, als du hier aufgetaucht bist, aber ... irgendwie hat es sich nie ergeben. Aber wer weiß, vielleicht ist heute die letzte Gelegenheit."
„Wie kommst Du denn darauf?"
„Nun, vielleicht steigst Du ja morgen schon einfach in den Sattel und reitest weiter. Was sollte Dich hier noch halten?"
„Nun, dazu gäbe es zwar einiges zu sagen, aber ... Was wolltest Du mir denn unbedingt sagen?"
„Nun, was ich Dir sagen wollte, ist...: Also, wenn Du zehn Jahre jünger wärst, wärst Du einfach zu

jung für mich."

„Hmm..., auch dazu gäbe es einiges zu sagen,
aber ...: Wie kommst Du denn darauf?"

„Wie ich darauf komme? Nun, Du wirst Dich
vielleicht nicht mehr erinnern, aber am ersten Tag,
als Du hier aufgetaucht bist, hast Du so ungefähr
gesagt, wenn Du zehn Jahre jünger wärst, würdest
Du eine von uns heiraten, also eben mich oder
Suzanne sozusagen, und dann würden wir mit Dalton
schon fertig werden."

„Hab´ ich das gesagt? Nun ja, jetzt wo Du es
sagst ..., kann sein. Aber ... also, ich meine ..., was
ist so falsch daran? Wir sind doch mit Dalton fertig
geworden ..., sogar ohne heiraten."

„Du drückst dich um die zehn Jahre."

„Tu ich nicht, aber selbst wenn ich zehn Jahre jünger
wäre, wäre ich wenigstens noch ein, zwei Jahre älter
als Du, glaub ich, also ... "

„Eben, das ist zu wenig. Denn ich denke, ein Mann
sollte wenigstens fünf Jahre älter sein als ... als das
Mädchen eben, das er heiraten will, oder die Frau."

Sarah, die sich noch immer mit den Unterarmen auf
meine Schultern stützte, begann mit meinen Haaren
herum zu spielen, indem sie immer wieder kleine
Haarsträhnen um ihre Finger wickelte und dann

sachte ein wenig daran zupfte.

„Na schön, und … und wenn ich Suzanne geheiratet hätte? Die ist jünger als Du.

„Ja, das …, das würde schon eher passen, aber … Du hättest ja eigentlich mich heiraten müssen."

„Dich? Und warum gerade Dich?"

„Nun, das ist so. Als Ihr damals vor etlichen Jahren auf die Ranch gekommen seid, Du und Phil, da waren wir ziemlich verliebt in Euch, also ich und Suzanne."

„Verliebt? Ihr wart zwei kleine Mädchen."

„Also, so klein waren wir nun auch wieder nicht und außerdem: Auch kleine Mädchen können sich verlieben, glaub´s mir. Und kleine Jungs übrigens auch, glaub ich. Warst du als Junge nie verliebt? In … in deine Tante zum Beispiel, oder … deine Lehrerin? oder … oder irgendeine andere schöne Frau eben?"

„Nein, ich glaube nicht …"Da fiel mir aber plötzlich irgendwie Monica ein.

„Oder vielleicht …", verbesserte ich mich daher. „Ich meine, in der Schule, da war ein Mädchen, sie hieß Monica … da war ich allerdings wohl eher noch ein kleiner Junge."

„Und? Was war?"

„Ach nichts, aber …. ich stellte mir damals immer

wieder gerne vor, wie ich sie aus irgendeiner Gefahr
rettete: vor Räubern, vor wilden Tieren … ja, und so
weiter eben. Aber die einzige Gefahr vor der ich sie
je rettete, war die, an den Haaren gezogen zu
werden, indem ich den Jungen verprügelte, der das
immer wieder getan hatte, und damit nicht aufhören
wollte."

„Na bitte, ist doch immerhin etwas. Und Du würdest
nicht sagen, dass Du in diese Monica verliebt
gewesen bist? Zumindest ein bisschen?"

Ich zuckte mit den Schultern. „Nun ja, vielleicht …
also, sagen wir ja, damit Du endlich Ruhe gibst."

„Na also, siehst du. Und Suzanne und ich, wir waren
damals eben verliebt in Euch, also … irgendwie
jedenfalls. Und jedenfalls haben wir uns damals
ausgemacht, dass wir Euch heiraten würden – ich
sollte dich heiraten und Suzanne eben Phil."

„Tatsächlich?", fragte ich, jetzt doch ein wenig
überrascht.

„Wenn ich ´s Dir sage. Und Suzanne war dann auch
richtig traurig, als du erzählt hast, dass Phil
geheiratet hätte - damals, als Du dann ein paar Jahre
später wieder einmal vorbei gekommen bist. Sie hat
sogar ein bisschen geweint."

"Und Du warst die Glückliche?", fragte ich ein
wenig amüsiert. „Ich meine, weil ich ja noch frei

war … sozusagen."

„Ja, genau, aber … Du hast mich ja nicht beachtet. Ich meine, ich hatte da immerhin schon ein wenig Busen und ich hätte mir gewünscht, dass du das irgendwie auch bemerkst. Ich habe die engsten Blusen angezogen … und oben immer ein paar Knöpfe offen gelassen … Und zu Großmutter sagte ich, dass ich keine Zöpfe mehr haben wollte. Aber ich hatte nicht den Eindruck, dass Dich das irgendwie interessiert hätte."

„Nun ja, wie man ´s nimmt. Ich meine, ich dachte mir damals schon bei Gelegenheit so ungefähr: „Oho, ich glaub´, die zwei werden ja ganz hübsche Dinger … und das vor allem wegen Dir natürlich, denn Du warst ja die Ältere, und das machte damals doch einen gewissen Unterschied."

„Tatsächlich?"

Sarah verstummte kurz, um dann aber weiter in dieselbe Kerbe zu schlagen:

„Nun ja, kann ja sein, aber … viel gemerkt hab´ ich davon nicht. Und außerdem hab´ ich ja davon geträumt, dass Du mich einfach einmal in die Arme nehmen und küssen würdest."

„Tatsächlich! Tja, aber … also, ich glaube, dass Du ziemlich erschrocken wärst, wenn ich es wirklich einmal getan hätte, ... also, ich meine, so richtig."

„Glaube ich nicht."

„Aber sicher sogar."

„Glaube ich nicht", beharrte Sarah. „Aber ... leider werden wir das nie mehr herausfinden."

„Ja, leider", bestätigte ich ihr.

„Lügner, Dir tut es gar nicht leid."

„Ertappt", gab ich zu. „Aber ... selbst wenn ich auf die Idee gekommen wäre - zum Küssen warst Du einfach noch zu jung."

„Ansichtssache. Reverend Dillinger hat erzählt, dass die Mormonen ihre Mädchen oft schon mit elf, zwölf Jahren verheiraten"

„Hab´ ich auch schon gehört."

„Also, wenn Du ein Mormone wärst, hättest du mich damals schon heiraten können."

Ich lächelte über Sarahs Hartnäckigkeit

„Hätte ich", gab ich zu, „aber ... ich bin nun einmal kein Mormone. Und außerdem hätte ich dann Euch beide heiraten können. Die Mormonen können mehrere Frauen haben ..., falls dieser Reverend ..."

„Dillinger, Reverend Dillinger. Ja, das hat er auch erzählt."

„Und ob Dir das gefallen hätte ...?"

„Ja, das ist ... das ist natürlich die Frage."

Sarah verstummte, um dann nach einigen

Augenblicken hinzu zu setzen:

„Er hat aber auch erzählt, dass bei den Muselmanen die Mädchen oft schon mit sechs oder sieben Jahren verheiratet werden."

„Tatsächlich? Nun ja, es gibt Dinge .... Aber wer sind denn diese Muselmanen eigentlich? Nie gehört."

„Keine Ahnung, aber ... der Reverend würde es sicher wissen."

„Vielleicht sind das irgendwelche Wilden aus Afrika", überlegte ich dann. „Obwohl ..."

„Obwohl was?"

„Also, ein Indianer zum Beispiel würde nie auf so eine Idee kommen."

„Das sind ja auch keine Wilden."

„Nein, das nicht. Ich meine …, nicht mehr als wir jedenfalls. Aber diese Muselmanen …"

Da mir aber nichts einfiel, was ich zu diesen Muselmanen und ihren seltsamen Sitten noch sagen sollte, wechselte ich das Thema, indem ich, sehr wohl inspiriert von unserem bisherigen Gespräch, vorschlug:

„Ich könnte Dir dazu übrigens auch noch etwas erzählen."

„Nämlich?"

„Weißt du, vor ein paar Wochen, am Tag nachdem

ich Phils Mörder … nun ja …."

„… erschossen hatte", half Sarah nach. „Du hast sie erschossen, Bill."

„Ja, genau. Nun jedenfalls lag ich dann am nächsten Tag mit einer Flasche von Luises Seelentröster im grünen Gras, schaute hinauf zum blauen Himmel und dachte darüber nach, was ich nun anfangen sollte, ich meine so richtig ..., mit meinem Leben - wie Phil mit seiner Pferderanch. Aber der hatte natürlich Mary gehabt. Und da fiel mir irgendwann Eure Ranch wieder ein, und dass es vielleicht an der Zeit wäre, endlich meine Sachen abzuholen."

„Verstehe. Nun ich frage dich jetzt nicht, was Luises Seelentröster ist, aber vielleicht solltest Du Dich wieder einmal ins grüne Gras legen und hinauf schauen in den blauen Himmel ... mit Luises Seelentröster, falls davon noch etwas übrig ist."

"Jonathan hat mir welchen mitgebracht."

"Na also. Vielleicht kommt Dir dann wieder eine Idee."

„Das habe ich schon getan."

„Und? Bist Du auf irgendeine Idee gekommen?"

„Bin ich. Ich meine, ich weiß nicht, ob es eine gute Idee ist, aber ..."

„Und? Was war denn das für eine großartige Idee? Mach ´s nicht so spannend."

„Tja, also … ich meine …, ich dachte, ich könnte Dich heiraten."

„Mich … heiraten …?", wiederholte Sarah und verstummte dann kurz – diese Eröffnung war nun doch wohl ein wenig überraschend für sie.
„Das … das ist aber interessant.", sagte sie dann aber schließlich.

Und danach schwiegen wir beide, wohl jeder irgendwie kurz in Gedanken – bis mir plötzlich aus irgendeinem Grund bewusst wurde, dass Sarah eigentlich noch immer mit meinen Haaren herum spielte – was mich, vielleicht auch nur um endlich doch irgendetwas zu sagen, zu der Frage veranlasste: „Sag, was machst Du eigentlich die ganze Zeit mit meinen Haaren? Ich glaube, Du laust mich wie einen Affen."
„Tu ich aber nicht. Es ist nur … , irgendwie hatte ich eben gerade Lust dazu."
„Verstehe. Ich hätte ja natürlich auch gerade Lust zu … zu so diesem und jenem eben."
„Zum Beispiel?"
Ach Gott …, nichts eigentlich … ich meine ..."
„Nichts? Nicht vielleicht, mich zu küssen? Ich meine, immerhin hast Du gesagt, das wäre Dein Privileg."

„Nun ja, ist es ja auch."

„Hmm... Dann tu es doch endlich …, wenn du es schon nicht sagen willst."

„Nun ja, eigentlich ..."

Und da erhob ich mich und wandte mich um zu Sarah, die mich jetzt, an den Tisch hinter ihr gelehnt, irgendwie forschend und auch herausfordernd ansah. Ich trat ganz nahe an sie heran, ihre Augen glitzerten in der Dunkelheit, wohl im Licht des Mondes oder irgendwelcher Sterne. Ich umfasste mit meinen Händen ihre Taille und zog sie ein wenig an mich – und da spürte ich aber plötzlich ihre Lippen auf den meinen, sie schlang ihre Arme um meinen Nacken und ...Nun ja, und das wurde dsnn eben zu einem Kuss, wie er sein soll, zu einem richtigen, nicht enden wollenden Kuss. Und es war ein ganz unbeschreibliches Gefühl, das erste Mal ihren warmen Körper unter meinen Händen zu spüren, und langsam schob ich meine Rechte an ihrer Seite hoch, bis ich die Ansätze ihrer Brüste spürte.

„Sehr zufriedenstellend!", sagte ich dann ein wenig atemlos, als ich sie dann endlich los ließ.

Ihr Kommentar aber war nur:

„Endlich! Also wenn ich gewartet hätte, bis Du mich wirklich endlich küsst, wäre ich eine alte Jungfer geworden. Und dabei weißt Du ja jetzt, wie lange ich darauf eigentlich schon gewartet habe, ...“

Und, zugegeben, im letzten Augenblick hatte ja eigentlich sie die Initiative ergriffen.
Sie schaute mir irgendwie prüfend in die Augen - und dann stellte sie mit so einem gewissen Lächeln fest:

„So, jetzt wissen wir wenigstens, wozu Du eben Lust hattest, oder?“

Statt einer Antwort aber holte ich tief Luft und sagte dann:

„Sarah, ich ... ich bin verrückt nach Dir.“ Zugegeben, das war nicht besonders originell, aber wem fällt in so einem Augenblick schon etwas Originelles ein.

„Bist Du das?", erwiderte Sarah. "Nun, dann ... dann haben wir ja wenigstens noch etwas herausgefunden.“

„Obwohl ... also, ich meine ...,", fuhr sie dann halblaut, fast verschwörerisch fort, „vielleicht sind das nicht ganz die richtigen Worte, wenn Du einmal

bei Großvater um meine Hand anhalten solltest ...
nachdem Dir ja eben diese Idee offensichtlich selbst
schon gekommen ist ..."

„Im Prinzip hab´ ich das ja auch vor. Da ist
allerdings noch eine Sache, die wir vorher klären
müssen."
„Nämlich?"
„Du solltest Dir von deiner Großmutter das Rezept
für ihren Apfelkuchen geben lassen."
Sarah lächelte.
„Also, ich glaube, das lässt sich machen", versicherte
sie mir.
Sie schaute mir forschend in die Augen und dann
meinte sie plötzlich:
"Die Sache mit Deinen Privilegien wäre dann
immerhin auch geklärt."
„Eben! Und das nenne ich, zwei Fliegen mit einem
Schlag treffen", ich seufzte, „wenn das alles nur
nicht so lange dauern würde."
„Ja, das ... das tut es allerdings", stimmte Sarah mir
zu – sie sah mich wieder forschend an.

Ihr Gesicht schimmerte im Mondlicht - plötzlich war
da aber ein leises, verschwörerisches Lächeln um
ihren Mund - sie musste wohl meine Gedanken
erraten haben, denn sie fragte:

„Glaubst Du, dass Du diese Nacht unser Zimmer findest?"

„Euer Zimmer?"

„Unser Zimmer! Ich meine, das wirst Du doch noch hinkriegen, ohne dass Großvater und Großmutter davon etwas merken, oder?"

Ich sagte nicht gleich etwas, denn dieser Vorschlag kam nun doch ein wenig überraschend, eigentlich ziemlich überraschend sogar.

„Und Suzanne?", fragte ich dann.

„Die würde in einem der beiden kleinen Zimmer hinten schlafen."

„Das … das würde sie?"

„Es war ihre Idee."

„Ihre Idee …", erneut verstummte ich kurz, weil ich nicht gleich wusste, was ich darauf sagen sollte.

„Du meinst … Ihr …, Ihr habt darüber geredet sozusagen?", fragte ich dann.

„Haben wir. Wir haben darüber geredet, wie wir es halten würden, falls …, falls es sich ergeben sollte, dass … nun ja, dass eben."

„Ernst jetzt?"

„Todernst."

„Hmm..."

„In einer Stunde?", fragte da Sarah plötzlich halblaut und ein wenig verschwörerisch.

„In einer halben."

„Na schön.", sagte sie und lächelte.

„Ich geh jetzt rein und red´ mit Suzanne", setzte sie dann hinzu und wandte sich ab.

Ich folgte mit den Augen ihrer im Dunkeln des Schattens unter dem Verandadach schemenhaften, schlanken Gestalt – ihr Rock schwang im Gehen ein wenig im Rhythmus der Bewegungen ihrer Hüften, was meinen Blick irgendwie auf sich zog.

„Bis später.", sagte sie und lächelte, als sie durch die Tür verschwand.

Ich schüttelte den Kopf. Dieses Ende, dieses so schon so ereignisreichen Tages, war einfach wirklich zu überraschend – aber es gefiel mir natürlich, sehr sogar.

„Sehr zufriedenstellend", sagte ich schließlich halblaut vor mich hin. „Wirklich sehr zufriedenstellend."

Plötzlich aber ging die Tür noch einmal auf und Sarah streckte den Kopf heraus.

„Und jetzt frag ich Dich doch, Bill: Was ist denn nun eigentlich Dein ominöser Seelentröster?", fragte sie.

„Es ist noch welcher übrig", antwortete ich, „ich bring ihn mit."

Gut!", sagte sie, dann schüttelte sie den Kopf und
wiederholte noch einmal halblaut:
„Seelentröster!"

In diesem Augenblick aber kam mir plötzlich auch
Luise wieder in den Sinn.

Wenn die gewusst hätte, was ihr Seelentröster hier
angerichtet hatte. Es hätte ihr gefallen – keine Frage.
Und sie hätte des Langen und Breiten so herrlich mit
Bertha darüber quatschen können – morgens, bei
dem einen oder anderen Glas ihres unvergleichlichen
Seelentrösters, versteht sich.

Eigentlich sollte ich ihr schreiben, dachte ich.

Zeitfracht Medien GmbH
Ferdinand-Jühlke-Straße 7
99095 Erfurt, Deutschland
produktsicherheit@kolibri360.de